Lie to your daughter.
Betray your friend.
Trust no one.

疑陣

SUSPICION

喬瑟夫・芬德——著　宋瑛堂——譯

JOSEPH FINDER

謹獻給 Dan Conaway

第一篇

1

有時候，再微不足道的決定，也能讓人生永遠改觀。

林肯總統蒞臨福特劇院看戲，中場休息時間，隨扈去附設酒吧解解酒癮，喝完後決定再來一杯，竟釀成憾事。

在塞拉耶佛，斐迪南大公的司機不肯問路，轉錯彎，竟引爆世界大戰。（司機是男人嘛，難怪。）

萬事通的姊夫常吹噓投資經，你耳根終於軟了，把家產全投資給一個名叫梅道夫❶的傢伙。獲益穩定啊，老弟。用頭髮想都知道。

有人曾怨嘆，小小的一個決定也能塗炭生靈啊。小鉸鏈能主宰歷史大門的開合。

至於丹尼．古德曼呢？他的夢魘始於匆匆握一握手、親善微笑一下。

丹尼的女兒艾比就讀私立萊曼學院，每次他開車過來，總不禁聯想起蝙蝠俠本尊位於高譚市近郊的韋恩莊園，威嚴堂皇，貴氣逼人。可嘆的是，丹尼的坐騎是一九九七年出廠的本田雅哥，和蝙蝠車差得遠。

萊曼學院是波士頓最貴族的女子中學，在接送區排隊的車子以光鮮亮麗的豪華休旅車為主，不外乎Range Rover、賓士、Land Cruiser。但今天例外。今天，艾比將逃過一劫，不會被醜八怪雅哥當眾羞辱，因為今天下午父親提早二十分鐘來接她。他和高中部主任有約。主任名叫丁絲莉．松頓，大家暱稱她拉莉。

拉莉。難怪這學校令丹尼渾身不舒服。

他把車停進側面的教職員停車場，表面坑坑疤疤的老爺雅哥不至於太礙眼。

高中部主任辦公室在漫長的走廊盡頭，兩旁是校長室和入學組——改叫「阻學組」比較貼切吧？想錄取萊曼，門道有兩條：一是靠人脈，非好幾道人脈不行；二是開得出夠大的支票，財力雄厚到能捐建一棟圖書館。丹尼靠的是機運。妻子莎拉生前效勞的基金會，金主正是萊曼的董事會主席。

拉莉．松頓的辦公室寬廣，以橡木板裝潢。她歡迎丹尼進來，面帶憂慮神色，以雙手合握他一手。拉莉一頭鐵灰色髮絲，以黑絨髮帶束在腦後，身穿黑色高領衫，配戴雙串珍珠項鍊，香水濃郁芬芳，小便斗芳香塊的那種香。她瀰漫一股溫柔殺手的氣度，總令丹尼想起一九八〇年吃醋槍殺減肥名醫的那位社交名媛女校校長。

「艾比在家裡的情況，一切還好吧？」她沉聲表達關切之意，在一張低矮的織錦椅坐下，和丹尼坐的沙發呈直角。

---

❶ Bernie Madoff，美國前納斯達克主席，因為設計一個龐氏騙局（層壓式投資騙局），令投資者損失五百億美元以上，其中包括眾多大型金融機構。

「喔，她嘛——她還可以。」他猛嚥一下。

「她一定很難調適吧。」

丹尼點點頭。「不過，妳也知道，艾比是個堅強的孩子。」

「小小年紀，母親就走了。太可怕了。」

丹尼點頭。主任一定剛翻出檔案溫習過。「義大利旅行的事，我有個問題想請教一下。」他說。

主任變得神采奕奕。「出國旅行的經驗實在太難能可貴了，」她說。「去了才知道。孩子去國外走一趟，回國整個人都變了，變得比較有國際觀，也更懂得欣賞不同文化，而且，呃，好像也會打散女孩子之間的小圈圈，她們比較不會再搞無聊的勾心鬥角。這種影響，甚至可以說能改頭換面。艾比——咦，她會參加吧？」

「呃，問題就是這一個。」

「她非參加不可。絕對要參加。一生難得一次的壯遊啊。」

丹尼手心直冒冷汗，按在西裝褲膝蓋上抹乾。「對，我知道。我聽說過……可是，艾比她——唉，妳不是不曉得，這年紀女孩的理想心多強。她有點擔心，有些同學想去可能有困難。」

「困難？」

「我指的是五千元。這數目不是每家都出得起的，所以她嘛，有點煩惱。」丹尼的語氣儘量隨意，裝得像心懷社會良知的避險基金大亨，而非一個幾月前已花光下一本書預付版稅的窮作家。

艾比本學期的學費已拖欠一個多月了。看情況，拉莉仍不知情。學費都不知道該怎麼調頭寸，遑論義大利之旅的五千美元。在全美私立學校中，萊曼的後台財力睥睨群雄，只缺他這筆一萬六千元小錢，總不可能一夕之間破產吧，丹尼敢保證。

他想像拉莉回答：哎唷，那五千元的費用，不過是建議而已嘛，數字視各人情況而定。如果清寒家庭財務吃緊，費用當然可以減免。

丹尼覺得一顆豆大的汗珠從左耳後方往下流，順著頸側滲進襯衫領子。

「這孩子真懂得為他人著想。這樣好了，你去告訴艾比說，她如果有哪個朋友沒錢去義大利，叫家長趕快去找莉亞．溫諾科商量。本校設有獎學金，能濟助值得提拔的弱勢族群。」

「那當然。」丹尼的本意是設法為女兒的義大利之旅開拓旁門左道，優惠價也好，貸款也好，什麼都行。弱勢學生獎學金不盡然派得上用場。艾比．古德曼金髮藍眼，在本校的唯一弱勢是屈居「家境買不起避暑別墅」一族。「是這樣的，我也懷疑，另外有些家長可能也有難處。這些家長不屬於弱勢，但也，呃，妳知道，也不是家財萬貫。在學雜費之外還要繳這一筆錢。」

「本校多數家長不會把這情況說成清寒吧。畢竟，校方又沒硬性規定學生非參加義大利旅行不可。」

接下來，她擺出冷漠如當鋪業者的笑容，說：「另外還想商量什麼嗎？」

2

走廊裡人潮洶湧，到處是十幾歲的女生，笑鬧聲和海豚音不絕於耳，其中幾個手挽手走著，也有人在抱抱。這年齡的女孩舉手投足就能表達情誼，常令丹尼見狀不禁驚嘆，也忍不住對照同年齡男生的行為。散發青春痘藥膏和運動襪臭氣的青少男，表達情誼的方式是互相捶肩膀。

他等著接艾比，內心有一股深切的恐懼。

艾比曾說，義大利去不成，等於在同學交際圈裡活不下去，一定會淪為邊緣人。丹尼聽了之後回一句：我想想辦法，再說吧。

求見拉莉．松頓是窮途末路的一個辦法，是功敗垂成的拚死一搏。沒必要讓艾比知道他手頭多緊。現在父女倆基本上是喝西北風度日。家裡剛辦過喪事，他盼望女兒的日子盡可能平平靜靜。

她的狀況勝過類似處境下的同齡女孩。她個性堅強，但母親過世對她打擊甚重，幾個月以來，她常顯得氣呼呼，嘴臉是一副《星際大戰》黑武士的面具。能怪她嗎？

她引頸期盼能去義大利旅行，丹尼不願對她澆一頭冷水。

背後傳來一陣雄渾深沉的男低音。「喔，少年丹尼，風笛遙喚你……」校警里昂．齊澤姆高歌著愛爾蘭民謠。黑皮膚的里昂年約六十，白髮理成小平頭，闊臉真摯，戴細金屬框眼鏡，門牙有一道縫，給人的印象是既像教授，也像拳擊師。曾在波士頓警察局待過二十年的他，對付幾個穿露露檸檬瑜伽褲的校園小惡女大概游刃有餘。

「警官好。」丹尼咧嘴笑笑說，拍他肩膀一下表示哥倆好。里昂家第一個上大學的大女兒蕾貝佳從邦克丘社區學院畢業後，丹尼曾幫她在波士頓一家出版社安插工作。里昂和丹尼合得來。進出萊曼的眾家父親當中，向里昂打招呼並閒話家常的人寥寥無幾，丹尼是其中之一。多數萊曼學院的家長不把里昂看在眼裡。

這時候，艾比出現了，在前廳附近，丹尼先瞥見銀絲流蘇的圍巾，隨即看到她的臉。女兒臉上帶著笑，丹尼大感詫異。多久沒見女兒展笑顏了？她和新閨蜜珍娜．蓋爾文手挽手，走過來。

表面上，珍娜．蓋爾文和艾比簡直天壤之別。珍娜個頭嬌小，黑頭髮，體態圓潤；艾比則是身材纖瘦，風姿優雅，金髮飄逸。珍娜苦瓜臉，性情孤僻，甚至傲慢；艾比則是一個本性乖順合群的女孩。更正，一直到半年前是如此。珍娜高中畢業前一年才進萊曼，超齡轉學是異於常態，明顯打不進社交圈。艾比平常就懂得將心比心，很同情新同學，或許也為了表達一點叛逆，於是和珍娜交朋友，如今兩人形影不離。

艾比一見父親，喜形於色，他頓時腦筋轉不過來，心頭嘀咕著，女兒是在對別人笑吧？她靈巧穿梭熙來攘往的女學生而來，振臂擁抱父親。

十一個月以來首度非被動抱抱，丹尼心想。*還計較什麼呢？*

「我的天啊，爹地，謝謝你！」

*謝什麼謝？*他想問。

她把爸爸抱得更緊了。女兒長得這麼高，丹尼仍難以適應。「謝謝你，謝謝你，謝謝你。我剛在義大利旅行名單上看到我名字。你願意讓我參加，我就知道。你太棒了。」

「艾比，乖女兒——」

珍娜碰她手臂一下。「我爸來了——快一點嘛。」走進大廳的是一位銀髮中年人，外形體面，穿著看似名貴的駝棕色西裝。他親珍娜一下。

「艾比，不對吧——我不懂妳在講什麼。」丹尼說。

但艾比已經轉身，沒聽見他。她正在和珍娜交談。艾比說：「就是說嘛。」然後才再轉頭面對父親。

「爹地，我想去珍娜家，可以嗎？」

丹尼霎然心煩。最近她似乎在家待不住。但他只回應：「呃，不好吧。要我晚上開車去威思頓鎮接妳？我可不想。」

「艾斯特班可以送她回家呀。」珍娜說。

艾斯特班是蓋爾文家的司機。珍娜的父親是投資業者，錢多多，即使置身萊曼學院族群也家財傲人。

「艾比——」丹尼來不及應話，肩膀就被人拍一下。他轉頭。

銀髮中年人。湯姆．蓋爾文。

湯姆外形接近五十歲，膚色曬成古銅，將灰藍色眼珠烘托成鋼鐵光澤，西裝剪裁得一絲不苟，淺藍襯衫熨燙筆挺，領帶打得俐落，一切都無懈可擊。丹尼這身騖三休閒西裝是趁感恩節特價在男裝大賣場買的，現在穿得他渾身發癢。

「想來自我介紹一下，」中年男說著伸出一手。「我叫湯姆．蓋爾文。」

「我叫丹尼．古德曼。」

艾比和珍娜已經步出前門。

「很榮幸認識艾比的爸爸。她是個好女孩。」

「多數時候是。」丹尼奸笑說。

「能交到她這朋友，算珍娜有福氣。」

「呃，能認識你也是我的榮幸。」

「對了，感謝你讓我在義大利那檔子事上幫點小忙。」蓋爾文的語調帶有波士頓南區鄉音。

「幫什麼小忙？」

「對我們家珍娜來說，艾比不愧是救命恩人。恩惠多大，講給你聽你也不會相信。」

「什麼？艾比去義大利的報名費是你出的？」

「純粹是為我個人著想的啦，相信我。」說完，他壓低嗓門，改以「不足為外人道」的語調喃喃說：「這是珍娜三年來的第四所學校，在她交到艾比這朋友之前，她已經求我幫她辦轉學了。要是艾比去不成義大利，她抵死也不去。」

丹尼的臉頰刷然火熱。他感到驚訝，覺得丟臉，更一肚子火，只不過他鮮少表露怒氣。家裡的事，艾比全告訴朋友了嗎？她不可能清楚家境多麼吃緊，但她一定是對外透露了什麼。這比丟臉還嚴重，連尊嚴都掃地了。這富商自以為是在接濟低收入戶。

「你實在太慷慨了，」丹尼說。「可惜我不能接受。」

「拜託你。看在我女兒的分上。」

「對不起。我會打給總務處解釋清楚。不過，你的好意我是真的心領了。」他微笑說，隨即轉身，推開前門出去。

太陽照得他睜不開眼睛。路邊停著一輛黑亮的邁巴赫豪華禮車。車主絕對是湯姆．蓋爾文。有位身穿黑西裝、白襯衫、結黑領帶的男子端著兩杯飲料，用星巴克外帶厚紙托盤裝著，走向艾比和珍娜，想必是蓋爾文的私家司機去星巴克跑腿。

「謝謝，艾斯特班，」艾比說。見父親走出校門口，她眉開眼笑，雙眼興奮得發光。「一切都好吧，爹地？」

他招呼女兒過來。「哺哺——」他小聲說。哺哺是女兒的小名，他從未在別人面前喊過。

「哇，天啊，我真的太興奮了，」她插嘴說，緊接而來的是滔滔不絕的字串：「義大利麵」、「義式冰淇淋」、「瞎拼」，丹尼一時招架不住。她握住父親的雙肘。「我能去義大利了！」幾乎是用唱的。

好幾年沒見女兒樂成這副德行了。不但酒渦浮現，唇角向左右延伸到整張臉恐將裂成兩半。

這下子怎麼辦？告訴她說是誤會一場？

曾有朋友傳一個影片的連結給他，他一時不察點閱，發現是所謂的「虐踩」影片，畫面中的女人穿著尖錐高跟鞋狠踩小貓咪。他見過的畫面中，比那更變態、更恐怖的沒幾個。他但願能抹淨腦海裡的那慘狀。

對艾比說義大利去不成了，感覺有點像虐踩。

「丹尼，」蓋爾文走出前門，放下黑莓機，以喊名字起話頭。

丹尼走向他，壓低嗓門說：「除非你肯讓我還你錢，不然我無法接受。」

蓋爾文一聽，眉毛往上翹一翹。他點頭，神色凝重。「你不還錢，我就派爪牙去找你麻煩。」說著，他對丹尼挖苦一笑。

「這嘛，恕我不敬，感覺有點彆扭。你和我彼此根本不認識。」

「很扯嘛，對不對？艾比和珍娜交情都那麼深了。不如這樣吧，明天你來我們家吃晚餐，好不好？我兩個讀大學的兒子回家了，他們和艾比很投合，我老婆瑟琳娜可以煮她那道大家讚不絕口的墨式雞拌飯。」

還能怎麼回應呢？富翁都撒錢成全女兒去義大利了，丹尼最起碼也該去陪他家人吃頓晚飯。

事過境遷後，丹尼不斷在腦海反覆重播這一段互動。

丹尼伸出一手，微笑。「行，」他說。「多謝你了。」

3

丹尼家位於馬爾波洛街，是一棟雙臥房公寓。他一開門就聽見狗尾巴猛拍地板的重擊聲。這條巧克力拉布拉多老狗名叫暴龍，罹患風濕病，在廚房旁邊的狗床上掙扎著想站起來迎接主人。

「沒關係，老小子，用不著為了我起立。」他邊說邊哄暴龍坐回彩格毛呢狗床，摸摸牠花白的狗毛，按摩牠大腿。暴龍十三歲大了，以這品種而言算是高齡犬，嘴毛已轉為銀色，琥珀色的眼珠子混濁，多了一層半透明的白內障。丹尼和莎拉離婚後，暴龍歸莎拉養，莎拉過世後，牠隨艾比搬進這個家。見艾比喪母，從不吝惜示愛的老狗奮勇扶持艾比度過難關。

丹尼的電話答錄機紅燈忽明忽暗。

八則語音留言。其中七通是名叫「資產收復解決方案」的討債公司，追討員名叫東尼．桑坦傑羅，糾纏不休，特別討人厭，好像在什麼阿里不達討債培訓班受過訓。他的「解決方案」是針對丹尼的薪資採取「債務扣押」。

「債務扣押」在英文美其名「擺盤」（garnish），用這種不痛不癢的字眼來討債。像剪好幾支香芹，搭配幾朵紅皮小蘿蔔切成的玫瑰。

更扯的是，哪來的薪資？

丹尼反覆回想他和蓋爾文交手的詭異經過。*感謝你讓我在義大利那檔子事上幫點小忙。*蓋爾文到底是何方神聖？現在是網際網路時代，上網應該一查就揭曉。而丹尼的本事，別的不談，查資料的功力他最獨到。

由於他已騰出工作室給艾比當臥房，如今自己以客廳一旁的半隔間權充「書房」。他在書桌前坐下，在老筆電MacBook Pro上打開瀏覽器。領英網站（LinkedIn）上有一堆人名叫湯瑪斯·蓋爾文。丹尼一路向下找，查到一個波士頓學院校友湯瑪斯·X·蓋爾文，曾任職普特南投資公司，目前是蓋爾文顧問公司創辦人、執行長、投資主任、總經理，公司位於波士頓聖詹姆斯街。就是他。

暴龍這時蜷縮在丹尼鞋子上，幽幽長嘆一聲，挨得更緊。

麻州波士頓蓋爾文顧問公司。官網充其量是個安全登入用的網頁，只見一張波士頓金融區的空拍圖，另有一個登入的框框，供人輸入使用者名稱與密碼，框框上面聲明：本網站僅供蓋爾文顧問公司員工與投資客戶使用。

丹尼的女友提著白色塑膠袋進來。她名叫露西·林茲隆，袋子裝著紐貝利街一家餐廳的外帶，裡面有她的一客沙拉和他的一客鮮蝦白酒細條義大利麵。他嗅到蒜味、橄欖油的馨香、牛至香料、刺鼻的醋勁。

她彎腰摸一摸暴龍的臉，牠樂得閉眼享受。接著，她擁抱丹尼一下，親吻他。她頭髮散發出淡淡的菸味，丹尼一聞即知她今天做的是外展的工作。露西是心理醫師，服務於波士頓街友醫療所，每週兩天遊走波士頓街頭，以利誘和哄騙的方式，帶遊民回所裡接受診治。

她上身穿淺灰色高領衫，外面加一件V領藍毛衣，下身穿黑色牛仔褲，踩著一雙舊皮靴。丹尼喜歡看她穿這雙黑色大靴子。她戴一副笨重的黑框眼鏡，丹尼深信她故意戴這眼鏡遮美，以免在街頭工作被欺負。四眼田雞的她給人一份孜孜不倦、頗得人心的觀感。

丹尼和她交往至今三年，但兩人早在哥倫比亞大學大一相識但未結緣。在當時，露西是系花，丹尼自認只有遠觀的份。露西金髮狂野浪捲，髮梢及肩，鼻頭挺拔，下巴也尖，眼珠藍灰色，笑顏燦爛奪目，覆咬合的門牙討人憐愛。

過去，丹尼配不上她。老實說，現在他依然不夠格。

大學畢業二十年，歲月在她嘴角蝕刻幾道小細紋，在淡薄的眉毛之間寫下「川」字。她不僅受光陰影響，也走過一段不美滿的婚姻。

丹尼知道，她和多數女性一樣，在時尚雜誌教化之下，極在乎歲月留下的軌跡。丹尼則完全不介意。在他心目中，現在的露西比當年的大一系花更美。

露西將外帶鋁箔圓盤放在餐桌上，慢慢掀開紙蓋。

「今天辛苦嗎？」

「走得滿累的。我非洗個澡不可。」露西從不針對工作發牢騷，令丹尼讚賞。

「先來一杯葡萄酒吧？」

「好啊，可以。」

他從冰箱取出一瓶桑塞爾白酒，拔除軟木塞，為兩人各斟一杯。兩人舉杯互碰一下。這酒帶有柑橘香，酸爽來勁，風土味偏白堊。

「又上街頭做外展嗎？」

她點點頭。「今天南站有個男遊民睡長椅，外表看起來七十歲，實際年齡大概少十歲。露宿街頭能讓人老好幾年，你也知道。警察想帶他去我們辦的日間救濟所，他不走就是不走，還想打人，我只好去勸看看。」

她面露痛苦神色，彷彿返回現場，同時態度也變得溫柔，擺脫時空的羈絆。她深切掛念無家可歸的民眾。對丹尼而言，他們不過是懶蟲和流浪漢，但在露西眼裡，遊民是她的骨肉，是她監護的對象，不是病患。

「我勸他說，晚上會冷得受不了，想睡應該去睡夜間救濟所，不能當街就睡。他卻回嘴，有人在他飯菜裡下藥，睡著不就遭殃了。然後他開始碎碎唸，講一堆沒意義的東西。全是胡言亂語。」

丹尼點點頭。「偏執型精神分裂症。」他認為露西的工作很有意思，但也打從心底困惑：遊民一直叫她不要管閒事，她怎麼受得了？

「八成是。應該開幾粒利培酮給他，不過我該先讓他放心跟我溝通。所以，我問他，能在他身邊坐下嗎？被他拒絕。我改說，我只想幫幫他。他說：『妳能幫個屁？』我說：『呃，我有菸。』他聽了說：『喔，好吧。』」她啜飲一口酒。

丹尼呵呵一笑。「這下子，妳想叫他閉嘴，他照樣講個沒完。」

「我給他一張五元的麥當勞禮券、一根菸、一雙白色長襪子。」

「結果呢？他願意去所裡找妳了？」

她搖搖頭。「以後再說吧。我該先取得他的信任。不過呢，這遊民……有一種很感人的特質。」

「怎麼說？」

「腦子裡藏著一份智能。有個耐人尋味的好頭腦，被深鎖在裡面。想想都令人心痛。」

電話響起。

丹尼暗忖：糟糕，最好不是討債公司的東尼又來了。他本想讓來電直接轉進語音信箱，但他查看來電顯示，卻發現區號是二一二，來電者是他的經紀公司勒維坦富利德團隊。除非正為丹尼磋商合約，文學經紀明蒂．勒維坦幾乎不曾來電。不可能是好消息。

「歲月好過嗎？」明蒂說。嗓子沙啞的她是個老菸槍，最近求助俄國催眠師才戒成功。

「好到沒話說，」丹尼說瞎話。「像梭子一樣順。」他正在寫一部傳記文學，主角是十九世紀搶錢大亨傑．古爾德（Jay Gould）。近幾年來，丹尼一直在蒐集資料為他出傳記。

「很好，很好。正合我意。」明蒂的語調缺乏熱誠。「我單刀直入好了，丹尼。不好意思在晚餐時間打擾你。我剛進我鄉下的別墅查留言，其中一通是路易莎留的。」路易莎．潘尼曼是丹尼的編輯，擅長「正經的」非小說，是傳奇性人物。她經手過幾本論述華府中樞的政治書籍，更編輯過兩三本總統回憶錄，因而聲名大噪，一般人對她是聞風喪膽，討厭她的人更多。

「訊號快中斷了，」丹尼說。「快聽不見妳聲音了。」

「少來了。你和我用的都是室內電話。聽好，事態很嚴重，丹尼。她想終止出書的合約。」

4

丹尼覺得口乾舌燥。「我才拖稿幾個月，她就想終止書約？」

「小子，第一，你不是只拖『幾個月』，是拖了『十五』個月——」

「對是對啦，不過——」

「目前業界的景氣多差，你不是不曉得。出版社都被電子書嚇得哇哇叫了，最近急著找藉口終止現有的合約。」

「出版業有哪一年景氣不錯？」

明蒂短促悵然一笑，倒比較近似吠叫聲。「路易莎．潘尼曼不是一個鬧著玩的人。」

「所以她不只是放話說說而已？我意思是，妳認為——事態嚴重嗎？」

「跟癌症一樣嚴重，」明蒂說，旋即趕緊補上一句：「對不起，失言了。」

撰寫古爾德傳記之初，明蒂．勒維坦為丹尼爭取到的預付版稅遠超出他預期，原因之一是丹尼的出道之作《波士頓甘迺迪世家》雖叫好不叫座，卻曾入圍普立茲獎。可惜也只陪榜。

此外，丹尼不得不承認，古爾德傳記的提案寫得一級棒，而明蒂對出版社的推銷詞更精采。在發給出版社的電郵中，她簡介：傑．古爾德是何人，當前已無人知曉。話雖如此，二次大戰被擊落的奧運田徑明星也沒人聽過，《永不屈服》（*Unbroken*）卻在暢銷書榜上大爆冷門。同樣地，百餘年前在芝加哥世界博覽會肆虐的連續殺人魔也沒人聽過，讀者未必因而不想買《白城魔鬼》（*The Devil in the White City*）。書賣不賣，關鍵在於敘事的筆法。

而丹尼是敘事能手。古爾德是十九世紀鐵路投機客，是反罷工健將，當年更高居全美數一數二的鉅富，擅長內線交易，賄賂技巧嫻熟，詐欺騙術一流，居然也以「全美最被唾棄的人」自居。

大出版社藍燈、哈潑柯林斯、賽門舒斯特全跳進競標行列，但最後由三角出版社的路易莎勝出。得標金乍看之下不錯，但扣除明蒂的十五％，再把餘款分三年（完稿至少需三年）支付，數字立刻大縮水。更何況，有一大筆錢要等一般平裝本發行才入袋，通常是在精裝本問世之後至少一年。他不是在發牢騷，畢竟出書是他心愛的志業，哪怕平日必須省吃儉用，哪怕只能望加勒比海假期興嘆，寫書的收入還夠他度日。

未料後來有一天，他接到前妻莎拉的來電。

莎拉剛取得切片檢查結果。最初，X光沒照到乳房腫瘤。她只是某天留意有一邊乳房紅紅熱熱的，皮膚緊繃，觸感異常，硬如柳橙，淋巴腺腫大。醫師告訴她，可能是被昆蟲螫傷了，開抗生素給她服用。

醫師誤診了。

發炎性乳癌患者存活率不高。她是個單親媽媽，內心惶恐不已。

原本，丹尼研究著一八八六年西南方鐵路大罷工史實，下一瞬間，他忙著改用Google搜尋「雌激素接受體」。莎拉再婚的對象後來進入曼哈頓一家律師事務所，後來和她離婚時，跟她鬥得你死我活。莎拉終於醒悟了，第二任丈夫是個混帳。她非向丹尼求助不可。

他成了丹納法伯癌症研究院自助餐廳的常客。

離婚後，女兒和他形同陌路多年，如今竟然也顯得需要他陪伴。她需要一座穩固的靠山。她也需要一名司機接送她去練舞、排演話劇、去朋友家過夜。女兒練舞時，丹尼在擁擠的內廳等候，趁空搜尋化療、放射線、熱療、生杏果、維他命B17。

鐵路大亨古爾德被打入冷宮。

因為，古爾德先生再引人入勝，重要性也不及女兒或前妻。即使莎拉不再愛他，他對她的愛一刻不曾休止。

「丹尼？」

「什麼事？」

「我剛說，我們該研究下一步怎麼走。你多快能交出一百頁給我？一百五十頁？看看能不能用來保住合約。別讓她終止合約。」

「妳認為這樣有救嗎？」

「可能。誰說得準呢？我只打得出這一張牌了。怎樣？要不要先交一部分稿子救救看？」

要交出一百多頁成氣候的初稿？丹尼連門都沒有。即使要，他還得再至少趕稿一個月。但是，假如合約終止，他的財源就枯竭了。

丹尼硬是乾嚥一口。「沒問題。」他說。

5

露西挑起眉毛看著他，面帶憂傷的淺笑。「情況多糟？」

「非常糟。」

他轉述明蒂的說法給露西聽。也透露他去見學校主任的事。接著說出湯姆．蓋爾文突然主動借錢給他一事。

「喔，」露西說。「滿大方的嘛。」她語氣不熱衷。

「露西。」

她避開他視線。

「有意見，說出來聽聽吧。」他說。

「呃，拿人家錢，你確定是件好事嗎？」

「為什麼不好？」

「我只覺得，他根本不認識你，一出手就奉送你女兒出國玩，感覺很怪。」

「是很不尋常，妳說得沒錯。可是，他邀請我們明天去他家吃晚餐。」

「我明天晚上要上班。咦，有邀請我嗎？艾比知道這件事嗎？」

「好像不知道。」

「不要低估青少女的能耐。她們的觸角靈得很。而且她們有時心機很重。相信我，因為我以前也是。」

「也許吧。」

「我只覺得，你跟他幾乎不認識，向他借錢不太好吧。一想就覺得——呃，苗頭不太對。」

「什麼不太好，妳知道嗎？學校發什麼狗瘋辦義大利旅行，還要價五千元。校方未免太粗神經了吧，以為家長能隨手撒這種大錢。」

「你現在才覺醒啊？」

「早就覺醒了，只是到現在一想到就心煩。對艾比有影響。」

「所以，我們討論的其實是艾比新交的朋友。」

「接送艾比的是蓋爾文家的專用司機，拉美裔，穿制服，妳知道嗎？這現象怎麼看都不對勁。」

「換成我，我倒不會放在心上。」

「她年紀還小。司機是別人家的，她自己家請不起專用司機。」

「沒錯。自己家請不起，她心裡有數。那種事不會改變她的觀念。」

「怎麼不會？我打個比方。如果有人對妳說：『妳穿的那件T恤裡面有標籤，不會摩擦到妳脖子嗎？不會癢嗎？』結果妳聽了會怎樣？真的會癢耶。妳開始被標籤摩得抓狂。」

「讓艾比『癢』的是什麼？爸爸疼她是疼她，只可惜不是大財主？」

前門鉸鏈傳來吱嘎一聲，然後是艾比放下背包的聲音，接著是暴龍搖尾巴拍打地板的「砰砰砰」。艾比正在對狗講話，把牠當成幼兒或白痴。「你今天過得怎樣啊，暴龍？乖不乖？哎唷，怎麼還戴著項圈？」暴龍的爪形項圈叮叮響。「我們去問爹地，看他有沒有記得牽你出去散步。」

艾比進廚房，外形比較接近女人，少了一分少女味。在她和珍娜成為至交的這兩三個月，她的打扮開始出現轉變。原本她常穿Juicy淺藍運動褲，上身是不紮進褲帶的抓毛絨襯裡法蘭絨花格衫，現在則改穿閨秀款的貼腿褲和套裝。她開始化妝。丹尼想勸她別急，想當大人，往後機會多的是，而女孩子的身分只維持短短幾年。

她捧進來一疊郵件，從中抽出一份，放在餐桌上。「給你的。」信封乳白色，丹尼認出是萊曼學院採用的色系。「看起來又像繳費通知，」艾比說。「我們是不是又拖欠學費了？」

「我們還好，」他說。「沒什麼好擔心的。妳吃飽了沒？我吃剩一些鮮蝦義大利麵，妳想吃可以給妳。不然我可以煮點別的。煮什麼好呢？彎管義大利麵加起司？」

「不要，謝了，」她說。她的語氣稍微軟化。「我在蓋爾文家吃過了。」

「太好了。」他說，語調儘量輕盈。最近，她三天兩頭和珍娜一家吃晚餐。誰又能怪她呢？在家吃飯，父女氣氛通常很僵，無言以對的空檔居多。儘管如此……

「我明天有機會認識他們。」

她點頭。「對。你跟他們會很合拍的。」

「哇，艾比，」露西從背後走來，啾一下艾比臉頰。「我喜歡妳這雙平底鞋。是Tory Burch的嗎？」

艾比面露窘迫，但也顯現喜色。「大概吧。」

丹尼曾擔心女兒是否和露西合得來，幸好她和露西似乎相處融洽，或許是因為露西從不試圖取代莎拉的地位，或許是因為艾比盼望生命中能再有一個母親的角色。或許，因為莎拉曾改嫁一個艾比看不順眼的男人。

「這雙好可愛喔。」露西說。

「新買的嗎？」丹尼問。

艾比臉紅了起來。她故作姿態左右看一看，說：「不會吧？我上了時尚頻道嗎？呃，我可以去做功課了嗎？拜託？」

「再等一下，」丹尼說。「我們正在溝通。」

艾比雙手叉胸，抿緊嘴唇，擺明溝通的意願多麼低。

「我剛問，這雙鞋子是新買的嗎？」

艾比目不轉睛看著他好一陣子，似乎拿不定主意該不該回應。久久之後才說：「是蓋爾文家送的，行嗎？」

「太好康了。」露西說，盡可能打圓場。她沒事找事做，故意忙著整理餐桌上成堆的書籍、文件、廣告信函。夠識相的她自知不該進一步置喙。

「是禮物嗎？答謝妳什麼？」

「答謝？」艾比瞪圓眼珠。「不就是，今天下午我去納蒂克商場，像個小瓜呆罰站，看珍娜買東買西，因為我沒信用卡，也沒現金，她八成只是同情我。」

「她同情妳？」

「她有她自己的美國運通白金卡，而我呢，連一張現金卡也沒。」

「好淒慘喔。一個女孩子家，沒有美國運通白金卡可刷，臉該往哪裡擺呀？」

艾比猛生悶氣。

「想買東西可以打電話給我啊。妳明明知道。」

「打給你，你一定說不給買。」

「也許會買，也許不會買，至少妳該問一聲。」

「才怪。我不問就知道。假如我問：『嗨，爸，我剛逛到一雙可愛到不行的Tory Burch平底鞋，珍娜剛買一雙，你能不能給我兩百元，讓我也買一雙？』你聽了呢？會答應嗎？你至少也該憑良心講話吧？」

「兩百元？」丹尼說。「呸，妳猜對了，我一定不給買。」

「就說嘛。」

看情況，女兒不介意收受蓋爾文家的施捨。「妳跟珍娜去購物中心逛一下午嗎？功課擺著不做？」

「我筆電沒帶在身上。」

「為什麼不帶？」

「哼，我那台MacBook多重？一千多磅吧。我才不帶著。」

「去年妳帶著筆電到處跑，怎麼不嫌重？」

「去年帶著它跑，前年也是，大前年也同一台。都成了恐龍機了。最好捧著去上《古董巡迴估價秀》之類的節目吧。」

丹尼忍住不笑。「想換新筆電，我們可以商量商量，」他說。「在換筆電之前，妳為什麼不找時間請珍娜來我們家玩？說不定妳們兩個能好好做點功課。」

不敢相信自己耳朵的艾比瞪他。「講這樣？」

「妳要是怕隱私被侵犯，我可以出門找地方寫稿，讓妳們兩個待在家。我可以去星巴克，什麼地方都行。」

「你不懂就是不懂。」

「我哪裡不懂？」

「你以為我想讓她看這……我們住的這個小牛籠啊？」

丹尼忍不住噗哧大笑。

「不好笑啦！」她抗議。

「當然不好笑，蜜糖，」丹尼說。母親再嫁後，艾比跟隨她搬進繼父位於波士頓西郊栗山的維多利亞風格豪宅，格局龐然無章，臥室多達六間。繼父是波士頓一間知名律師事務所的合夥人。如今，繼父沒了，她覺得無所謂，龐然無章的房子沒了，母親也沒了。

丹尼接近她，伸雙手想抱一抱，卻被她縮身躲掉。「我只想確定妳有充裕的時間寫作業。這一學年真的很重要。妳自己知道。到了今年秋季，妳就要申請大學了，而且——」

「講這樣？」她愣住說。「講這樣？」隨即吶喊：「太扯了！」

她一旋身，箭步進臥房甩上門。

餐桌前的露西望丹尼一眼，苦笑著。她一個字也不必說。她為這一對父女難過；她瞭解這本家庭經多麼難唸。她的前夫是建築師，兩人好聚好散，兒子凱爾在鮑登學院念大二。這一類家庭風波她全體驗過。

她伸手撫弄丹尼的頭髮。「青少年不好帶，這是人盡皆知的事實。」她喃喃說。

6

露西早起，為自己和丹尼煮好咖啡才去上班。丹尼努力撰稿整整一小時，才聽見艾比臥房傳來音樂聲。

碰次碰次，震撼地板的重低音，某種嘻哈音樂。不久前，艾比起床愛聽泰勒絲或曲風近似她的歌星唱鼻音婉轉的抒情曲，現在她聽的歌千篇一律是修音過的怪調，氣呼呼唱著「進夜店」、「踩舞池」。

二十分鐘後，他進飯廳坐，翻閱《波士頓地球報》，喝著咖啡，特大號馬克杯上面印著五歲小孩的童趣筆跡「我♥我爹地」，「Y」寫得狀似海神三叉戟。五歲那年，艾比的朋友過生日，在布魯克萊恩鎮的陶土工坊辦慶生會，讓小朋友在現成的陶土器皿上彩繪。十幾年前的事了，丹尼卻記憶猶新，宛如才過幾個月。

圍著浴巾的艾比步出浴室，蒸氣如雲沖天，剛洗過的頭髮濕淋淋。她走進小廚房，不理會父親，幫自己倒一碗肉桂捲口味的糖霜早餐脆片，澆上乳糖酶酵素牛奶，端上餐桌。

「有留我的份嗎？」她邊坐下邊問。

「留什麼？」

「那個。」她指向父親的咖啡杯。

他好笑一下。「妳還小，咖啡因成癮不好。」

她把郵件挪過來，隨手逐件翻閱著。「又沒什麼大不了嘛。我去蓋爾文家過夜的時候常常喝。瑟琳娜每次都幫我和珍娜準備咖啡牛奶。」

「瑟琳娜是他們的管家？廚師？」

「太落伍了吧，爸。她是珍娜的媽媽。」她拿起萊曼學院的乳白色信封，伸一指進封摺裡。丹尼認為她沒必要擔心，不想讓她看催款通知，但他也不想大驚小怪搶走信，所以默默任她拆信看。

「這裡不是蓋爾文家，對吧？」他說著，無法掩飾笑臉。

在胎兒監視器上，莎拉和他首度見到蹦蹦跳的心臟時，他當下發重誓，絕不用普天下父母那套老掉牙、俗套的言語囉嗦小孩，例如：只要你住我這個家一天，你就乖乖照我訂的規矩做事。例如：因為我說了就算數。例如：別人家小孩怎麼做，我管不著。例如：別逼我把車子停下。

丹尼將牛奶放回冰箱，這時聽見一陣高亢的聲響、憋氣痛哭的聲音。他急忙轉身看。

艾比一手握著學校的來信，陣陣發抖，信紙跟著亂顫，臉色變得慘白。

「喂，放心啦，」他說。「學費才拖幾天而已嘛。我調一調頭寸就好。」

她縱情大哭的模樣，丹尼在這之前只見過一次。那次是在病房裡，莎拉剛斷氣。艾比幾乎哭不出聲。看似喘不過氣。也像在打嗝。眼睛睜成圓形，嘴巴大開，嘴角向下彎。表面上近似震驚狀。兩行淚水撲簌簌順臉頰而下。

丹尼覺得五臟六腑緊縮起來。女兒反應過度了，但他捨不得見她吃苦。「哺哺，」他湊近柔聲說，雙臂從背後摟住她肩膀。「艾比，寶貝，怎麼了？」他瞥信紙一眼，心臟成了自由落體。

儘管他只瞄到隻字片語，他也能拼湊出含義：

……至感遺憾通知您……若無法即日繳清……校方別無選擇……艾比之學業成績等資訊……以利您順利轉學……

在週五下午五點前，亦即三天後，如果萊曼學院仍未收到一萬六千美元，艾比將被迫退學。

他緊抱艾比，前臂被熱淚燙到，感受著她胸部急起急落。

「聽著，」他以輕柔但堅定的口吻說，「事情不會壞到那種地步啦，懂嗎？」

一長串苦情言語稀哩嘩啦從艾比嘴裡湧現，他多數沒聽懂，只認得出我所有朋友和爹地。

艾比放聲大哭的嘴形一如初出娘胎那一刻的哭相。當時產科醫師戴著手套，把六磅重的她交給護士，護士以熟練的身手用毛毯裹住她，放上保溫桌，幼小的女嬰隨之握緊小拳頭，嚎啕暴哭起來，哭出今生的第一聲，宣布：嘿，我來了！

他當場明瞭，這輩子將無時無刻竭盡所能，捍衛這一個小生命。

「蜜糖，」他說。「聽我說。別胡思亂想了。不會演變到那地步啦。我跟妳保證。」

但他自知，這句承諾空泛無意義，再安撫也沒用。同時，他也懷疑，女兒大概也瞭然於心。

7

在這之前，丹尼曾拖欠學費一次，也就是上學期。但是那次，總務處寬限他幾星期，想必是行政處知會過，學生在暑假期間喪母，務必酌情處理。

然而，萊曼學院的「酌情」，顯然不是毫無限度的濫情。

他在學校不夠力。莎拉效勞的基金會金主曾任萊曼董事會主席，可惜兩三年前已中風過世了。

因此，他決定直搗高層求情。

終於在電話上找到主任拉莉時，丹尼說：「我遇到一個無聊的小麻煩，不知道妳能不能拉我一把。」丹尼接著說：「我這學期的學費好像拖了幾天——大致上是流動資產的問題而已。週轉一下就沒事了。過一兩個禮拜應該能解決。」

他停頓一下，等著主任出言安撫他，卻只等到沉默。過一陣子後，主任說：「另外呢？」

他久久之後再說：「不知道妳能不能代我向總務處求求情。」

「對不起，我不懂你的意思。」

「嗯，就是，我們接到信，通知說，總務處如果禮拜五之前沒收到學費，艾比就必須退學。語氣寫得相當強硬。」

「呃，我不確定你為什麼打電話找我，古德曼先生。這是總務處的業務，和高中部主任無關。」

「我已經跟他們談過了——」

「我明白。」她的語調變得寒氣逼人。「我相信你不是求我為你破例吧。」

「不是破例，只是——唉，多一點彈性總可以吧。說真的，多一點同情心吧。」

「對不起，古德曼先生。但願我幫得上忙就好了。等艾比適應新學校以後，請她寄信給我，告知近況如何。我真的是很喜歡她這個學生。」

即使他能厚臉皮向露西借錢，他也知道露西沒錢可借。露西本身的收入僅能勉強過日子。所以，向女友借錢免談。

至於丹尼的雙親海倫和巴德，兩老生活儉樸，始終定居在丹尼生長的那棟小房子裡，位於麻州鱈角威弗理鎮的住宅開發區。丹尼的父親是建築包商，也從事木工裝潢加工，為人正直，但脾氣暴躁，絕不聽人鬼扯淡，老是惹人生氣。其實他本性善良，對手下工人的支薪總高於其他建築包商。工人遇到麻煩，他總是伸手解圍，借錢不手軟，也從不記下工人欠他多少錢。

丹尼父親後來退休，幾乎毫無積蓄，和丹尼的母親全靠社會安全金糊口。

丹尼找不到借錢的對象。至少，向家人或朋友借不到錢。

蓋爾文為成全義大利之行，主動借錢給他，他接受時為何渾身不自在？他儘量回憶著。自尊心作祟嗎？自尊心算老幾？他想像一台磅秤，一邊擺著他的自尊心，另一邊是艾比的快樂。自尊心像一坨紫紅色內臟，四不像，蠕蠕脈動著；艾比則是穿尿布的娃娃，胖嘟嘟，呵呵笑著。跟那坨東西一秤，胖娃重多了。當時自尊心鬧什麼場呢？假使他有珠寶能典當，有貴重物品能變賣，他眼皮不眨就能橫下心。假使他認識黑手黨冰鑿殺手，他也願意向他借一萬六。他非籌到學費不可。不管向誰借，無論循什麼管道，總之愈快愈好。

8

威思頓鎮位於波士頓以西十英里，是正宗波士頓富翁群集的地區。這裡有些房子是不折不扣的土豪宅（McMansion），但最大的幾棟全隱藏在大片森林裡，路人看不到，只見路標或郵箱。丹尼開著車，路過蓋爾文家的入口三次都沒看見，因為入口沒燈，也不見岩造圓柱、粗棟樑、銅牌，只有一個式樣單純、不怎麼大的鋁製郵箱，上面畫個門牌號碼。

他轉進一條無名小路，在樹林裡蜿蜒前行，來到林間空地才見到院子門。這座熟鐵門高聳，金銀絲渦捲圖樣富麗堂皇，兩旁是高大的岩造圓柱。他煞車停下。大門鎖著。圓柱上有個對講機和一台閉路攝影機。

他搖下車窗，按「呼叫」鍵，幾秒後，對講機沙沙傳來女子聲：「請進。」

昏暗的燈光亮起之際，大門向內開啟，車道往前再延伸，但院內的車道是板石路面，弧度優雅。突然間，偌大的一幢房子映入眼簾，宛如破霧而出的城堡。

這棟房子對稱工整，屬於喬治王朝式建築，建材以粗岩為主，屋頂鋪石板，幾道泛光燈由下而上，將門面照耀得盡善盡美。整棟房屋線條脫俗，樓高三層，佔地幾乎是丹尼家所在的街廓一半。丹尼本以為富翁家是俗不可耐的土豪宅，結果房子大歸大，外觀竟然賞心悅目。

房子一旁有一座全規格的籃球場。丹尼小時候，父親在自家車道旁的柏油地面插桿，豎立一座籃球架，他至今仍記憶猶新。鄰居小孩全覺得好炫，無不想整天來丹尼家打籃球。

蓋爾文家門前是一條環形車道。丹尼開車前進，停靠，下車關門。生鏽的車門鉸鏈吱嘎叫一聲。

前門是一大片看似古老的橡木板，宛如來自西班牙城堡。門打開，穿西裝打領帶的湯姆·蓋爾文站在門口，妻子在身旁。她姿色明豔動人，黑髮直而亮麗，一對棕色大眼眸，一襲深藍色縮腰連身裙，展現水蛇腰，豐胸突出，外表不像資深到長子已大學畢業。

夫婦身後有兩條小型犬呀呀吠叫著，跑來跑去，渾身光禿無毛，皮色深灰，大耳朵暴凸如蝙蝠耳。「瘋瘋！小牛！安靜！」女主人說。「不好意思。牠們自認在護主，以為能保護我們。我叫瑟琳娜。」

丹尼原本料想，應門的人是僕役，是身穿制服的管家，主人不可能親自開門。他自我介紹，送她一瓶禮物袋裝的葡萄酒，紅色聚酯薄膜袋子散發金屬光澤。兩三年前，在丹尼仍邀請朋友前來晚餐時，有人在他公寓留下這袋子。

瑟琳娜從袋中取出葡萄酒，把它當成稀有、高價的波爾多名酒。其實，酒來自Trader Joe's連鎖超商的特惠商品區，賤價八美元九九分。至少他挑的是商標華麗的酒，沒買俗稱「兩元查克」的加州平價酒。

「教皇新堡！」湯姆·蓋爾文說。「讚！」他點點頭，對著丹尼狡猾一笑。「是紅酒，對吧？」

「不確定。」丹尼說，也微笑回敬。

「是某某堡的酒，或是Welch牌的葡萄汁，我哪能分辨？」湯姆說。「高尚一點的嘛，我倒是一眼看得出來，因為寫的全是法文。」他一手放在丹尼肩膀上，帶他進門，瑟琳娜為他拿外套。

「你女兒在廚房裡幫忙煮飯。」瑟琳娜說。

「她懂得下廚？」

「唷，艾比是個好厲害的幫手呢，」瑟琳娜說，半帶責怪他的語氣。「她什麼都會。簡直像我多了一個女兒。抱歉嘍，你不能拉她回家了。」她的笑容燦爛。「我們留定她嘍。」

「想長租的話，本店也提供優惠方案。」丹尼打趣說。

「琳娜一直想再生一個女兒，」湯姆說。「連續生了兩個兒子，她覺得自己爭取到了再生一個女兒的權利。」

瑟琳娜調皮打他一下。

「來這裡，沒迷路吧？」湯姆說。

「呃，進你們車道以後，我好像轉錯兩個彎，」丹尼說。「幸好有衛星導航，謝天謝地。」丹尼的雅哥其實不配備導航系統，胡扯一下應應景。

湯姆．蓋爾文大笑一陣。「過來跟兩個女孩子打個招呼吧。」一同前進廚房之際，兩條小狗也踏著輕盈步伐跟上，亂吠幾聲。

「我好像沒見過這種狗，」丹尼說。「什麼品種？」

「秀洛伊茲昆因特利❷。」瑟琳娜說。

「抱歉，什麼狗？」他只聽到「秀」，可能也聽見「昆因」。

---

❷ Xoloitzcuintli，墨西哥無毛犬。

「秀洛，」她慢慢講。「這種品種的狗非常稀有。俗稱墨西哥無毛犬。古代阿茲提克族人認為牠們有治病的神力。」

「是嗎？」

「古人也吃這種狗的肉。」丈夫說。

「胡說，」瑟琳娜尖聲反駁。「幹嘛老講這種話嘛。」

「是真的啊，」湯姆說。「我不知道在哪裡讀過，從前西班牙人辦盛宴，桌上有一盤盤的秀洛犬肉。」

「哎唷，」她說。她嗅一嗅。「抱歉，我去看一下。蒜頭好像被她們燒焦了。」她急忙進走廊。

「秀洛肉滋味大概跟雞肉差不多。」丹尼說。

湯姆爆笑起來。「連你也亂講話？放心，我不會跟琳娜打小報告的。算是幫你做個人情。」

「感激你。」

「對了，你沒必要帶葡萄酒來的。」

丹尼聳聳肩。「別客氣。」

湯姆壓低嗓門悄悄說：「老弟啊，我愛死Trader Joe's了。你嚐過兩元查克嗎？一點也不賴。」

9

被揭穿了。

丹尼臉上掛著笑，內心卻困窘不已。

帶著九元有找的葡萄酒上門，丹尼無意製造一瓶兩百美元波爾多的假象，但被湯姆．蓋爾文這麼一講，這狀況反而變得像丹尼刻意魚目混珠。哼，蓋爾文哪懂Trader Joe's超商？自家連籃球場都有的富商，怎麼可能降格買一瓶兩元的葡萄酒？

話說回來，也許這才是重點。也許蓋爾文有意顯示，他只不過是個平常人。

或者，也許他只是在調侃丹尼，是哥兒們之間的尋常互動。

無論是哪一種，蓋爾文顯然眼光很尖。

「我在想，既然兩家的女兒成天膩在一起，我們應該互相認識認識才對。」他說。

鋼琴音符從屋子深處飄搖而來。有人在練古典鋼琴樂譜，不盡完美但也尚可。他聽見艾比的笑聲，聞到蒜香，可能也嗅到炸雞味。

「我欣賞你們家，」丹尼說。「空間配置得十全十美。」

「是瑟琳娜的功勞。建築師照她的意思設計。決策權全在她手裡。我一點忙也幫不上。」

才怪，丹尼心想。你只砸五千萬就行了。

「聽艾比說，你們家在市區。」

「對。」

「運氣真好，老弟。在後灣對吧？我一直想住那一帶。能散步去上班。到處有風景可看。穿熱褲的女大生趴趴走。」

「還不錯啦。」

「瑟琳娜喜歡住郊區。我只聽從老婆的命令。」他大動作聳一聳肩。

廚房陳設氣派，比丹尼見過的餐廳廚房還寬廣，銅鍋懸掛上空，兩座黑岩板流理台龐大，有幾座嵌在牆裡的烤箱。一大套專業級瓦斯爐灶組合，閃閃發光，酒紅色，飾以銅緣，狀似古董蒸汽機。丹尼的父親曾為軟體大亨在威弗理鎮蓋房子，當時大亨指定的正是這一款La Cornue爐灶。挑高的天花板交叉著手工削製的橫樑，建材能媲美中世紀城堡。地板鋪著古風石灰岩，琢磨淬鍊成絨毛狀的色澤，有可能是從同一座城堡回收再製。

巨大的平底煎鍋滋滋作響，冒著煙，由珍娜掌廚。

「唉，我的天啊！」瑟琳娜說著西班牙文，衝向女兒。「別把雞肉煎焦了，女兒！煎成褐色就好。」無毛狗在廚房裡亂走亂找，亂吠一通。

「又沒有煎焦！」珍娜反駁。

「嗨，爹地。」艾比說。見到父親進來，她的笑容稍微收斂，也迴避他的目光。她鎮守流理台之一，正在搗著碗裡某種食材。顯然，艾比仍在心煩或生氣，或者又煩又氣，仍在憂慮自己是否非轉學不可。父親曾保證一切在掌握中，但她不信。丹尼也無法怪她。

「嗨，寶貝。」丹尼進廚房，抱艾比一下。「妳在準備什麼？」

「墨西哥酪梨醬。這廚房很炫吧？」

是在糗家裡廚房太迷你嗎？丹尼選擇忽略自己的空想。「超水準。」Bravo頻道可以在這裡拍攝《頂尖主廚》，現場還能請觀眾進來坐。「成塊的酪梨也要搗成泥才行吧？」

「錯，瑟琳娜說，不能糊到像被果汁機絞爛的樣子。」

瑟琳娜趕緊走來她背後，雙手放在她肩膀上。「在墨西哥，酪梨醬一定要留小塊小塊的果肉，像她這樣。」丹尼嗅得到她的香水，嗆辣，具異國風味。「一百分，乖女兒。我好想留下她喔！我們能留她做女兒嗎？」

講第二次，笑果大不如前，丹尼心裡想著。

對著流理台邊緣，丹尼偷偷伸手摸一把。不是花崗岩。流理台表面有細緻的龜裂紋，是名牌Pyrolave的光面熔岩，奇貴無比。威弗理鎮的軟體大亨也指名要Pyrolave。蓋爾文請的石材裝潢師手工靈巧到沒話說，因為怎麼看也找不到接縫處。再看一眼，他恍然大悟。沒接縫是因為整面是一大塊石板。我的媽呀，造價肯定是比天高。

原本在丹尼腦海深處，有個荒唐的小點子蠢蠢欲動，原本像腦裡的一團滾草，此刻卻忽然翻滾至大腦正中央。

他思索著：這傢伙光是買領帶的花費，一個月大概有一萬六千元。我已經欠他五千了。再欠一萬六又算什麼？

真的。為什麼不能再借？

我又不會少一塊肉。

丹尼一抬頭，瞧見蓋爾文正在旁觀他。兩男視線相接。蓋爾文露出微笑。丹尼也不自在地陪笑。

「喂，你剛對我的流理台伸鹹豬手嗎？」

尷尬之餘，丹尼說：「哪來的熔岩？怎麼可能這麼厚？」

「你剛整修過房子或什麼嗎？」

「我爸以前是建築包商。我幫他做過事。」

「是嗎？我爸以前是水管工。」

「在南區嗎？」

「你怎麼知道？」

「以前常看見卡車上寫著『蓋爾文兄弟水管工』，就是你家開的嗎？商標是綠色愛爾蘭三葉草？」

「看吧，我就知道跟你這傢伙處得來。」蓋爾文說。

10

蓋爾文的兩個兒子一直躲著，晚餐時才不知從哪裡冒出來。兩人都長得高瘦，一表人才，黑頭髮，瞳孔顏色淡，眉毛濃，腮幫子剛毅。老大萊恩穿邋遢牛仔褲，上身是Ron Jon衝浪店T恤，打赤腳。老二名叫布蘭登，穿波士頓學院長袖運動衫和Old Navy運動褲，踩著人字拖。兩兄弟簡直像異卵雙胞胎，但老大較顯成熟，舉止也比較洗練，下頷線條鮮明，臉型也較為有稜有角。除了眼睛之外，兄弟倆較近似母親，和父親的長相差距頗大。

「布蘭登想吃一頓像樣的飯時，才偶爾回家一次。」湯姆．蓋爾文說。他剛脫掉西裝外套，剩下白襯衫和金吊帶的西裝褲，領帶鬆開。「萊恩，你呢？回家的藉口是什麼？髒衣服堆積太多了？」

「好冷的笑話。」萊恩說。

「我告訴過他，想帶髒衣服回家洗，再多也行，」瑟琳娜說。「不過，曼努薇拉可不會幫你洗。自己的衣服應該自己洗。我們家又不是旅館。」她舉手向前拍幾下，以強調語氣。

布蘭登在波士頓學院就讀二年級，萊恩去年畢業，正在一家電視台當菜鳥打雜。丹尼的印象是，萊恩似乎能自食其力。家財萬貫的父親不幫他繳房租。真耐人尋味。

艾比似乎和他們情同一家人，彷彿蓋爾文家多一個女兒。她和珍娜講一句悄悄話，艾比嘻嘻竊笑著，兩人的餐盤堆滿雞肉、米飯和豆子。這是丹尼吃過最美味的墨式香雞飯。

「你是個作家，對吧？」湯姆．蓋爾文說。

「對。」

「帥。」蓋爾文說。大家圍坐在廚房裡，餐桌是農趣風格的橡木長桌，蓋爾文和妻子分坐兩端，兩個兒子坐一邊，兩個女孩坐男孩對面。他們聽了稍微改變坐姿，假裝感興趣。狗趴在桌下睡覺。

「呃，帥什麼，我倒不清楚……不過是個工作罷了。」

「你用本名發表作品嗎？或者用筆名？」

「我用本名丹尼爾．古德曼。」丹尼被問慣了。對方這麼問是禮貌，言下之意是：「我從沒聽過你大名。」

「我老想自己也寫一本書，可惜一直抽不出空。我有幾個故事想寫一寫。等我退休再說吧。」每當有人告訴丹尼，有空的話，自己也想寫寫東西，丹尼聽了總在心底暗笑。沒辦法走紅文壇的唯一因素是缺乏閒工夫嗎？

「對，我嘛，算我運氣夠好，空閒多的是。」丹尼說。

蓋爾文嘿嘿笑一笑。「被你削到了。你寫小說嗎？或寫什麼？」

「非小說。」他澄清：「傳記文學。」

蓋爾文舉起丹尼送的葡萄酒，搖一搖酒瓶。丹尼說：「不用了，謝謝。」蓋爾文為自己斟滿一杯。

「我可能讀過嗎？」蓋爾文說。

「《波士頓甘迺迪世家》。」

「嗯。有點耳熟。寫的是甘迺迪總統家族嗎？」

「偏重那一個綽號叫『蜜費茲』的甘迺迪外公費茲傑羅。一百年前，費茲當過波士頓市長。他是甘迺迪政治世家的宗師，以長袖善舞著稱。」

「『長袖善舞』通常表示貪瀆。」蓋爾文指出。

丹尼笑一下。「沒錯。貪瀆卻受人愛戴。」

「現在呢？你有沒有再動筆？」

「天天都有。」

「這一本寫什麼？」

丹尼遲疑一陣。百年前美國資本家通稱搶錢大亨，蓋爾文聽了可能心裡不是滋味。何況丹尼待會兒想開口向他借錢。「一個十九世紀生意人的傳記。」

「喔？我什麼時候能買一本？」

「媽，叫布蘭登把鞋子還我啦。」珍娜說。

「鞋子還你妹妹。」瑟琳娜說。

「我哪有拿她鞋子。」布蘭登擺撲克臉說。

「有啦。被他用臭腳夾走了，」珍娜說。「他跟猴子差不多。」

「你們鬧夠了吧！」瑟琳娜夾雜西班牙文說。「還是六歲小孩嗎？」

插曲來得正是時候，丹尼慶幸，但蓋爾文追問：「新書什麼時候上市？我說不定想買一本。」

「要再等一陣子吧，」丹尼說。「我還在寫。」

「順不順？」

「老實說，有點卡。有時會被日常生活干擾到。」

「你有沒有文思枯竭的時候？」長子萊恩問。

「沒。寫作和其他工作沒兩樣。水管工修水管也不會枯竭吧？」

「講得好，」蓋爾文說。「聽見沒，小毛頭們？這叫做敬業觀。沒人逼他工作。他每天自己坐下來，叫自己動筆，高不高興都得寫。」

丹尼點點頭，不知所措。

突然，一陣音符不知從何方傾瀉而出。丹尼認得這曲子，知道是搖滾經典〈阿拉巴馬好故鄉〉（Sweet Home Alabama）開頭的電吉他獨奏，樂團名叫林納．史金納（Lynyrd Skynyrd），轉成手機鈴聲聽起來機械化。蓋爾文站起來，走向掛在衣鉤上的西裝外套，從胸前口袋掏出黑莓機，瞄一下來電顯示，接聽。「我正在吃晚飯，」他語氣很衝。停頓好幾拍。「現在是晚餐時間。我正在陪家人吃晚飯。」又停頓良久，然後發飆：「我說過……我辦不到。」

丹尼隱隱覺得，自己剛目睹蓋爾文不欲人知的一面。

蓋爾文猛戳黑莓機一下，結束通話。「命苦啊。有些日子，好像欠全世界一樣。你也有這種感覺嗎？」

丹尼硬生生乾嚥一口。「常有的事。」

今天向他借錢不太好吧。

「打工有沒有著落啊，布蘭登？」

布蘭登聳聳肩。「不知道。」

「要我打電話幫你牽線嗎？」

「我還好。」

「你該不會又想去南塔克特海邊耗掉整個暑假吧？」父親說，眼露一絲兇光。「學那些穿潮裝天天衝浪的魯蛇嗎？」

「我有在盡力了。」布蘭登鬱悶說。

「哎唷，湯米，他還在念大學啊，」瑟琳娜說。「他可以玩。大學畢業再找工作也不遲。」

「整個暑假耗在南塔克特海邊有什麼不好？」珍娜義憤填膺問。「他為什麼非打工不可？」

「就是說嘛，」瑟琳娜說。「為什麼？」

蓋爾文奸笑說：「這下子，女生聯手對付我啦。救救我吧，丹尼，罩我一下。」

丹尼搖搖頭，不願被拐進家庭口角中。「抱歉了，老兄，你自求多福。」

「丹尼，你們家常去鱈角避暑，對吧？」蓋爾文說。「你在威弗理鎮的別墅有幾年了？」

「威弗理鎮？」丹尼不記得告訴過蓋爾文這件事。丹尼父母住在威弗理，丹尼也在威弗理長大。丹尼也絕沒提過避暑的事。

「你的避暑別墅。艾比跟我們大家提過。」

「威弗理的避暑別墅嗎？」他語帶嘲諷說。「對呀，但願——」

這時候，他瞥見艾比紅著臉，在椅子上忸怩不安。他這才發現，女兒在蓋爾文家愛吹噓，美化了祖父母在威弗理的那棟寒酸量產屋，還自稱每年暑假去那裡「避暑」。

想通後，他連忙改口接著說：「——但願路途沒那麼遙遠就好了。」

「鱈角週末的交通太折騰人了。」蓋爾文附和說。

然而，丹尼看得出他含笑置身事外的目光，心知蓋爾文明白他險些失言。

蓋爾文神通廣大。

晚餐後，湯姆．蓋爾文又有來電，道歉一聲，進書房接聽。今天廚房裡似乎不見傭人進出。丹尼納悶，該不會是女傭今晚休假吧？這時候，遍布廚房裡的隱形音箱響起一首流行歌，艾比和珍娜聞樂，想教布蘭登跳一種複雜的舞步，歌手唱著「拍拖搖滾」、「今晚當家」之類的。

布蘭登跟隨兩個女孩跳上跳下、原地跑步、單腳左旋右轉、時蹲時蹦，穿插著鬼步、滑步、登月漫步。布蘭登抱起一條狗，握著狗腳搖來搖去學跳舞，狗想掙脫他的手，耍脾氣低吼著，艾比和珍娜見狀笑得前仰後合。

看情況，艾比在珍娜家是真心快樂。丹尼終於理解女兒為何三天兩頭往蓋爾文家跑。吸引女兒的並非這家人的財富，而是蓋爾文大家庭的溫馨、熱鬧和熱情，她渴望置身其中。

她想成為這家庭的一分子。

幾分鐘後，蓋爾文回廚房，駐足丹尼身旁片刻，觀看孩子們熱舞。

「很可愛，對吧？」

丹尼點點頭。

「你女兒，她是個好孩子。在她帶動下，珍娜露出我們從沒見過的一面。至少是好幾年沒見了。」

「嗯，」丹尼說著再次點頭。「她們兩個都顯得很快樂。」

「我想也是。對了，我們換個地方聊吧？想不想來一杯單一麥芽？」

丹尼猶豫一下。他剛喝了一杯劣質紅酒，待會兒還要開車上高速公路回家，但他來不及回應，蓋爾文便說：「我想請你幫個忙。」

11

湯姆．蓋爾文取出一瓶威士忌，標籤註明「麥卡倫」一九三九。他為兩人各斟幾指幅。這裡是他的書房，他站在配備齊全的酒吧裡，滿牆是皮裝巨冊，極可能是論厚度採購的批發書，擺著好看。書房裡四處瀰漫著雪茄菸味。

「不是每個客人都嚐得到好東西的，你要知道。」

有人輕敲書房門。他和蓋爾文轉身，見來人是司機艾斯特班。丹尼現在才發現，司機不是啞巴。

「呃，蓋爾文先生，今晚要不要派我開車送客人回家？」艾斯特班的語調輕柔，講話吞吞吐吐。他的身材異常高大壯碩，但黑西裝剪裁合身，頭大，顴骨突出，臉頰有痘疤，眼睛像小鹿斑比，右頸部有一顆形狀酷似澳洲的大痣。他的長相奇特，不醜也不帥，只顯得溫順親和。

「去睡吧，朋友。」

「謝謝你，蓋爾文先生。」艾斯特班以近似點頭的動作鞠躬，轉身離去。

蓋爾文倒完酒，遞給丹尼一杯。酒杯是精雕的平底大玻璃杯。兩人碰杯致意。「敬我們各人的妻子和情婦，」他說。「願她們永遠互不認識。」

丹尼微笑點點頭，暗暗思索著，自己到底能幫得上蓋爾文什麼忙。

「你女兒是珍娜唯一的朋友，你知道吧。」蓋爾文說。

「我知道她們走得很近。」

「她是珍娜的好榜樣。我意思是，學校規定的讀物，珍娜現在真的認分讀，不會叫苦連天。例如《梅岡城故事》，她竟然捧著用功，我們連一句話也不必囉嗦她。」

「在艾比年紀可能還太小的時候，我朗讀過那本書給她聽，不過……對，她喜歡閱讀。我很高興知道她們兩個會討論書，而不只是聊嘻哈音樂或迴響貝斯之類的。」

「這情形就像……和好孩子相處的小孩也會變好，能發揮最大潛能。如果和壞孩子交往，最惡質的一面也會鑽出來。這兩年來，珍娜每次轉學，總被搖頭族或屁孩帶壞，艾比卻能引發她向上，這轉變多神奇，講給你聽，你也不會相信。」蓋爾文目光一閃，彷彿眼中含淚。

「那很好啊。」丹尼說，不知如何應對。話鋒突然轉向心靈告白，令他感到意外。

「老弟，你養孩子真有一套。」

「我？沒那回事。我只是儘量不要管她太多。我不懂狀況。我老是把事情搞砸。」

蓋爾文微笑。「你現在是獨自栽培艾比嗎？你很神嘛。怎麼辦得到的？」

「嗯，」丹尼半笑著，邊說邊搔一搔側臉。他抬頭，若有所思說：「經典災難片裡，不是常演機長心臟病發作嗎？空服員不是硬著頭皮去開飛機嗎？」

蓋爾文微笑。「空難片《國際機場一九七五》裡的凱倫·布萊克嗎？或搞笑片《空前絕後滿天飛》裡的茱莉什麼的……」

丹尼也微笑。「沒錯。總之，一轉眼間，情況變成我非懂得開飛機不可。我哪懂？照樣被趕鴨子上架。」

蓋爾文搖搖頭。「哇，佩服佩服。我們家要不是有瑟琳娜，我連想像也不……」

書房裡有一張古董書桌，堆滿雜物，蓋爾文指向桌前兩張填絮飽滿的皮面椅，請丹尼坐下。椅子一旁有張茶几，擺著一個精緻的黑色漆器盒，盒面燙金印著「COHIBA BEHIKE」。蓋爾文拿盒子過來，掀開盒蓋，從中取出兩支粗如香腸的雪茄，敬丹尼抽一支。

丹尼點點頭。莊嚴的雪茄儀式展開了。蓋爾文遞給他一把雪茄剪。丹尼裁掉雪茄頭，交還雪茄剪。蓋爾文用打火機點菸，無情的藍火看似能灼穿鋼鐵。他抽幾口，然後遞打火機給丹尼。

兩人默默抽了一分鐘左右。丹尼想起自己為何一向排斥雪茄。他思考著如何讚美雪茄給蓋爾文聽。能怎麼恭維呢？說他抽了只覺得有一點點噁心？好聽的話講不出來，丹尼拿著雪茄，指向書桌上一個展示用的木盒，立在一床紅植絨上的是一枚銅獎章，上面印著拉丁文：波士頓學院。

「你是波士頓學院的傑出校友？」

蓋爾文點頭。「校長獎章，褒揚我捐贈一大牛車的臭錢。」

丹尼呵呵一笑。蓋爾文拿此事自貶，卻還把獎章亮給客人看。

「告訴你好了，」蓋爾文陷入沉思之後說。「我不過是走狗運而已。我知道，你會覺得我是在扯狗屁、假謙虛，不過你要相信我。」他仰頭望天花板。「你有沒有遇過這種情形——開車急著趕時間，竟然每個路口全遇到綠燈，哇，真的是一個接一個，綠、綠、綠，全被你碰到了，運氣好到底了，遇過沒？」

丹尼點點頭。

「我嘛，就是這樣。我對天發誓是真的。人格擔保。」他一手貼在心上。「不信你查字典，找找『天時地利』這個詞，一定會見到我的玉照。」

「不太信，不過……我瞭解。」

「接下來我講句話，希望你別誤解。你聽我說：我發過財，也窮苦過。」

「讓我猜猜，哪一種日子比較舒服。」

「不用辯也知道。」他奸笑說。他從胸前內袋抽出東西，交給丹尼。一小張摺起來的紙。

「我希望你幫的就是這個忙，」蓋爾文說。「收下吧，不要刁難我。」

一張面額五萬美元的支票，出自蓋爾文在摩根銀行的個人帳戶。

丹尼看他。「什麼意思？」

「一學年的學費，給那間超貴的可惡尼姑學校，另加一點運轉的彈性。」

「什麼？你是想……？」丹尼一時詞窮。

「萊曼是珍娜三年來第四所學校。她讀不下的學校有溫莎、米爾頓和白金漢布朗尼克斯。媽呀，轉學轉到我快記不清楚了。她老是跟壞孩子瞎攪和。不然就是被同學嫌太跩……。風聲一傳開，同學知道她老爸有點錢，大家全模仿電影《辣妹過招》整她。我搞不懂。現在，終於，她交到的知心朋友是個真正的好孩子，我可不希望好事被搞砸了。」

「可是……可是……你為什麼會……你怎麼知道……？」

「我有我的情資來源。」

丹尼腦筋轉不過來。幾分鐘前，他還在忖度是否向蓋爾文借一筆小於這支票幾倍的錢，如今……一定是艾比向珍娜多嘴，絕對是。「這錢我真的沒辦法收下。我是說……再怎麼說，金額也超出應急的數字太多了。」

「那就別一口氣全花光嘛。」

「我不知道什麼時候才還得動。目前我，出版社給我一點錢……哪一天給，不清楚，不過我——」

「有能力再還。」

「不——不好吧。這讓我不太自在。」當然也沒有彆扭到斷然拒絕，只覺得講這種話能應應風景。他回想起艾比在廚房拆信的神情。一見萊曼的最後通牒，艾比得知非轉學不可，情緒多麼激動。

「看在老天爺分上，別跟我來中上階級東北佬那一套，別跟我鬧彆扭了。你和我，我們用不著虛假。相信我，虛假的人我看多了。金融區的那些勢利眼，想買賣金融商品多數都找我，可是呢，我想進鄉村俱樂部，他們就見鬼似的，懂嗎？」

丹尼微笑點頭。他猜蓋爾文指的是某家會員資格審核嚴格的場所，在波士頓近郊，名叫「鄉村俱樂部」。聽蓋爾文口氣，可能他曾申請入會遭拒，或者遇到排外的態度之類的。

丹尼點頭。「有人告訴馬克．吐溫，安德魯．卡內基的錢不淨（tainted），馬爺說，的確不淨，不敬你也不敬我。」

蓋爾文聽了爆笑。「有道理。我們倆啊，出身差不多。我爸拚了老命，拉拔十個小孩長大。你爸是建築包商。你我都不是含銀湯匙出生的孩子。」

「你慷慨到不可思議。」

「以我的角度來看，拿這五萬去加油，連我的遊艇都加不滿，懂嗎？假如艾比離開萊曼，珍娜會淪落成怎樣，我想想都怕。砸五萬元能保住女兒的快樂，你以為我出不了手嗎？哼，那你看我看走眼了。」他的目光直鑽丹尼眼睛，表情近乎憤怒。他語氣轉為凝重。「你收下吧，我會覺得很光彩。」

丹尼審視這張淺藍色支票。他眼眶泛淚。這情形通常只發生在回憶莎拉在世最後幾天的情景。「方便我要求一件事嗎？」

「當然行。」

丹尼臉頰灼燙起來。「可以匯給我嗎？」

12

翌日正午前，五萬美元匯進丹尼的銀行戶頭。

他上網查詢帳戶餘額。頁面連續刷新幾次。他想確定這筆錢是否真的入帳了。想確定不是幻覺。的確匯進帳戶了，也確實沒跑掉。

是真的。湯姆．蓋爾文說到做到。

五萬美元。一大筆錢。絕對不夠償還他所有債務。拿這數字去償清，簡直像拿一杯水去救火燒屋。但一杯水足以澆出一條生路供他逃命，讓他衝出祝融肆虐中的殘局。

最重要的是，這數字能保護艾比。

他致電萊曼學院，請總務長莉亞．溫諾科接聽。幾星期以來，丹尼不停躲避總務長的來電。聽見丹尼的聲音，總務長語氣詫異，不帶欣喜。丹尼告訴她，過幾小時，他會去學校接艾比，順便親交支票給她。

總務長吞吐一陣才回答：「對不起，截止日期是今天。下午五點。」

「那我兩點三十分去見妳。」

「抱歉，來不及了，古德曼先生。嚴格說來，學費必須在今天五點前進學校戶頭。個人支票一定來不及入帳。除非你開的是銀行本票或——」

「那我馬上匯款給妳，」他說。「可以嗎？」

從學校回家路上，丹尼說：「艾比，我想安安妳的心。我把總務處的狀況解決掉了。」

艾比長吐一口氣。「我的天啊。我的天啊。哦，謝謝你，爹地。我的天啊。感謝上帝。」

要謝就謝蓋爾文帝。他含在嘴裡沒說出口。

「我愛你，爹地。」她細聲說，幾近靜音。

「我愛妳，哺哺。」

抵家後，艾比進房間做功課，丹尼在筆電前坐下，儘量寫書。無法專心的他想起蓋爾文在書房請他抽的雪茄，於是用Google搜尋看看。是古巴出品的限量版Cohiba Behike。買一盒酬謝蓋爾文的恩情吧。

沒看錯吧？這一款雪茄只生產四千支。

每支四百多美元。

昨天他抽掉一支美金四百的雪茄，而他連喜歡都稱不上。

接著，他搜尋蓋爾文請他喝的單一麥芽，也就是一九三九麥卡倫四十載。沒看錯吧？

每瓶一萬多美元。

七點左右，艾比從臥房走出來。「晚餐吃什麼？」她說。

「義大利麵怎樣？」

她聳一聳肩。「都可以。」

電話鈴響，艾比去接聽。

「爹地，找你的。」她封住話筒。「對方好像跟……郵票有什麼關聯？」

他接電話過來。「喂？」

「您是丹尼爾．古德曼嗎？」男音，語調誠懇而專業。

「你哪位？」

「古德曼先生，我名叫葛倫．耶格爾，服務於波士頓聯邦郵政局。」

「呃……什麼事？」他語帶警覺說。「哪方面的事？」

對方笑著說：「我的單位是郵政部長辦公室，職務包括籌組一個稱為『國民郵票顧問』的委員會。你也許聽過吧？」

「抱歉，沒聽過。」

「好，那我簡短說明一下。顧委每年開會四次，針對郵票採取的主題進行決議。」

「連這種事也有委員會啊？」

「有，而且顧委名聲相當顯赫。委員會由十五名傑出民眾組成，有藝術家，有音樂家，有作家，有企業高層，有歷史學家。公眾人物。每次開會都在華盛頓舉行，所有支出當然報公帳，而且委員還有優渥的每日津貼可領。」

「抱歉，我還是不懂。這跟我有什麼關係？」

「是這樣的，古德曼先生，桃莉絲．基恩斯．古德溫❸在最後關頭退出了，據說是趕書稿趕不及吧？結果您的大名出線。我們想找一位專精美國歷史的作家。」

「開玩笑的吧。」

「這麼晚打給您的原因是，我們急著馬上填補空缺。不知道您明天能不能來我們在波士頓的辦公室一趟？」

「我——明天？」丹尼停頓一陣。「好，可以。幾點？」

「一點可以嗎？用不著半小時就行。只問幾個例行問題用來發新聞稿，請您填幾個表格等等。我明白這很趕，請務必見諒……」

「可以，」丹尼說。「沒問題。」

「太好了，」耶格爾說。「我們全都期待認識您。順帶一提，您的那本甘迺迪書令我激賞。」

「原來，賣出的唯一一本是你買的啊。」丹尼說。這是他的老哏之一。

耶格爾先生嘿嘿笑一聲，然後向他報地址。「最後一件事，」他說。「麻煩請您暫時保密，等官方宣布再張揚。政府嘛，您知道。」

電話掛斷後，艾比說：「什麼事啊？」

「是——政府的某個委員會，」他說。「找我提議郵票上面該印誰。」他聳聳肩。

也許俗諺說得對：好事果真連番來。

不雨則已，一雨驚人。

---

❸ Doris Kearns Goodwin，美國傳記作家。

13

隔天上午，丹尼振筆的成果比一整年還豐碩。勢如破竹。手指頭在鍵盤上飛奔，句子一串串從大腦噴出，可媲美老式股票機吐出的漲跌行情表。正午過幾分鐘，他歇手，數一數，足足寫了十八頁。

推手是蓋爾文請他喝的那一杯酒。

蓋爾文當時提及，世家子弟姿態太高，瞧不起他的錢。蓋爾文是水管工之子，發大財，自認打不進上流，一輩子和上流絕緣。

這讓丹尼靈光一閃。丹尼終於能看透傑．古爾德了。原本寫不出東西的癥結在於，丹尼不喜歡古爾德這人。因為丹尼不甚瞭解他。然而，和同年代的商界巨擘相比，古爾德其實低劣不到哪裡去。古爾德曾捐款給慈善機構，對員工散財，也解囊相助三教九流。他只是為善不欲人知而已。古爾德是布衣致富的典型人物。他誕生於紐約州北部農場，進紐約市時，身上僅帶五美元。發大財之後，他遭當時的報紙狠批，懶得自我辯護，隨便讓仇家撰寫他的傳記。這是古爾德一大失策。

丹尼志得意滿，心頭很舒服，搭計程車進波士頓鬧區，來到這棟名為「中心廣場一號」的醜陋大樓。郵票顧問委員會辦公室就設在這裡面，同棟也有其他政府單位。抵達時，離約定時間還有十五分鐘。筆電放在他的書包裡，萬一有空想寫書，隨時可以拿出來寫。

辦公室在二樓。門上沒有招牌，只見號碼：三二二。灰色地毯遍布所有地面，髒兮兮，辦公室門口有一大片污漬。

櫃檯呈L形，表面貼著仿桃花心木紋，是公家機關財產，劣質品，由一名年輕的非裔美女秘書坐鎮。她向丹尼微笑，豎食指，請他稍候。過了大約一分鐘，秘書說：「對不起，您是……古德曼先生，是嗎？」

他點點頭，微笑。

「請您先坐一下，好嗎？我向他們通知您來了。」

靠牆有一排椅子，丹尼選一張坐下，背面牆上有個緝毒署官徽，圖樣以一顆美術化的金色鷹頭為主，以黑色為背景。幾面牆上貼著「通緝要犯」海報，針對「重案毒梟」提供「懸賞」。

約莫兩分鐘後，她說：「他馬上就出來見您。」

內部辦公室的門打開，一名中年男子走出來，矮胖，肩膀下垂，穿不合身的海軍藍西裝，光禿禿的大頭比身體大一號，幾乎沒脖子，一撮稀薄的灰髮觸及衣領。他薄唇兩端向下彎，隱約像青蛙。嘴上的一撇小鬍子剛毛森森，臉上滿是青少年期痤瘡肆虐留下的痘疤。他戴鋼框雙焦眼鏡，外表約五十歲。

「古德曼先生，感激你前來，」中年男說。「讓你久等了，不好意思。我是特別調查員葛倫．耶格爾。」

丹尼緩緩起立，和他握手。「你說你是『特別調查員』……？」

「進來談談吧，我可以解釋。應該不必談太久。」姓耶格爾的中年男說，同時為丹尼開門。

丹尼和他進入長長的走廊。耶格爾略有跛腳的模樣。牆壁呈弧形，漆成公家白，幅度和大樓正面相仿，地上是室內外皆宜的灰色醜地毯。

來到第一道敞開的門前，耶格爾駐足。這一間狹小無窗，有一男子坐在會議圓桌旁，正在講電話，桌上散置紙張和檔案夾。見人來了，他放下電話，起身。

「古德曼先生，這位是特別調查員菲利普．斯洛肯。」

斯洛肯身材纖瘦，側分的頭髮烏黑如擦鞋油，體格精壯似運動健將，一副惠比特犬的長相，臉形稜角分明，充滿好奇心，舉止像狐狸，精瘦有皺紋，鬍碴黑濃，模樣短小精悍，靜不下心。他不主動握手，直接掏出黑皮夾，對丹尼出示徽章。

金屬徽章表面塗成金色，「司法部」的大字下方是一隻鷹，更下方刻著「組毒署」、「特別調查員」，以及一組號碼。

「你們是組毒署？」丹尼說。「我被搞糊塗了。跟郵票扯得上什麼關係？」

「相信你沒跟別人提起這次會晤吧？」耶格爾說。他講得字正腔圓，近乎學者。蛙嘴能吐出這種話令人意外。他在圓桌前坐下，示意丹尼也坐。

丹尼繼續站著，以小到無法察覺的動作點頭。「到底怎麼一回事？」

「這是為了你好。」

「為了我好？國民郵票委員會——」

「是找你進來談的託辭，古德曼先生。」耶格爾說。他向同事使眼色，對方從桌面推一張紙給丹尼。

「你知道這是什麼嗎？」耶格爾說。看樣子他是主管。

紙上佈滿幾欄數字，乍看之下毫無意義。丹尼仔細再看，見到自己的姓名、銀行名稱、支票帳戶號碼。

接著看見：「匯入」、一連串數字、「T．X．蓋爾文」、再一串數字，以及$50,000.00。

「是你的帳戶嗎？」耶格爾說。

「是的。」

「資料正確嗎？湯瑪斯．蓋爾文支付你五萬美元嗎？」

「他不是『支付』我。是借款。喂，幹嘛侵犯我隱私──？」

「這次『借款』，你有書面證據嗎？」

「書面證據？他借錢給朋友，又沒逼人去公證。」

「湯瑪斯．蓋爾文空口送你五萬美元，沒有白紙黑字？」

「他是朋友。他信得過我。」

「我敢說他信得過你。」姓斯洛肯的男子說。他的嗓門低沉沙啞，刺耳如金屬互相磋磨，右腿似活塞抖動不停。

「說明一下，不介意吧？」丹尼說。

「湯瑪斯．蓋爾文被列入緝毒署偵辦對象。」

「販毒？你真的以為……？他出身南區，信愛爾蘭天主教。搞清楚行不行。」

「錫納羅亞販毒集團，聽說過沒？」耶格爾說。

「墨西哥毒梟嗎？那又怎樣？」

「我們有理由相信，湯瑪斯．蓋爾文是錫納羅亞集團的同路人。」

丹尼目不轉睛，不敢置信。然後，他哈哈大笑起來。「啊，我終於懂了。他娶了一個墨西哥人。對嘛。他老婆是墨西哥人，所以他鐵定跟販毒集團有掛鉤。因為嘛，當然，所有墨西哥人都效勞販毒集團，對吧？」

「瑟琳娜．蓋爾文的父親是溫貝多．帕拉．費南迪斯．葛瑞洛。」耶格爾說。

「我應該知道他是誰嗎？」

「墨西哥米卻肯州的前任州長，後來在販毒圈子坐大。」

「唉，別鬧了，太扯了吧。蓋爾文是南區愛爾蘭裔，不太像涉足販毒圈的那一型。完全不是。」

「你……憑什麼知道？」

丹尼啞然半晌。「不像就不像。」

耶格爾瞪著他，久久不放。「你也不像。」

「什麼？」

「請坐下，古德曼先生。」

丹尼心跳狂亂，不知是因恐慌或憤怒。他雙手微叉胸站著。「你們到底想幹什麼？」

「在財務上，你直接牽連到國際毒品交易。」

「荒唐。」丹尼說。

「這筆錢牽連到你，」斯洛肯說。「現在你正式被列入共謀行列了。」

「沒搞錯吧，」丹尼提高嗓門說。「湯姆．蓋爾文是好心人，借錢給我是幫我女兒繳可惡的私校學費！」他停頓語氣，各看兩人一眼，改以較輕的音量說：「我收到蓋爾文的錢，才過兩個鐘頭，就匯一萬六千元進萊曼學院了。照你們的理論，這說得通嗎？」

「那筆資金如何運用並沒有差別，」斯洛肯說。「全被你捐給盧安達的孤兒院也一樣。你收受電匯的髒錢，表示你涉案。」

「是嗎？」丹尼說。「我哪知道？」

「『刻意無視』、『意識迴避』是什麼意思，去查法律字典看看，」耶格爾說。「法院認為，你不問清楚，是因為你不想知道蓋爾文的錢從哪裡來。你刻意無視犯罪的存在。」

「換言之，」斯洛肯說，「即使你自稱毫不知情，你也可能被起訴。」

丹尼猛嚥一口。房間似乎一下子歪向一邊，一下子又往另一邊傾斜。「起訴？什麼罪？因為我在不知情的情況下接受——」

「請你仔細聽好，」耶格爾說。「我們一通電話，就能打給聯邦檢察官約時間，一約好，擠出來的牙膏就收不回了。」

「可惡，這算什麼罪？」丹尼變得口乾舌燥，難以講出這句話。

斯洛肯露出毒辣的淺笑。「罪名是陰謀洗錢、郵匯詐欺，以及金融詐欺，而且還不只這幾項。最起碼會坐牢三十到四十年。」

「是聯邦刑期，」耶格爾說。「什麼意思，懂嗎？不得假釋。」

「話說回來，」斯洛肯說。「你在牢房裡，八成也待不久。墨西哥那批人怕你知道太多內幕，擔心你會開始跟檢方合作。監獄裡到處都是他們那批人。我們護不了你。」

「硬掰一堆假罪名，就能起訴我，沒搞錯吧？」丹尼說。

「我方的勝算看好。」耶格爾說。

斯洛肯聳聳肩。「就算罪名在法庭上站不住腳，那又怎樣？你真的想纏訟五年，浪費人生嗎？我們是政府啊。我們律師多得像自來水，水龍頭一開就有，而且時間多的是。你呢？你找個半吊子律師來想辦法，幫你洗清罪嫌，最後擺平了，律師費可能兩三百萬元。依照你的戶頭來看，你沒這種財力。」

「我也不會指望你朋友蓋爾文出錢幫你辯護。」耶格爾說。

「資產一被我們扣押，他也沒轍，」斯洛肯說。「你的資產也是。你的自住公寓，你那輛破車，你那三萬二養老金，咻的一聲，全飛了。」

「沒錯，你不無可能說服法官和陪審團判你無罪，」耶格爾說。「但我覺得機率不高，因為司法部難得敗訴一次。而在訴訟過程中，你全家會名聲掃地。想掙回名譽不是那麼容易的事。你可憐的女兒——小名艾比，對吧？她會被迫活在陰影下。小小年紀遇到這種事，活受罪啊。」

丹尼頭暈目眩，沉落椅子上。「你們到底要我怎樣？」他說。

14

「很簡單，要你幫忙。我們只希望你配合辦案。」耶格爾說。

「怎麼配合？」丹尼說。

「接近蓋爾文。他似乎很少跟別人往來，你是其中一個。」

「我跟他幾乎不認識，」丹尼說。「昨晚之前，我跟他講過的字大概不超過十個。」

「是嗎？」斯洛肯說。「你剛不是才說，『他是我朋友，他信得過我』？」

「你女兒肯定跟他女兒常膩在一起。」耶格爾說。

「別把我女兒拖下水。」

「但願如此。可惜，如果你拒絕配合，我們別無選擇。」

丹尼覺得反胃。「意思是……？你要我怎麼配合？」

耶格爾看似一句話即將脫口而出，隨即噤聲。他把桌上一份文件推給丹尼。

然後，斯洛肯說：「等你簽好這份合作協議書，我們馬上詳談。」

丹尼匆匆過目，見到「密報員協議」和「緝毒署四七三號表格」。感覺像逸出日常生活，遁入另一個世界，幾乎不盡真實。「密報員」。「緝毒署」。

他愈讀愈想吐。

他奮力鐵下心，鼓足幹勁反擊。「簽下去，對我有什麼好處？」

耶格爾慢吞吞說：「免起訴。有機會見到幸福快樂的結局。」

丹尼的心臟噗噗直跳，覺得胃酸逆流而上食道。真的有路能走出這場惡夢嗎？「可是……你們要我做什麼？」

耶格爾轉向斯洛肯，後者以微乎其微的動作點頭。

斯洛肯說：「我們需要在蓋爾文家裡安插一個耳目。」

丹尼凝視他幾秒。「天啊……。你想在我身上裝竊聽器？」

「簽下去吧，細節我們再談。」斯洛肯說。

丹尼搖搖頭。「我想找律師商量。我有請律師的權利。」

耶格爾聳聳肩，兩手一攤。「隨你便。不過，我可要先警告你一聲。」

丹尼看著他，等他講下去。

「不要隨隨便便找對象商量。」

「去你的，我高興找誰商量是我的事。」

耶格爾聳聳肩。「當然是。不過，我們找藉口約談你，不是沒有理由的。販毒集團的眼線到處都是。你被緝毒署約談，風聲一傳出去，你的CS值就報銷了。」

「CS？」丹尼問。

「密報員。」耶格爾說。

「要是毒梟查到你被約談，」斯洛肯說，然後豎一指，對著自己喉嚨橫劃一下，接著冷笑說：「所以，你可要慎選吐露心事的對象。」

丹尼呆望地上半晌，看著破舊的灰色量產地毯。他暈頭轉向。他想集中思緒，想尋求一流的法律高見，下一步必須戒慎萬分。無論他決定該怎麼走下去，後果勢必嚴重，無法挽回。

「如果我決定簽下去，」他說。「我怎麼跟你們聯絡？直接……回這裡嗎？」

「絕對不行，」耶格爾說。「這是本單位的衛星辦公室。是一個灰色辦事處。工作地點不對外公開。」

「你不妨這樣思考，」斯洛肯說。「甘迺迪聯邦大樓裡的緝毒署總部被販毒集團盯得很緊，進進出出都被監視。蓋爾文的友人進緝毒署跟人見面，一定逃不過他們眼睛。」

耶格爾在名片背後寫下號碼，遞給丹尼。「你想回來的話，打這電話。」

斯洛肯說：「你最好不要拖拖拉拉的。」

「不然怎樣？」

「不然，我們就撤回協議書。然後，祭出手銬對付你。」

15

丹尼踉蹌離開中央廣場一號，步入高照的豔陽下。他渾身麻木。

他找到一家星巴克，買杯咖啡，坐下來思考。再怎麼想，他是徹徹底底、不折不扣倒大楣了。

他上網搜尋「錫納羅亞販毒集團」。

Google自動建議近似詞：

錫納羅亞販毒集團 鏈鋸

錫納羅亞販毒集團 成員

錫納羅亞販毒集團 新聞

他忍不住點選「錫納羅亞販毒集團 鏈鋸」。他點擊連結，按「進入」證實年滿十八歲。影片開始播放。

地點在墨西哥，兩名發福的男子裸露上半身，操西班牙語，可能是毒販或錫納羅亞集團的殺手，是兩個惡煞，惶恐如孩童，被綁在泥磚牆腳，躺在地上。

然後，一個身穿軍隊迷彩裝的男人走過來，啟動伐木用的鏈鋸，不消幾秒，兩顆頭落地。原本活著的人，轉瞬間身首異處。

他們是告密者。字幕寫著。

密報員也是告密者的一種。

這支影片以墨西哥鄉村舞曲配樂，吉他、小喇叭、手風琴伴奏，節奏採波卡舞曲。這種類型的曲子用來歌詠虐殺毒梟的兇手。捧他們為民間英雄。

配樂是輕快、活躍、歡樂的鄉村舞曲，聽不見受害人的慘叫，反而讓影片更加怵目驚心。不到兩三分鐘，在丹尼見到的影片中，共有十四個毒梟走狗慘遭鏈鋸活活分屍，頭、腿、軀體排在地上，宛如被精心切好的感恩節土雞。

徹頭徹尾、十十足足的倒大楣。

他非找人討論不可，找個專家。找刑事辯護律師。但他一個也不認識。

莎拉的前夫是律師。前妻的前夫，關係既複雜又悲哀，一想就頭疼。

不行。

露西的大學室友是企業律師，目前在華府鼎鼎有名。律師之間彼此認識。有些時候，律師除了別的律師之外，誰也不認識。丹尼掏出手機，按快速撥號鍵給露西。

接通之前，他趕緊按「結束」。

向露西傾吐這種大麻煩，好嗎？這是重大決定，一吐露就無法收回。他有必要深思。

還不是時候。

他認識一個人。大一那一年住宿舍，有一位同學住他對面，名叫傑．波斯坎澤，成天泡在哥大的巴特勒總圖，書卷氣很濃，活力充沛，頭腦靈光，言語尖酸。哥倫比亞大學畢業後，波斯坎澤升哈佛法學院，畢業後效勞大法官，後來自行執業，成為大牌名律師。

丹尼相當確定，波斯坎澤專精刑事法。

丹尼需要一個刑事法專家。真正的高手。

他再拿起手機，撥號。

16

在波士頓，傑·波斯坎澤是公認的刑事辯護律師高手，本事少有人能出其右，經常名列《波士頓雜誌》本市「精悍律師榜」。

他是巴登謝特事務所的合夥人。事務所高居漢卡克玻璃帷幕大廈四十八樓，能瞭望全市。波斯坎澤辦公室窗景俯瞰後灣、查爾斯河、金融區，景物縮小如立體地圖。辦公室裡的體育紀念品琳琅滿目，有簽名的斷球棒，有紅襪隊賽事簽名加框照，也裱框展示一片波士頓花園拆卸而來的舊拼花地板。

波斯坎澤的頭髮毛燥，褐中帶紅，摻雜不少銀絲，地中海禿，眼鏡是玳瑁框，講話帶鼻音，神態嚴苛。現在他貴為名律師，但在丹尼眼裡，他裡裡外外依舊是大一那個書呆子。

順常情，兩人閒話家常一陣。波斯坎澤有兩個兒子，年紀比艾比稍小，一個就讀法森登，另一個念貝爾芒山，都是私立和尚學校，是萊曼的「兄弟校」。

「喔，對了，我欠你一張謝卡。」丹尼說。

「謝什麼？」

「謝……不就是，莎拉喪禮嘛——你的捐獻。對不起，我日子過得太糜爛，沒寄謝卡給你。」

為莎拉辦喪禮時，丹尼請大家別送鮮花，改捐款支持乳癌研究基金會。波斯坎澤以莎拉名義慨捐大約一千美元。

「別放在心上。我聊表心意罷了。你還在……和露西．林茲隆……交往？」

丹尼點點頭。他在想，連波斯坎澤也在大學時期暗戀系花嗎？

「有福氣。」

「你不講，我也知道。」

「我看得出你很緊張，丹尼，」波斯坎澤坐在玻璃面的辦公桌前，手指對撐成帳篷狀。「怎麼一回事？說來聽聽吧。」

丹尼深吸一口氣坐好，上身往前傾，侃侃而談最近兩天的事件，向他吐露財務窘迫、借款、神秘來電、赫然發現帳戶被緝毒署監控，因為緝毒署一直想調查湯姆．蓋爾文。

「什麼？」波斯坎澤說。「湯瑪斯．蓋爾文？」

丹尼點點頭。波斯坎澤的語氣急促，令他情緒波動。

「你聽過他名字？」

丹尼再一次點頭。

「所以，緝毒署的意思是，蓋爾文涉嫌為錫納羅亞洗錢，幫墨西哥毒梟做事？」

「差不多是。」

波斯坎澤伸出一手，比出交通警察的手勢。「抱歉，我一時腦筋轉不過來。」

「很扯吧？」

波斯坎澤沉聲吹一聲口哨。「哇，天啊，丹尼。不妙啊，丹尼。你慘了。」

這不是丹尼樂見的反應。感覺像肚子挨了一拳。丹尼當然知道情況多糟，但當場聽刑案辯護律師如此說，他更覺得山雨欲來。「什麼意思？講詳細。」

「蓋爾文匯錢之前，你有沒有給他一份書面認知書或紙條之類的？」

「不過是借錢而已。我過陣子會還給他。」

「有沒有借據？」

丹尼的頭緩緩晃一晃。「朋友之間借錢，通常不會簽約吧？」

「所以說，那五萬——來路被說成什麼都可以。被說成某種付款。」

「可以吧，只不過不是。」

「你無法證明是借款嗎？」

「緝毒署又不能證明不是。」

「政府不必證明什麼。」波斯坎澤停頓許久。「如果政府懷疑蓋爾文替錫納羅亞集團洗錢或運毒或什麼的，政府會使出葫蘆裡的所有把戲，這表示，無辜路人也會被捲進去整個半死。」

「我不懂。」

「你找錯對象借錢了。」

「對是對，不過，我壓根兒不懂毒品或墨西哥毒梟或……我又沒做錯什麼事！這不才是最重要的一點嗎？」

大律師徐徐吐氣。「很遺憾，不是。你被捲入毒品運銷重案調查了，你本身有沒有涉案都一樣。我說過，政府一定會使出所有伎倆。這表示，以這案子而言，政府會對你施壓，非逼你同意合作不可。脅迫力、優勢，全在政府手上。這不公平，沒錯，可惜情況就是這樣。你掉進一個進退都打不贏的情勢了。這是一個醜陋的事實。」

丹尼強嚥一口。「傑，你不是全波士頓最強的律師嗎？」

波斯坎澤忍不住陰陰一笑。「不能說是不爭的事實。」

「所以你的意思是，我們不能向政府辯解？」

「丹尼。我們當然可以辯解。不管你下一步想怎麼走，我都挺你，真的。不過，讓我先講白話文給你聽聽。這案子依法而言，你跟罪犯打交道，政府假定你也犯了罪。你當然可以辯解。不過，你勝算不高。政府一決定依毒品罪嫌起訴誰，政府幾乎無往不利。我不準備對你拐彎抹角。聯邦起訴毒品案的成功率多高，你知不知道？」

丹尼搖搖頭，耐不住性子。

「超過百分之九十。」波斯坎澤微微轉頭敲鍵盤。「找到了——九十三％。換言之，不管『毒品販運』怎麼定義，涉案被起訴的人有百分之九十三被定罪，幾乎各個都坐牢。這表示，你牢裡蹲的機率是九成。很現實。」

丹尼差點從椅子一躍而起。「坐牢？」他結結巴巴說。「你指的是坐牢？你在扯什麼屁？」

波斯坎澤慢慢搖頭。「丹尼，別這樣，坐下吧？我的意思只是，假如我方選擇進入法律程序，抗爭到底，你最後坐牢的機率極高。」

丹尼忿忿不平說：「所以，基本上意思是，別人借錢給我，我接受……就可能被判刑？」

「你的行為被政府界定成詐騙罪，就有可能。」波斯坎澤把電腦螢幕轉向他。「你自己看一看。」

數據表之類的東西。有文字，有數字。「這是什麼？」丹尼問。

「聯邦政府針對RICO罪的判刑綱要。RICO是詐騙集團防治法的簡稱。這案子涉及五萬美元，而且被列入毒品相關行為的類別，你可能被判有期徒刑三百二十四到四百個月。」

丹尼一臉驚恐，瞠目結舌。「連四百個月是關多久，我都沒概念。」

波斯坎澤毫不遲疑。「三十三年。」

丹尼乾嚥一口。「太扯了吧！」他試圖從內心強擠出一點盛怒的情緒，結果嘴巴只吐出一句像懇求的言語。「扯到沒力。」

波斯坎澤垂首片刻，彷彿在祈禱，也像陷入沉思。隨即，他抬頭說：「記得我們爬上洛圖屋頂那次嗎？」

丹尼點點頭。強登洛氏紀念圖書館屋頂是哥大學生的悠久傳統，過程不僅要撬鎖，從窗縫鑽進去，還得冒著被抓被退學的風險，所以別具一番知法犯法的趣味。在大一那年，他和波斯坎澤曾半夜溜上洛圖屋頂，景色美不勝收，也能遠遠瞭望校園方院燈火閃爍。

丹尼點頭，不知老友為何提往事。

「好好玩。」波斯坎澤說。

「的確。」

「我討厭大一那年。我室友全是混帳。你是我少數幾個朋友之一。」

丹尼很感動。他現在才知道。他點頭微笑。「是我的榮幸。」

「聽我說。我大可收你的錢。我樂意之至。樂意的是我們事務所啦。不過，你和我，我們朋友一場，所以我不打算騙你。和聯邦政府打對台的代價高到難以想像。我們事務所規定，開頭先收定金二十五萬美元。」

「傑，我哪來那麼多——」

「而且政府知道你沒錢，相信我。事實是，找個稱職的辯護律師，訴訟到最後，可能耗掉你一百萬，甚至兩百萬。」緝毒署調查員曾說過類似的話，丹尼記得。「另外，官司可能一拖就好幾年。而且，我剛提過，你勝算不大。你有九成的機率會坐牢。最長三十三年。」

「天啊。」

「告訴你好了，假如你是我哥哥、我老爸、我最知心的朋友，我會叫你乾脆和政府合作。不過，你也是個單親爸爸。艾比只有你一個家長。你該為她著想。走錯一步，女兒的一生就毀了。我的意思是，你有沒有為艾比指定一個監護人？」

「一個……監護人？」

「萬一你坐牢的話。萬一你被迫離家的話。因為，你很可能會遇到這種狀況。除非你跟政府配合。你真的想玩一玩命運輪盤，賭賭運氣嗎？我猜你不想。」

「遇到這種事，不可能吧！」

「不信再找律師問問看，丹尼。再找兩個、三個。找幾個和聯邦交手過的律師。他們全會告訴你同樣的話——差別大概只在，談到你的勝算時，他們會輕描淡寫。樂意收你錢、害你破產的律師多的是。我可不願意。我以朋友身分勸你和政府合作。如果你想打官司，我可以幫你打。不過，憑良心，我不建議你走上這條路。」

「可是……假如我合作，那又怎樣？我會遇到什麼事？」

「你會先和政府簽訂協議……」

「我指的不是這個。假如說，我照他們的意思，一五一十做。我變成機密通報者，或密報員，隨便他們怎麼稱呼好了。假如他們在我身上安裝竊聽器，或側錄我和蓋爾文的電話。假如這樣做導致蓋爾文被捕，我會有什麼下場？」

波斯坎澤遲疑片刻。「你……你就自由了。」

「錫納羅亞集團逮到抓耙仔，拿鏈鋸砍他們頭，那種影片你看過沒？」

波斯坎澤搖頭。

「如果我密報，讓蓋爾文坐牢，如果他真的是錫納羅亞毒梟的走狗，哼，誰能保證我不會變成砍頭片的倒楣鬼？」

此言一出，現場沉寂許久。

「我覺得你沒有選擇餘地，」波斯坎澤說。「我真的很難過，你大概沒有選擇餘地。」

昏昏沉沉中，丹尼搭電梯下樓，幾乎沒留意到身旁乘客。不知不覺中，他置身漢卡克大廈的大廳，然後步出旋轉門。

傑．波斯坎澤講的是真話，丹尼絲毫不存疑。波斯坎澤個性傲慢，頭腦靈光，盛氣凌人，如果連他這樣的律師都主張沒必要槓上司法部，明知打不贏還拚老命抗爭，又有什麼意義？

波斯坎澤說得沒錯——單親爸爸的他非為艾比著想不可。

站在大廈外，丹尼被豔陽照得睜不開眼睛。他取出緝毒署給的名片，照電話號碼撥號。

第二篇

17

丹尼再次上門時，特別調查員耶格爾拿著黑莓機貼耳朵。

「對，是我，」他說。「對。對。」

他匆匆瞄丹尼一眼，好像見家貓叼進一隻死老鼠。「哼，辦不到就是辦不到。」他對著黑莓機說。

耶格爾揮手招呼丹尼進門，不再看他。

門喀嚓關閉，辦公室只有兩人，耶格爾才結束通話，伸出一手，和丹尼握一握。他的熊掌像被穿舊的棒球手套。

「你這條路走對了。」

丹尼不語。*我能作主才怪*。

「你先在簽名的地方下筆，然後我們才可以進行下去，」耶格爾邊說邊帶丹尼進走廊。經過休閒室，空氣瀰漫一股吐司烤焦的氣息，裡面有微波爐、立方體小冰箱、Keurig咖啡機、量販店來的一大箱咖啡膠囊。走廊對面有一間房間門關著，裡面傳出喧鬧的笑聲。大概是職員正在開會。

來到先前見面的那間會議室，斯洛肯坐在桌前，頂著一頭黑亮似鞋油的頭髮。這一次，斯洛肯正在整理桌上一疊紙張，宛如正在玩接龍。

「哇，貴客回來了，」斯洛肯說。「請坐。舒服一下。這次會拖比較久一點。我們想集結完整的個人背景。」

「做什麼用？」

「寫簡報，呈給總部用，」耶格爾說。「向上級說明我們認為你幫得上什麼忙。」

「有什麼好簡報的？」丹尼問。

「有一套標準程序，針對所有抓耙——呃，密報員。」斯洛肯說。

「你差點講抓耙仔。」

「老習慣嘛。」他惡狠狠一笑。

「我又不是毒梟的走狗，稱不上抓耙仔吧。」丹尼指出。

斯洛肯發出一聲長嘆。

過了四十五分鐘，填完一疊空格數不清的表格後，身家問題的部分才算結束。接著，他們叫丹尼描繪蓋爾文家的樓板配置圖，憑印象能畫多少就畫多少。他們也叫丹尼儘量回憶居家工作室的細節，例如門窗設在哪裡，有幾部電腦，有什麼樣的電子器材。蓋爾文辦公桌上的大小所有物件。丹尼暗喜自己記性多好。兩名調查員連番上陣。一個去喝咖啡、喝水或上廁所，換另一個接手問話。

「為什麼問這麼詳細？」丹尼一度發問。

扮黑臉的斯洛肯說：「由我們來發問，可以嗎？」

「你有沒有見過他用室內電話通話？」耶格爾問。

「沒有。只見他用手機。他的黑莓機。」

「你確定是黑莓機嗎？外形會不會比較厚重，或覺得哪裡不同？」

「我沒近看。」

「你有他的手機號碼嗎？我指的是黑莓機號碼。」

丹尼點頭。他取出iPhone，進入通訊錄，宣讀蓋爾文號碼。

「有沒有注意到他傳簡訊？」

「我分不出他是在傳簡訊或打電話，」丹尼說。「為什麼問？問這麼詳細做什麼？」

「我們有必要知道他通話的對象和內容。」耶格爾說。

「竊聽他電話，不就好了？」

「高招啊，」斯洛肯說著起身。「我怎麼沒想到？」他甩甩頭，一臉好氣又好笑，離開會議室。

「我們沒竊聽？何以見得？」耶格爾說。「麻煩就麻煩在，販毒集團變得太精了。電話線如果沒加密，他們絕對不在電話上談生意。」

「你們有沒有想過，蓋爾文不用電話談生意，是因為他根本沒跟販毒集團做生意？」

耶格爾按捺住冷笑。「他的室內電話其中一支對外傳送加密訊號，被我們攔截過。大概是他工作室裡的那支。」

「那又怎樣？」

「他訊號加密，一定有原因。」

丹尼聳聳肩。「你們沒法子破解嗎？」

「沒那麼簡單。你讀太多間諜小說了。」

「間諜小說讀再多也不夠。」

調查員請丹尼交出iPhone，在裡面安裝兩個APP，其中一個是保密交談軟體ChatSecure，運用一種名為「不列入紀錄」（Off-the-Record）的加密協定，能確保收發簡訊不外漏。

「我們設定一個Gmail帳號給你用。」

「我已經有Gmail了。」

「不要用。不要用你的帳號發電郵給我們。用這一個。」他用黃色便利貼寫下：JayGould1836@gmail.com。

「如果你想用Google Talk發簡訊，就用這帳號。」

「傑．古爾德，」丹尼說。「你們真用心。」

「一八三六是——」

「是他出生的那一年，對，我知道。對了，你們憑什麼認定，蓋爾文肯和我交心？」

「我們不認為他會，」耶格爾說。「他當然不會。」

「那你們為什麼找我？」

「為了這個。」

斯洛肯的口吻洋洋得意。他出現在門口，一手捧著一個白色紙盒，而非咖啡杯。他衝進來，把紙盒放在丹尼面前的桌上。這紙盒看似麵包店包裝盒，用來裝糕餅甜點的那種，大概能裝半打杯形蛋糕。他掀開盒蓋，取出一只小雕塑品，一尊羅丹的《沉思者》複製品，俗裡俗氣，是跳蚤市場常見的廉價品，甚至在黑皮上加一層偽綠，以揣摩羅丹美術館珍藏的青銅真跡，仿造成被巴黎雨氧化數十載的模樣。這複製品做成書擋，做成一份古玩。垃圾一個。

「這是什麼東西？」丹尼說。

「一個禮物，」斯洛肯說。「你拿去送蓋爾文，報答他大方借錢給你。」

「一個……書擋？不是至少要兩個嗎？」

「一個不嫌少，」斯洛肯說。「這是個室內竊聽器。內建GSM監聽器。能透過手機訊號發報。」

耶格爾說：「我們既然沒辦法破解電話訊號，只好退而求其次，在室內暗藏一個監聽器，起碼能偷聽他講什麼。我們想監聽三十天，然後依法必須向法院回報。」

「單單一個書擋，」丹尼說。「我幹嘛送他一個書擋？太奇怪了吧。」

耶格爾聳聳肩。「送……就送吧。送一個藝術品之類的，管它是什麼。反正是技術部門的構想。」

「你們是玩真的嗎？找我送他這個住家掃除大拍賣、跳蚤市場級的垃圾酬謝他？這種東西，你們以為他會擺在辦公桌上？以為他是影集《黑道家族》裡的黑手黨嗎？蓋爾文的品味很高尚啊。他桌上才不會擺這種鬼東西。怕丟臉。是複製品就算了，還做得這麼蹩腳。」

「他不想惹你不高興，」耶格爾說。「他會擺在桌上，以免下次你來訪找不到它。」

「他跟我幾乎不認識，才不會擔心傷感情。我車子還沒開出他家車道，禮物一定就被他扔掉。」

「是有這個可能性，」耶格爾退一步說。「但也未必。」

「你有更厲害的點子嗎？」斯洛肯說，語帶挑釁。

丹尼聳聳肩。「至少也做成一隻鷗嘛。」

「鷗。」斯洛肯輕蔑一笑。

「波士頓學院的吉祥物白頭海鷗。」

「值得思考，」耶格爾告訴斯洛肯。「這點子不賴。」

「至少會拖個兩三天，」斯洛肯回應。「技術部門要先找一隻鷗，然後改裝。」

「值得多等幾天。」耶格爾說。

「算了，」丹尼說。「反正不可能被他擺桌上。」

「我略有同感，」耶格爾說。「總之這事需要三思。」

「你們到底找我有什麼用途？」丹尼問。「你們難道沒有一組人嗎？可以派他們等蓋爾文全家不在，趁夜潛進去安裝竊聽器，不行嗎？」

「我們考慮過這途徑，後來放棄了，」耶格爾說。「蓋爾文家從不鬧空城，即使全家出門也一樣。家裡一直有傭人在。另外也有全套尖端科技保全系統。」

「你們竟然攻不破？」

「可行性偏低，」耶格爾說。「無法迴避監測而強行進入他家。此外，一旦他們懷疑有人入侵過，他們會進行地毯式搜索，徹底消毒。執行那種任務，必須高度謹慎考量無心插柳定律。」

「意思是……？」丹尼說。

「有時候，狀況會大亂。」斯洛肯說。

丹尼猛嘸一口。「找我做這事不好吧。風險太大了。你們不是怕無心插柳嗎？要找就找專業。這不是我的本職學能。」

「錯。你具備一份最重要的資格，」耶格爾說。「親近性。蓋爾文似乎信得過你。」

「照你這樣講，我唯一的一個『資格』是，我女兒是他女兒的朋友。不過，講句老實話，如果蓋爾文真是販毒集團成員，那我不想再准女兒去他家玩了。」

耶格爾挨近，伸出捕手手套似的粗手，放在丹尼手腕上。「絕對不許異動。這一點是關鍵。你萬萬不能更動任何既有模式。如果你突然不准女兒去蓋爾文家，他難保不會起疑心。」

「我進他工作室裝竊聽器，要是被他逮到，那怎麼辦？如果他發現發報器呢？我的下場會怎樣？我女兒下場會怎樣？」

「那就別被逮到嘛。」斯洛肯說。

耶格爾說：「你女兒不會出事的。」

「我跟該死的緝毒署合作，要是風聲傳出去了怎麼辦？要是你們自己走漏風聲呢？要是有人大嘴巴，傳進蓋爾文耳朵，被他發現我在他家藏竊聽器，那怎麼辦？」

「快別自尋煩惱了，」耶格爾說。「事情到了那種地步，再煩惱也不遲。幸好不會。一切都會進行得穩穩當當。」

「你不是才提無心插柳定律嗎？」丹尼說。

兩名緝毒署調查員啞然無語半晌。斯洛肯嘴角掛著一抹若有似無的淺笑。

「絕對沒有憂慮的必要。」耶格爾說。

然而，連耶格爾的語氣也不具信服力。

18

事隔兩天，簡訊來了。

出現在他筆電上。先來的是一記三連音「登登登」，震顫而朦朧，宛如顫音琴的聲響，隨即一個視窗蹦出來，問他是否願意接受一份數位指紋，亦即密鑰。視窗裡充斥著毫無意義的亂碼。發訊者是「匿訊〇〇七@gmail.com」。

他按「是」，簡訊立刻浮現：晚間七點，IHOP煎餅之家，將士場路，東北角停車場。

約見地點是波士頓西郊布萊頓的國際煎餅之家停車場。

丹尼原已漸漸希望緝毒署對他意興闌珊了。希望緝毒署終於覺醒，他是個不夠格的生手，強逼他效命並非明智之舉。風險太高了。無心插柳的後果恐怕太多。

懷抱著不祥的預感，丹尼鍵入「OK」，按「傳送」鍵。

他知道，緝毒署一事不宜向艾比透露。

艾比才十幾歲，屬於凡事皆公告周知的世代，一舉一動全晾在臉書、推特或IG上。這種機密，她絕對守不緊。閨蜜的爸爸是墨西哥毒梟的理專？自己的老爸受脅迫，暗中蒐集蓋爾文家的情資？她聽了一定先是不敢置信，然後勃然大怒，最主要的反應則是激動不已，難以遏制的反射動作是儘快通報珍娜。

露西和她截然不同。露西個性守口如瓶，丹尼絕對信任她。她不是長舌婦，懂得保密之道。然而，同日下午，他打給露西時，竟發現自己難以傾訴驚人的近況。

「小露，寶貝，今天晚餐我會遲到。」

「艾比呢？」

「會回家吧，就我所知。不會去蓋爾文家。」

相處久了，這一家的三人行組合行得通。露西的兒子凱爾離家就讀鮑登學院，她自己成了空巢族，獨守位於布魯克萊恩鎮的自住公寓裡，不愛煮單人晚餐，喜歡來和丹尼、艾比共享家庭時光。

她不是艾比的媽媽，也不是繼母。她是老爸的女朋友，不具家長權威。然而，就某種層次而言，她也算是艾比的手帕交，類似大姐姐。在別家，同樣的組合可能互動彆扭，在丹尼家卻暢通無阻，原因或許是露西本身是心理醫師，明白互動關係中哪裡有地雷，懂得避免誤踩。

「好吧，」露西說。「那我就煮點東西給艾比吃。你在忙什麼？」

他已經擬好草稿。「有個老朋友來波士頓，想聽聽我意見。他有個出書的點子，要我提供出版方面的想法，大致是想請教怎麼找文學經紀。」

「是誰啊？」

「妳不認識啦——名叫亞特……亞特．納瓦……」

「沒聽過。是哥大老同學嗎？」

「不是，是透過莎拉認識的。幾百萬年前的事了。所以，晚餐妳們兩個先吃，別等我。」

亞特．納瓦是他在家鄉的高中朋友，畢業典禮之後不再聯絡，甚至也從沒掠過思緒。為何挑這姓名當幌子，他也沒概念。

他能確定的是，人生路來到險峻的急轉彎，他想護著露西，確保她清白不涉案。他只想獨自走下去，不願危害他深愛的女人。總覺得這是他應該做的事。

話說回來，在這之前，丹尼從未對她撒過謊。他也深信他不會下不為例。

當晚，七點差五分，丹尼來到布萊頓的國際煎餅之家停車場，坐在自己車上。這家連鎖餐廳打出「早餐當晚飯吃」口號，聲勢始終大不起來，這時段的停車場大致冷清清，但車輛仍不斷進進出出。將士場路上的車聲起伏有致，幾乎帶有催眠作用。換成別的時空，或許真能催眠吧。

因為此時丹尼心情七上八下，而他討厭無所適從感。他照約定，七點停在煎餅之家停車場東北角。

對方會主動找他。

他等著。隔幾個停車位，有一輛紅色Jeep Grand Cherokee豪華休旅車停著。很可能是員工車，或許車主是店長。停車場其他車輛集中在餐廳門口附近。

每當有車駛進停車場，丹尼會放眼望去，觀察來車會不會駛向他。到了七點零五分，他見到總共五輛進停車場，三輛離開，沒有一輛接近他。和他通話的調查員是耶格爾，是口氣比較不衝的那位，他在電話上強調務必要準時。丹尼想再等五分鐘，然後走人。

手機發出詭異的鈴聲，顯示「收到加密簡訊」字眼。他打開手機，閱讀簡訊：「看你右手邊。走側門。不用鑰匙。」

他向右望去，不見人影，什麼也沒有。

一時之間，他被搞糊塗了。接著，大約在二十英尺外，他看見一間汽車旅館，招牌寫著：「查爾斯河汽車旅館」。有一道白框黑色側門。他一直沒留意到汽車旅館的存在，現在一看才知，和煎餅之家比起來，他距離汽車旅館反而較近。

隨即，手機再叮一聲，簡訊又來了：「一二六號房。你右邊第一間。」

丹尼下車，關上車門，前後左右看一眼。汽車旅館門前有一道水泥矮階，兩旁種植矮樹叢。側門設置刷卡開門的機制，但丹尼一握住門把，門立刻打開。鎖被人卡住了。走廊光線不明，有尿布臭味。他聽得見娃娃的哭聲，不止一個房間，不止一個嬰兒。由於低收入戶國宅爆滿，丹尼懷疑這間會不會也被州政府徵用，安排貧民進住。右邊第一道門是一二六房。他敲一次，門應聲敞開。

站在門內的是斯洛肯，頂著男士染髮劑染得黑亮的頭髮，臉形尖如狐狸。丹尼進門後，斯洛肯不發一語關門。耶格爾坐在角落。窗簾閉合，唯一光線來自一盞檯燈。

「丹尼爾。」

「不是說，七點準時到嗎？」丹尼說。「原來你們指的是政府時間啊。」

耶格爾緩緩搖頭說：「這些預防措施是為了確保你安全。」他遞出一只深藍色小絨布袋。

丹尼接下。裡面有個沉甸甸的小物體。

「小心拿好，」耶格爾說。「準確度剛校正過。失靈就不妙了。」

丹尼從袋中倒出一枚狀似硬幣的鐵盤，是一枚青銅獎章，刻著拉丁文：「波士頓學院」。

「眼熟嗎？」耶格爾說。

丹尼點頭。「大概吧。」

「和他家的波士頓校長獎章一模一樣的複製品，唯一的差別是原料。樹脂做的。」

丹尼放在手心上，掂掂重。沉甸甸的，冰冷，甚至有堅硬的手感，酷似真金屬製品。「這是發報機？」

耶格爾點頭一下。「是GSM系統的監聽器，靠聲響啟動，一偵測到室內聲響，立刻自動通報，好讓我們監聽。不過，你的任務比較艱難。你得進去和真品調包。」

「我怎麼進去調包？」

「自己想辦法不會？」斯洛肯說。

丹尼轉身，對斯洛肯說：「我前後只進過他家工作室一次。你想罵我腦筋不正常的話，隨便你罵，不過我認為，如果他真的在工作室裡跟毒梟打交道，可能不會放我單獨在裡面閒晃。」

斯洛肯奚落一笑，轉開視線，彷彿厭煩。

耶格爾說：「頂多幾秒就能調包成功。你只需抓準時機。」

「輕而易舉。」丹尼說，暗忖著，這對緝毒署調查員是一組怪搭檔。耶格爾的言行舉止認真到了近乎虛情假意，但在表面底下，斑斑舊漆或古羊皮紙難掩粗神經、粗鄙、下流的本質。

「調包好了通知我們。」耶格爾說。

「怎麼通知？」

「保密簡訊。用你的古爾德帳號。我們會循相同的管道聯繫你。」

「然後我洗手不幹嗎？」

斯洛肯雙手叉胸。「如果我們得到我們要的東西，你當然可以。」

「如果被他逮個正著，那我怎麼辦？」

「別被逮個正著嘛。」斯洛肯說。

「謝了，」丹尼說。「不過，我是個生手。跟這種事搭得上邊的動作，我一次也沒做過。」

「做起來並不難，」耶格爾說。「我們會逐步教你怎麼行動。」

「太好了，」丹尼不帶感情說。「不過，你們還是沒回答我的疑問。要是我被抓到怎麼辦？」

「我剛講的不是笑話，」斯洛肯說。「盡全力，不要被抓到。錫納羅亞集團這票人，他們做事很謹慎，而且心狠手辣。所以蓋爾文的司機兼做保鑣，一人當兩人用。」

「那傢伙是他保鑣？」丹尼說。「蓋爾文怕誰？」

「競爭對手，」耶格爾說。「別的販毒集團。這些人行事可不會掉以輕心。」

「審慎一點準沒錯，」斯洛肯說。「你就沒啥好擔心的。」

19

見丹尼進家門，暴龍的尾巴對著地板又打又抽。露西坐在沙發工作，牠蜷縮在她腳邊，連起身的意思也沒有。

「這麼快啊，」露西說。「希望你把他給嚇跑了。」

「把誰嚇跑？」

「姓什麼的亞特。想出書的你那個朋友。」

丹尼一會兒才會過意來。他的神經仍像被撥弄過的琴弦嗡嗡顫動不止。「喔，對。沒那回事啦，他只是想瞭解一點基本的東西，妳知道，不就是怎麼找文學經紀之類的，很普通。」

「他想寫什麼種類的書？」

對露西撒謊已經夠慘了，如今又要在謊話裡加油添醋，處境更嚴峻。「我也說不上來。他自己的構想也不是很明確。等我一下，我先去跟艾比打個招呼。」他剛留意女兒的背包丟在地板上。

艾比坐在床上，盤腿敲著MacBook。

「嗨，哺哺，今天學校情況怎樣？」

「嗨，爹地，」她頭也不抬說。「還好。」

「預科微積分上得怎樣？」

「很好。我贏得諾貝爾微積分獎。」

「喔？領獎是去奧斯陸或斯德哥爾摩？我老是搞不清楚。」

她心不在焉擺擺頭，不想再陪父親瞎扯淡。

「我沒打擾到妳做功課吧？」

「有，不過沒關係。」

「忙著寫一份關於臉書的報告嗎？」從丹尼看得見的螢幕，他能辨識臉書的商標。

「你有什麼事嗎，爹地？」

「珍娜還好嗎？」

「還好。」

「妳明天會去她家嗎？」

艾比抬頭看。「不曉得。幹嘛問？」

「因為我不希望成為妳社交行程的局外人。」

「哈哈哈。因為我在她家待太久嗎？可是，別怪我提醒你哦，今天我回家吃晚飯，你卻沒有。」

「今天有人有點太敏感了。」他能意識到，再拌嘴下去，勢必惡化成家庭糾紛，因此儘量退一步。「蓋爾文一家子滿不錯的嘛，對不對？妳老想跟他們攪和，我不怪妳。」

「我才沒跟他們『攪和』。我跟珍娜混一塊。」

「安啦，寶貝。」

「『安啦』？怎麼了？耍萌嗎？」

「故意酸妳的。對了，艾斯特班是什麼樣的人？」

「他們家的司機嗎？我不清楚。我好像沒跟他講過話。他的駕駛技術不錯，你別窮操心。」

丹尼正想問艾斯特班身上有沒有槍，三思之後卻作罷。

「我相信他是高手。不必每次都請他送妳回家吧。有些日子，我可以去接妳。」

「你不是怕停車位被佔走，不喜歡開遠路去威思頓鎮嗎？」

「我很樂意去接妳。妳和我父女倆，應該多多相處才好。」

她聳聳肩，繼續敲電腦。「隨便啦。」

「反正我最近會去衛斯理學院找資料，所以順路。」

她點點頭。

他必須設法重返蓋爾文家。總不能厚臉皮叫他們邀請吧？他近日想再看看蓋爾文工作室內部，但苦尋不到理由。

藉口倒是可以編一個。編一個不太牽強虛假的藉口，再去一趟。

找對時機出擊。丹尼希望好時機趕快出現。

20

隔天，艾比從學校傳簡訊給他：「放學去珍娜家用功行嗎？」

平日，丹尼見這簡訊常微慍，這天卻有一份如釋重負的異樣感受。他回覆：「回家吃晚飯嗎？」

艾比幾乎瞬間回應：「好！」

他回應：「我去接妳。」

半分鐘後，艾比才回應：「謝謝！不用了，艾斯特班可以送我回家。」

他思考片刻，然後打字回應：「反正我會待在那一帶，記得吧？」

丹尼曾留意到，成人發簡訊，常把簡訊當電報來發，句子短，言簡意賅。小孩對電報沒概念，把簡訊當成電郵來寫，語氣如對話，常用俚語。但反過來說，艾比那世代小孩覺得電郵是古物，簡直像拿鵝毛筆在古早的大信紙上寫字。

艾比回應：「OK？」

意思是：你想堅持也行，只不過我不太懂。她忘了爸爸說過，他會去衛斯理學院找資料。也有可能，昨天的對話被她當耳邊風。這好比從前的《史努比》卡通，每次老師或父母對查理·布朗或他朋友講話，觀眾總聽不見他們在講什麼，只聽到類似伸縮長號演奏出的「嗯哇嗯哇嗯哇」音。丹尼懷疑，有半數時候，他的言語傳進艾比耳朵，就化成這種聲響。

他發簡訊回應：「六點去接妳。」

她回應：「謝謝！」

後來，到了下午五點三十左右，他正要前往威思頓鎮，iPhone響起清脆的三連音，宣布新簡訊到來。他瞄螢幕一眼，是艾比：「可以留在她家吃晚飯嗎？」

丹尼陷入長考。如果一口回絕，他大可照計畫六點去接。如果馬上答應，照常情，他不太可能一直在那裡等。她會想請蓋爾文家的司機送她回波士頓。

手機再度響起三連音，催促他。

他決定不回應。他從經驗得知十六歲孩子的腦筋如何運作。她會假定，除非對方直言拒絕，否則就是默許了。

在六點前幾分，丹尼來到蓋爾文家，站在城堡門前，按門鈴。在他等候之際，簡訊三連音再起。他不看手機。他知道肯定是艾比。發簡訊給他的人向來唯有露西和艾比。

約莫一分鐘後，門開了。瑟琳娜．蓋爾文穿著窄版牛仔褲和紫色V領毛衣，蝙蝠臉的兩隻無毛犬在腳邊跑來跑去，又叫又跳。

「哇，丹尼爾，真是抱歉！艾比沒說她要在我們家吃晚飯嗎？」

「是嗎？」室內飄來一股令人垂涎的香味。

女主人接著會怎麼說？丹尼心知肚明。有些人家絕對不會，但瑟琳娜是墨西哥人，而墨西哥人的好客態度是人盡皆知。

「乾脆你也留下來吃晚飯吧？」她說。「拜託？」

餐桌只坐四人：瑟琳娜、珍娜、艾比、丹尼。布蘭登已經回波士頓學院宿舍了，萊恩也回去位於歐爾斯頓區的公寓。他和女友同居中，至今仍未帶女友回家介紹給父母認識，極可能永遠也不會。（瑟琳娜說：「對我來說，不介紹也沒關係啦。萊恩知道她不速配，我何必白費時間對她假好意呢？」）

四人全坐在長方形農桌的一頭。蓋爾文家請的廚子名叫孔蘇薇洛，身材矮壯，頭髮灰白，幫大家把墨式黑豆湯舀進色彩鮮豔的陶瓷碗。

「爹地，對不起啦，我是絕對有傳簡訊給你！」艾比說。

「唉，我一進檔案室，手機就改『勿擾』模式，一定是沒看到。不要緊。何況，我還能趁機在蓋爾文家再吃一頓大餐。」

「艾比，」瑟琳娜說。「妳知道，艾斯特班可以送妳回家，用不著叫妳父親大老遠過來接妳。」

「無所謂啊，」他說。「反正我人在這附近。」他不給瑟琳娜追問的機會，繼續說：「湯姆還在上班嗎？」

「他陪一個客戶進市區吃晚餐。糟糕，我這個女主人是怎麼當的？你愛喝葡萄酒，沒錯吧？孔蘇薇洛？」她改以西班牙文下令：「拿一瓶上等紅酒來請這位紳士，可以嗎？」

「不用了。我不是每晚都喝葡萄酒。」

幾分鐘後，他要求借用洗手間。

從進門到現在，他沒看見廚房附近有浴廁，但這屋子裡房廳室眾多，門也不少，更不無可能有一間浴廁連接廚房，但他認為沒有。「從走廊一直走就到，在右邊。」瑟琳娜揮手指向蓋爾文曾帶他走向工作室的同一條走廊。「我帶你去算了。有時候會走丟。這房子太無厘頭，非常容易搞混。」

「不用不用，」他堅定說。他站起來，掏出iPhone。「走丟了，再打電話問路也不遲。」

進走廊，走二、三十英尺，就有一間半套洗手間，從大家坐的餐桌一頭看不見門。他過門而不入，再前進幾步，向右轉，繼續往前大約五十英尺，抵達蓋爾文的工作室。

門開著。

燈沒亮。光度減弱的夕陽投射琥珀色光輝。塵埃在空中浮沉。

靠近辦公桌邊緣，在面對訪客的一側，獎章躺在盒子裡。丹尼想著，有多少客人能進他辦公室。來人身分是什麼。蓋爾文都在這裡幫販毒集團辦事嗎？

蓋爾文是不是毒梟的走狗，也還不一定。

丹尼進工作室，硬起頭皮，等著身影觸動上方的大燈自動亮起。幸好沒有。工作室依然昏暗。他不想冒險開燈。

他取出iPhone，設定好相機閃光燈，瞄準辦公桌和周遭快速拍幾張。每次發出快門聲，白光跟著閃耀。

和他印象相比，蓋爾文的獎章縮小了。丹尼希望口袋裡調包用的仿製品尺寸相符。怦怦心跳聲如雷貫耳。

他伸出一隻手，抖著手指，抓住獎章邊緣，觸感冷冰冰，比他印象來得厚。卡在盒子裡，摳不出來。

熱血呼呼在耳際沖刷，音量大到他聽不見其他聲響，只剩血流聲和咚咚加速的心跳。他握住獎章，揪緊，轉一轉試試看，盡力拔拔看，可惜獎章不動就是不動。卡太緊了。難道背面固定在盒底、無法移除嗎？

頸背泛起一股颼颼寒意，滋味難受。

動了。終於拔出來了。獎章厚重冰涼。他放進西裝右胸口袋。

從左口袋，他掏出散發體熱的替代品，明顯比真品輕。

手指頭的顫抖比剛才更加顯著。

他暗想：求求祢，上帝，最好尺寸相符。

他把偽獎章放進紅絨面的下凹處，發現直徑稍微過大。

擠不進盒子裡。

他的心臟狂跳。暈眩想吐。

怎麼辦？放棄嗎？把原物放回盒裡，回報調查員說，你們搞錯尺寸了。

這種良機，幾時才能再遇到？

他用雙手拇指，用力把仿製品按進圓形凹洞，怎麼按也按不進去。他再加一把勁。精密的電子竊聽器該不會被壓垮吧？這次，整枚假獎章被按進凹洞了，邊緣微有壓損的跡象。

還好，假獎章牢牢進洞了。周圍的紅絨面稍微下陷，恰似老人唇邊的皺紋。

獎章方向略有不同。獎章外環的羅馬數字MDCCCLXIII❹的D應該居中線才對，現在卻微微歪向一旁，第三個C反而落在中間。

然而，他不敢硬摳出來調整位置，因為時間太趕，每過一秒，被逮個正著的機率隨之劇增。

而且，摳出來再壓進去，紅絨面的損傷恐怕明顯可見。

這時候他想到，剛才沒留意獎章原本的位置。正對左邊或右邊？他記不得了。

話說回來，這麼小的細節，蓋爾文會注意到嗎？不太可能。

丹尼悠悠長吐一口氣，後退離開辦公桌。

他聽見熟悉的沙啞嗓音。

「二三燒烤餐廳今晚不營業，妳們相信嗎？」湯姆．蓋爾文說。

❹一八六三年。

21

丹尼全身抖動一下，不由自主喊出聲，近似半窒息的哽咽。

蓋爾文笑說：「把你嚇成這樣，不是故意的。」

「嗨。你不是——我還以為你陪客戶去吃晚餐。」

「他打定主意想吃二三燒烤，因為有朋友告訴他，全波士頓牛排就數這家最讚。我一直告訴他，艾伯路易也不錯啊，我覺得他們的牛排甚至更好吃。另外，首府燒烤也不錯啊。可是他不聽就是不聽，說他老婆一個月只准他吃一客紅肉，他才不想把每月配額浪費在二三燒烤以外的餐廳。所以，我們只喝一杯，改天再說。」

「唉，既然你逮到我進工作室鬼鬼祟祟的，我乾脆直接了當問你算了。」

「問……？」在昏沉沉的工作室裡，蓋爾文的眼神莫測高深。

「我本來想給你一個驚喜的。你請我抽的雪茄太棒了，是什麼牌子來著？我想買一盒送你。聊表謝意。」

蓋爾文打開天花板燈，走幾步進工作室，歪嘴淺笑一下。「一直都在那。」他隨手揮向辦公桌前幾張填塞得圓鼓鼓的皮椅。丹尼望去。椅子旁邊的茶几上果然放著一個黑漆盒，盒蓋印著金色大字：COHIBA BEHIKE，被天花板的聚光燈照得金光耀眼。「你的好意我心領了，不過，分我借你的錢一半去買雪茄，實在沒必要吧？那盒將近兩萬元啊，丹尼。是別人送的——我哪捨得花那麼多錢買雪茄。愛說笑。」

「喔——喔，原來如此。對，有道理。」丹尼嘿嘿一笑。

「我倒是心領了。希望你會留下來吃晚餐。」

剛才的謊言講得多麼流暢，丹尼不知是該慶幸或驚愕，也許兩者皆是。

轉瞬間，既驚又喜的心被另一份情緒淹沒，心海幽幽蕩漾起一波焦慮。他確定蓋爾文知道他在說謊。

22

「你出門前沒關燈。」艾比說。

丹尼用鑰匙開門鎖之際，留意到公寓門下的縫隙透出燈光。

接著他想起來了。昨天，露西說她晚餐可以買三人份的壽司，讓艾比吃加州壽司等等，裡面不夾生魚。

「慘了。」

露西正在餐桌上打筆電，身旁有幾個透明塑膠托盤，綴以綠色塑膠草葉，裝著切好的壽司，另有一杯喝剩的白酒。

「我猜你們兩個已經吃飽了。」

「我記錯了。都怪我不好，露西。對不起。」

露西不顯得生氣，惱怒的神情甚至也不太有。她微笑著，彷彿心裡哭笑不得。她搖搖頭。也許是有點不高興吧。「剩滿多的。可惜留到明天就不新鮮了。艾比，鰻魚要不要？煮熟的。」

「我吃不下，」她說。「爹地，你沒告訴她說你去衛斯理學院嗎？」

「為什麼去衛斯理？」露西問。

「對，那間有個檔案室……」他愈講愈小聲。再撒一個謊。

「傑．古爾德檔案室。」艾比高聲說。

謝了，女兒，丹尼在心中嘟噥。妳基本上連我憑什麼本領糊口都不清楚，現在一轉眼，居然能現場評論我的一舉一動。

「衛斯理學院有古爾德檔案室？」露西說。「開什麼玩笑。我怎麼從來沒料到。大詩人白朗寧夫人[5]的書信和大亨古爾德在同一間並陳，誰曉得呢？」

「只收藏了古爾德和他的一個老婆的通信而已，」丹尼說，急忙改話題。「妳今天過得怎樣？」

「還好。」露西立即說，但眉頭一皺，令丹尼胃腸稍微緊縮。露西對他懂得太透徹了。

女兒和女友都在家，丹尼的隱私不多。他等艾比回房間，等露西進浴室沖澡，才在客廳書桌坐下，打開緝毒署調查員給的Adium程式，用古爾德一八三六的Gmail帳號登入。

他打好一份簡訊，傳給匿訊〇〇七的帳號，只寫五個字：「器材已置入。」他凝視螢幕幾秒。

視窗跳出來：「OTR指紋驗證」，指的是緝毒署調查員的加密「指紋」。丹尼的Gmail跳出一個亂碼視窗。幸好他不必瞭解這其中的鬼學問就能通訊。他猜，這表示傳給調查員的簡訊已自動加密，對方的回覆也一樣。他按「接受」。

螢幕顯示「加密聊天初始化。」換言之，簡訊已遞送成功。

接著，他想起他在蓋爾文工作室拍的辦公桌相片。他先藉電郵把相片傳給自己，儲存在筆電桌面上，然後寄給匿訊〇〇七。

完事了。

調查員即將收到證據，能進而逮捕湯姆．蓋爾文。他們即將逮捕瑟琳娜的丈夫，珍娜和萊恩和布蘭登的父親落網在即。

但丹尼不願往那方向多想。一邊是蓋爾文家，另一邊是自家，偏心取捨非常容易，不盡然是一道難題吧？

蓋爾文可能出什麼事，他並不太在意。他幾乎不認識蓋爾文。即使是蓋爾文的妻小，他也不太熟。蓋爾文果真涉及不法情事的話，鋃鐺入獄是他自作孽。

丹尼退出程式。

然而，他討厭對生命中的兩女撒謊。

自從莎拉過世至今，他不曾欺瞞過艾比。莎拉在世時，他拗不過莎拉堅持，曾不得已騙女兒。女兒從十一歲起，每年暑假去鱈角參加波卡包美特夏令營。在莎拉病危那年，她堅持送艾比去，丹尼依她意思，但還是問：「妳不希望她留下來等妳……」

莎拉淚潸潸毅然回嘴：「以後她想起媽咪，總想到媽咪病成這樣，我可不要。我不要她一回憶起媽咪，想到的是一個病懨懨的女人。我要她享受童年。多給她兩三個禮拜的時光，盡情當個小孩，無憂無慮，快快樂樂的。因為，我一走，她的人生會被徹底顛覆。」

❺ Elizabeth Barrett Browning，十九世紀英國詩人。

但丹尼不願瞞女兒。

莎拉說：「就當成是保護吧。保護她的童年。除非到了逼不得已的地步，否則我不要陰影蒙上女兒心靈。」

於是，他當然騙了艾比。媽咪的肺受到感染，要進醫院住一小陣子，遲早會康復。

住院期間，莎拉忍受一輪又一輪的化學治療。蒽環類藥物和紫杉醇。先化療，然後才動手術。然而，癌症已進入第四期，已經擴散到淋巴腺。後勢不樂觀。

病情惡化太迅速，甚至連動手術的機會也沒有。

到了八月初，病情急轉直下，莎拉明顯只剩幾天可活，不可能再撐幾週或幾個月，丹尼只好去夏令營接艾比回家，告知媽咪病重的消息。

艾比去探病，躺在沉睡中的母親身旁，雙手抱她肚子，機器在一旁咻咻嗶嗶，父女倆連續哭了兩天。

丹尼知道，等女兒晚上回家睡了，莎拉才願意斷氣。丹尼知道，莎拉捨不得在孩子擁抱下撒手人寰。

因此，艾比在夏令營悠閒四星期之後，喪母的陰影才籠罩她的世界。

在當時，丹尼覺得瞞女兒是正確的抉擇。

拿古爾德當幌子，太神經了吧。如今，丹尼受困其中，煩惱不已，被迫再惦記一份謊言。但他決定不再重複古爾德謊言。除非是同一個謊言再被提起。

被重提必然是免不了的。同一天夜裡，丹尼和露西躺在床上。丹尼捧著美國二十世紀初作家古斯塔夫斯・邁爾斯寫的《美國豪門巨富史》（*History of the Great American Fortunes*），再讀一次，其實是跳頁隨意瀏覽。露西用筆電工作中。

「他只結過一次婚。」露西說。

「呃？誰？」

「傑・古爾德。你說『他的一個老婆』，可是，他只結婚一次，妻子名叫海倫・戴伊・米勒，比他早死大概三年。」筆電螢幕顯示維基百科的古爾德專頁。露西斜眼瞅著他。

撒謊扯得這麼腦殘又不打草稿？他自責。只怪他當下最先想到的正是這個謊，來不及三思。

「妳為什麼查這個？」

「我記得，你開始寫這本書的時候，我讀到關於他的一些東西，邊讀邊懷疑他哪一點不好，為什麼被罵成邪惡的混帳，結果我查到，他只結過一次婚，而不是六次或什麼的，跌破我眼鏡。至少現代是這樣。那時候我心想，當年的民風和現在不同吧。也許他至少是個好丈夫。」

「我真的說他的『一個』老婆嗎？今天忙壞了，講錯了。」

露西合上筆電。「你沒講錯，丹尼。衛斯理學院根本沒有古爾德檔案室，而且——」

「蜜糖，聽我說。我告訴艾比我去衛斯理查資料，是因為我想親自載她回家。就這麼簡單。自己女兒被私家司機載來載去的，我不適應。」

「直接跟她講明白，不就好了？」

「經妳這樣說，我是該跟她明講。我只是不想再跟她爭論。」

「爭論有啥不好？會遭天懲嗎？」

他聳聳肩。不想被心理分析，就別和心理醫師交往。早在丹尼自知之前，露西已瞭解他在抒發怒火方面有障礙。丹尼從不認為，自己的這種毛病竟會被視為一種心理障礙。他的毛病在於，他從沒有恣意發脾氣的習慣。心裡頭有怒火，當然在所難免，但丹尼能壓抑怒火，而且引以為豪。眼見一場爭論即將展開，丹尼總採取低調的路線。以這種方式遏制憤怒需要極大的自制力，但他自幼練就了一身自制的工夫。

他從小就懂得借鏡。英語俗話說，脾氣壞的人導火線較短。自幼他認為父親巴德導火線過短。但這種俗語講得平淡無奇，把暴躁的脾氣說成家常便飯似的。巴德．古德曼其實連導火線都沒有。他屬於液態硝化甘油或雷酸汞，一觸即爆炸。小丹尼懂得父親有許多碰不得的禁忌，能避則避。例如不聽爸爸的話，例如不誠實，例如提高嗓門。

父親是個優秀的木匠，手藝精湛，但他請的工人卻不斷流失。哪裡不爽，他直言告訴工人，或大發脾氣飆罵，罵到工人辭職為止。他也因動肝火而丟掉不少客戶。威弗理鎮的一家木材行把他列為拒絕往來戶，因為他有次以為被揩油水，把木材行經理罵得臭頭。

光聽巴德片面之詞的人會以為，他請的工人各個情緒陰晴不定，心性狡詐。丹尼很快便得知，事情總有看不見的另一面——通常是父親一氣之下火山爆發，事後徒留一朵蕈狀雲。

即使在莎拉離婚搬走後，丹尼依然不明白，自己該不會背對著父親，走另一個極端吧？「看在上帝分上，你到底斷了哪一根筋？」莎拉有天對他發飆。「你不在乎我們之間的過節嗎？你難道一點也不管嗎？」

「別生氣嘛，」他回應，間接證實了她的評語。「我們理性一點，溝通一下吧。沒必要大小聲。」

露西曾對他說過，從事婚姻諮商的心理學家約翰．戈特曼分析說，對婚姻殺傷力最強的行為模式有四種，好比《聖經》中的「末日四騎士」。如果配偶出現這四種言行，兩人必定步上離婚之途。這位心理學家自稱，他只需觀察兩人三分鐘，便能預測這一對在五、六年內會不會離婚，準確度高達百分之九十四。而「四騎士」當中，最心狠手辣的一個是「消極反抗」，亦即充耳不聞、閃閃躲躲、迴避衝突。

不是所有男人都這樣嗎？

露西曾對他堅稱：不是。

「呃，」丹尼回應。「我又不是一肚子火的那一型。抱歉了，不是就不是。」

「你有什麼事瞞著我？」她問。

「露西，別這樣嘛。小題大作。」

「你是不是擔心艾比太常去蓋爾文家？」

丹尼聳聳肩。「不是太擔心。她嘛，我但願她多跟其他朋友相處，畢竟這年紀女生之間的友情不是很穩固。」

「所以，你已經不擔心她被有錢人家的財富沖昏頭？」

「看起來，他們家小孩價值觀正確……」

丹尼差點說：他們是好人，是個好家庭。但他及時縮口。

蓋爾文家是好是壞，他不知該如何定位。

「我現在大概比較不太擔心她被沖昏頭了。」他說。

他下床，穿著一件舊的運動短褲和搖滾天王史普林斯汀T恤（一九八八《愛情隧道》旋風巡迴演唱會，在烏斯特體育館買的）。他進廚房，想喝一杯水。

艾比還沒睡——不奇怪，因為她是夜貓子。她倚著冰箱站，拿著湯匙，捧著一桶Ben & Jerry紅絨蛋糕冰淇淋，直接舀出來解饞。她伸出湯匙。「要不要？」

「謝了，不要。」他匆匆抱女兒一下。「我愛妳，哺哺。」

「我愛你，爹地。」

他從洗濯台上方的櫃子取來水杯，舉向水龍頭下面，開關往上扳。

「這麼晚吃冰淇淋，不會失眠嗎？」

她搖搖頭。

「別忘了吃一顆乳糖酶酵素。」

「我知道。」她遲疑一下。「欸，呃……你沒念過BC吧？」

「波士頓學院？我母校是哥倫比亞。妳知道。不過，BC是所高水準的大學。」女兒真的在考慮申請哪一所大學嗎？歷史性的一刻啊。

「我知道，我是在想……我是說……」她猶豫一秒鐘。「那你怎麼會有波士頓學院的獎章？

我不懂。是學校頒發給你的嗎？」

丹尼傻眼了。他看著自來水漫溢出杯口，發現忘記向下壓開關止水。

晚餐後，他進浴室，牛仔褲一脫就扔地上，和往常一樣又教壞小孩。但是，女兒為何亂搜他口袋？

「獎章是不是被我掉在哪裡？」他問。

「我的筆沒水，想跟你借一支，可是我不想去你房間敲門，怕，呃，打擾到你們。」巧妙翻一翻白眼。「獎章是哪裡來的嘛？」

他不置可否搖搖頭。他累到編織不出一套說得通的謊言，也不願顯得自我辯白或憤怒，以免啟人疑竇。「說來話長啦，」他說。「講了也沒意思，而且複雜。好了，妳上床時間不是到了嗎？」

「什麼？」她抗議。

「對了，哺哺，我們不要亂翻彼此的東西，行不行？」

23

兩天後，清晨五點過幾分，iPhone發出得意的「登登登」三連音，表示丹尼剛接到一則保密簡訊。露西蠢動一下，嘟噥著：「不會吧？」

「抱歉。」丹尼低聲說。

他從床頭櫃抓起iPhone滑一下，開機，見簡訊來自「匿訊〇〇七」：「早上九點在南波士頓西百老匯街七十五號見。搭T去。」

又要求見面？不是已經擺脫他們了嗎？又出什麼狀況了？

波士頓俗稱地下鐵為T。不知什麼原因，對方不要他開車赴約。到底是什麼事？

他情緒太激昂，無法倒頭再睡，只好下床進廚房，煮一壺咖啡。

等到艾比起床，他已了無睡意，心悸。

送她上學途中，副駕駛座上的她默不出聲，每隔大約半分鐘伸手轉電台，每一台都被她嫌棄。她最愛的嘻哈電台講話講個不停。不轉台時，她忙著打簡訊。

女兒進入青春期之後，起床氣變得捉摸不定，丹尼早已放棄解讀她的晨間情緒。她有時噘嘴，有時氣呼呼，有時候一切正常。她不是早起精神好的一型。再怎麼說，十六歲小孩的生理機能不同，本來就不適合六點半起床。他忘了在哪裡讀過這理論。

昨晚她從他牛仔褲翻出波士頓學院獎章，今早隻字不提。當然了。昨晚令丹尼膽戰心驚的事件，對她而言，不過是父女之間的另一場小摩擦，老早忘光了。

「討厭死了！」艾比突然說。

「討厭什麼？」

車子剛到校門口，送小孩上學的車大排長龍，為這事生氣嗎？

「這個……這個狗屎翻蓋機。」

「喂。不准講粗話。」

「對不起。爛手機。打簡訊超難的。我為什麼不能用 iPhone？」

「要不要附送妳一輛賓士呀？」

「我是說真的。討厭死了！我的朋友已經沒有一個還在用翻蓋機。」

「我懂啦，人生多殘酷。先是非洲達佛驚傳種族大屠殺，然後索馬利亞鬧饑荒，現在呢，最慘的是，艾比．古德曼被迫使用去年款的 LG 老人機。」

艾比生悶氣不語。丹尼心想，太容易擺平了。簡直像對著魚桶射魚。

一輛車子駛近，排在丹尼後面。是蓋爾文家那輛私家司機駕駛的邁巴赫。湯姆．蓋爾文坐在副駕駛座，正在講黑莓機。

「我們今天很準時，」丹尼說。「超前蓋爾文家一步。」

艾比轉頭，相中珍娜，招招手。

「司機不是艾斯特班。」她說。

丹尼瞄後照鏡一眼。「妳說的對。」

「說不定艾斯特班請病假。人難免會生病。」

「當然。」

車隊前進到校門口後，艾比讓父親吻別，但只獻出頭頂，不給臉頰親。

「祝妳開心，啪啪。」

「哪可能不開心？」她板著臉回應。

她打開車門，悄悄離去。

蓋爾文的車頭大燈閃兩下，然後熄滅。「丹尼，」有男人喊他。艾比關上車門，衝向珍娜。

丹尼轉向右邊，然後回頭望，看見蓋爾文一手伸出車窗，對著他揮手。

「有空聊幾句嗎？」蓋爾文呼喚。

丹尼駛進短期停車區，停靠旁邊，蓋爾文的豪華禮車在他一旁停下。

丹尼下車，耐著緊張的情緒微笑著，口乾舌燥。

司機先下車，繞到另一邊為蓋爾文開門。這人絕對不是艾斯特班。這一個穿同一型制服，戴著棒球帽，黑西裝打黑領帶，不合身，看似在制服店買的現成裝。他的身高和腹圍跟艾斯特班差不多，但體魄較誇張：手臂粗如豬腳，上半身呈倒三角形，外形粗野，像摔角選手，也稱得上拳擊師，總之在擂台上練太久。他頭小，天庭凹陷，脖子的寬度和頭一致，黑髮半禿，深邃的眼眶裡有兩粒葡萄乾眼珠，臉皮佈滿毛細管凌亂交錯出的蜘蛛網，嘴唇肥厚偏紫，近似兩瓣豬肝，好像上下齒咬合也永遠合不攏嘴似的。

湯姆．蓋爾文下車，對保鑣點一下頭。

蓋爾文的氣色很難看，眼睛血絲密布，眼袋黑沉，額頭也多了幾條丹尼不曾注意到的皺紋。通常外表體面、氣定神閒的蓋爾文，今天看起來像昨晚通宵沒睡。

他和丹尼握握手。

一股恐懼在丹尼心腹中蠕蠕蠢動。

「丹尼，我想介紹迪亞戈給你認識。他是我的新任司機。迪亞戈，這位是古德曼先生。他是我朋友，更重要的是，他是珍娜手帕交艾比的父親。丹尼父女對我們家非常重要。」說著說著，蓋爾文的左眼若有似無地跳了一跳。

迪亞戈鞠躬，對他嚴肅微笑，金臼齒發出閃光，然後回駕駛座。

「教新手認識我生命中的要角，這是一定要的啦。」蓋爾文說。

「艾斯特班怎麼了？」

蓋爾文的左眼再次跳一跳，動作微乎其微，和他不熟的人可能無法察覺。今天他的臉似乎有肌肉抽搐的毛病。他嘆氣說：「艾斯特班家裡出事，不得不回墨西哥去。這當兒不是訓練新司機的時機，不過，人生大概沒有訓練司機的好時機吧。」

「真衰。」

「你不是說你會打壁球嗎？」

「我嘛，好一陣子沒打了。」

「沒關係。和我對打的朋友臨時取消了，不過我今天想練一練身體。你下班有空陪我打一局嗎？」

「我球技不太好。」

「我也是。打著玩嘛。」

「我下午想去訪問一個人，」丹尼撒謊。「改天再說吧。」

他幾乎敢篤定，自己從來沒對蓋爾文說他會打壁球。

24

緝毒署調查員約在南波士頓見面，地點是一家餐廳，外觀懷舊，依循一九五〇年代快餐店的風格，以閃亮的鑽石紋鋼板為外殼，霓虹燈招牌打著「穆氏」字號，餐廳內的裝潢更復古，紅色人造革雅座和凳子、富美家桌面的餐桌、白瓷磚牆壁。帶狀櫃檯的邊緣飾以凹凸紋鋁板，兩名副廚師在櫃檯裡煎蛋，翻一翻大如餐盤的煎餅，到處瀰漫著培根、咖啡、蜂蜜糖漿的香味。

葛倫・耶格爾坐在一角的雅座，面對大門，正在吃一客豐盛的早餐，身旁桌上有一台掀開的黑色東芝筆電。選這一桌，看來是有策略考量。離其他桌較遠，方便暢所欲言。

「黑臉哪裡去了？」丹尼問。

耶格爾滿嘴炒蛋回答：「臨時有事。」

丹尼坐進雅座，女服務生帶著菜單，端一壺咖啡走來，加滿白色馬克杯。「臨時有什麼事？」

耶格爾牛飲幾口柳橙汁。清一清嗓子。合上筆電。「菲爾他接到線報，去查查看。待會兒可能會來。」

丹尼聳聳肩。菲利普・斯洛肯不來，他也不至於發牢騷。

紅銅色頭髮的波霸女服務生說，「想吃什麼，小帥哥？」

「我有咖啡就可以了。」丹尼說。

「別這樣嘛，丹尼爾，隨便點個東西吃吃看。這裡的早餐是全市最美味的一家。」

丹尼搖搖頭，等到服務生灰心離去才說：「約我出來幹什麼？我不是跟你們玩完了嗎？」

「出狀況了。我們收不到訊號。」

「發報機有毛病嗎？」

耶格爾點頭，神色凝重。

「不干我家事。我全部都照著本分做好了。」

「不幸的是，這事跟你脫不了關係。在我們蒐齊蓋爾文的證據之前，你是我們的手下。」

丹尼暗暗想著，這種合作方式的漏洞就在這裡。他無從得知調查員的說法是否屬實。也許，偽獎章裡的竊聽器運作正常，調查員只想扣住他，叫他再給蓋爾文多裝幾個監聽設備。愈裝愈多，一次比一次大膽，直到他行跡敗露為止。

除非是，他早已行跡敗露了。一想到這裡，不安的感覺如一塊沒嚼碎的牛排，卡在食道裡。要是蓋爾文知道了，怎麼辦？

「那東西不是靠語音啟動的嗎？」

耶格爾再一次點頭。

「會不會是，他最近根本沒在工作室裡開口，所以才沒訊號。」

「他有。」耶格爾的語氣近乎哀傷。「他工作室裡的室話有訊號往來，被我們偵測到，可惜加密過，我們破解不出內容，只曉得他打過幾通電話。」

丹尼聳聳肩，搖頭。「我不知道該怎麼說。我盡完責任了。」

「說不定是被你捏壞了。電子器材的小零件很脆弱。」

「那東西，我連開也沒打開過。」斯洛肯曾打開偽獎章，讓他見識裡面的零件，但他沒必要開，所以斯洛肯沒教他怎麼開。

「我相信你。說不定是被壓壞了。這種事難免。重點是，竊聽器發不出訊號。」

「我嘛，我死也不肯回他工作室，」丹尼說。「我被他逮到了——我正在調包的當兒，他忽然回家了……他該不會推斷出我的意圖吧？會不會是假獎章被他撬開或銷毀，或是……？」

耶格爾眨眼幾下，不作聲，用死魚眼看著丹尼。

「竊聽器有沒有可能被他搜到？」丹尼問。

耶格爾再凝視他幾秒。「你還活得好好的，不是嗎？」

「天啊。」

「說不定，他派保防人員地毯式偵測過。」他聳聳肩。「你還活著，這事實表示，他們不知道黑手是你。」

「哼，要我回他工作室再裝一個，我不幹。絕對不幹。辦不到。」

耶格爾拿著叉子，指向餐盤上一座紅紅的小山。「這家的鹹碎牛肉最棒不過了。牛腩肉大塊大塊的。不像別家餐廳，滋味全像貓食。」

「我不餓。」

「不想嚐一嚐能美味到爆腦的東西嗎？點一客本店自製肉桂黏瑪芬，叫他們幫你烤一烤再上桌。哇，吃了保證人生變彩色。」

丹尼的咖啡才喝兩口，女服務生過來，又為他添滿整杯。

「他家換司機了。」丹尼說。

「我就說嘛。」耶格爾聳聳肩，再用死魚眼看著他。「司機成了代罪羔羊。大概他常進工作室幫老闆拿東西送進市區去。懷疑到他身上，很合乎邏輯。」

「這麼說，蓋爾文不知道竊聽器是我裝的。」

「顯然。發報器本身沒毛病。我保險的估計是，他的保防人員例行檢查時，偵測到竊聽器。」

「結果可憐的司機沒命。」

「間接損害。他遭殃，總比你死好吧？」

「太好了。」丹尼說，高興不起來。

耶格爾拎起地上的一包東西，放在桌上。黑色Nike尼龍健身袋。耶格爾拉開一半拉鍊，推給丹尼看。

丹尼看見裡面有個電子器材，不比iPhone大多少。他面向耶格爾問：「又想怎樣？」

「這個小玩意兒叫做『行動擷存器』，以色列廠商，專供執法機關和情治單位使用，造價高得很。小心輕放。」

「這跟我有啥關係？」

「我們只剩下這一招可用。我們試過植入一個軟體進他的黑莓機，可惜沒用。這方式成功機率高好多倍。你只要把這東西插進蓋爾文的黑莓機，照畫面指示按幾下，三、四分鐘就能下載一切，電郵、簡訊、通訊錄，通通抓。白痴也不會失手。」

「說什麼我只要？」

「取得他黑莓機裡的資訊以後，我們就能扳倒他。」

「黑莓機從不離開他的手。」

「不太可能。」

「你想叫我去搶他手機，直接下載……？發什麼瘋嘛。」

「做起來很簡單。你只需抓對時機。」

「沒那回事。告訴你好了，你們的發報器被搜到，又不是我的過失。我已經盡過本分了，沒必要再冒生命危險。都怪你們的規劃沒考量到蓋爾文的保防人員會去掃蕩竊聽器。」

耶格爾聳聳肩，咬下滿滿一叉子碎牛肉，咀嚼幾下，滿口食物說：「你盡過力，值得嘉獎。但是，在我們蒐證足以申請逮捕令之前，你還脫不了關係。」

「叫我搭T過來是為什麼？為什麼不准我開車？」

「安全起見。」

「怕我被跟蹤嗎？」

「也怕你車子被安裝追蹤器。全都有可能。」

「我的車有追蹤器的話，表示他們懷疑到我頭上了，」他推斷。「對不對？」

耶格爾聳聳肩。「可能是，追蹤你只是他們應該盡的本分。監視你，看你跟誰見面，以確定你不是緝毒署的人手。」

「要是真的被他們發現了呢？」

「所以我們才進行一些保護你的措施。」

「要是他們發現我跟組毒署人員見面呢？」丹尼追問。

「幹嘛繞著這事團團轉？簡直像傷口結痂了還摳不停。不要淨想一些最糟糕的情境，把自己嚇到行動沒效率，那怎麼行？」

「嗯，好，告訴你算了。他邀我陪他打壁球。」

「我就說嘛。他絕對信任你。這是個大好良機。快說，你答應他了吧？我在想，他不可能帶黑莓機進球場。你的良機自動找上門了。」

「被我回絕了。總之，重點不是我有沒有答應。重點是，他說我告訴過他，我會打壁球。我從來沒對他講過這回事。」

「那又怎樣？」

「他怎麼知道我會打壁球？連我球拍塞哪裡，我自己都不清楚了。」

「這種運動，不是常春藤名校的專利嗎？你讀過哥倫比亞。哥大屬於常春藤名校，沒變吧？他只是聯想到而已。」

「聽我說——」

女服務生又過來，幫他添滿咖啡杯。「確定不想吃早餐嗎，小帥哥？」

「不用了。」丹尼說。

女服務生面露失望狀，但繼續掛著笑臉走開。

「蓋爾文知道一些我從沒講過的事，」丹尼說。「好像他對我做過身家調查似的。好像有人向他分析過我的背景。邀我打壁球，是他一不小心露出馬腳。」

「有什麼好吃驚的？你女兒天天跟他女兒膩在一起，他也請你進家門，讓你融入他的家庭生活，他能不當心一點嗎？能不先過濾你背景嗎？蓋爾文這種人信得過的人不多。以他的處境，他不能隨便輕信別人。」

丹尼徐徐以鼻孔呼氣。「也許就這麼簡單吧。」

「就這麼簡單沒錯，」耶格爾說。他轉頭微笑。「你老弟來了。」

丹尼轉頭，看見菲利普·斯洛肯走向雅座，一手提著破舊的皮革文件夾，神態陰沉，比平常更加陰森森。他在耶格爾身旁坐下，一眼也不瞧丹尼。

「看你這表情，午餐錢被偷了不成？」耶格爾說。

斯洛肯拉開文件夾拉鍊，抽出一份褐色檔案夾，交給耶格爾。「屍體查出來了。」

耶格爾收起笑臉。他從檔案夾抽出幾張光面相片，長十英寸，寬八英寸。「上帝老天爺啊，」他說。「禽獸不如。」

他把其中一張遞給丹尼。「我敢說，竊聽器被他們發現了。」

相片裡有一具屍體，殘破不堪，手段兇殘，乍看一點也不像人屍。

丹尼繼而看見，屍體殘缺的頸部右側有一顆形狀像澳洲的痣，這才認出死者是蓋爾文的司機。

25

「是他，」丹尼說。「他家的司機。艾斯特班。」

他額頭冒出針頭狀的點點熱汗，頸背也是。熾熱的胃酸直竄食道而上，他覺得頭昏腦脹，眩然欲嘔。「你是在哪裡發現……」

「陳屍在布萊頓一家酒吧後面的巷子裡，被塑膠布蓋住，行刑手法明顯和販毒集團有關聯，死者生前可能被凌虐，所以列入波士頓警局的緝毒組偵辦範圍。」

丹尼陡然站起來，叉子哐噹落地。他衝出門外，在人行道上狂吐。一對青年男女提著款式相稱的Under Armour運動袋，正好路過，男人見情況不對，趕緊推開女友，以免女友被拋射而出的穢物擊中。

丹尼持續彎腰一分鐘左右，垂著頭，感覺天旋地轉，雙腿軟趴趴。

相片顯示出撒旦親手打造的一尊雕塑像，排列著——錯置著——易位過的人體，男子只有上半身入鏡，雙手將自己的斷頭當成足球捧著，頭看似艾斯特班的頭，卻也神似高度逼真的萬聖節乳膠面具，差別僅在於相片裡的斷頸血肉模糊，氣管殘缺不齊垂掛著，深紅色的血汩汩往下流。

斷頭的眼皮微張，彷彿正在打瞌睡。

被塞進嘴裡的物體看似被肉店切除棄置的筋肉，細看才發現是他被斬斷的陰莖。

丹尼搖搖晃晃回快餐廳裡，站在餐桌旁。

「司機也幫你們臥底嗎？」

耶格爾睜大眼睛。他向一旁瞥一眼。「坐下吧，拜託。」

兩旁的雅座仍空著。丹尼坐進原位，動作慢吞吞，不情願。

斯洛肯說：「蓋爾文的司機如果被我們吸收了，我們還會在你身上浪費時間嗎？你沒搞錯吧？」

「不要為艾斯特班掉淚，」耶格爾說。「他是販毒集團的一個低階西卡里歐。」

「意思是？」

「代打。殺手。」

「呃，我很可能也會遇到和他一樣的下場。」

「結果死的不是你。」耶格爾說。

「是誰動的手？」丹尼問。

「毒梟在全美都有巢穴，」耶格爾說。「想找打手，不愁找不到人選。我們發出一份全面通報，剛接到這屍體的消息。最後查證出結果。」

「這命案不會牽連到蓋爾文嗎？」丹尼說。「死者身分查清楚之後。我的意思是，投資界富商的司機被殺害——」

「不可能查出死者身分的，」耶格爾說。「他們的保防人員會在身分證件和護照上動手腳。這個傢伙」——他伸出粗短的食指，點一點其中一張相片——「是個無名男屍。」

丹尼點頭，咬一咬下唇。「哼，我退出不幹了。」

斯洛肯微微動一下，彷彿有意放狠話，耶格爾伸手按一按他手臂，他才縮口。

「你不會遇到這種事。」

丹尼忿忿不平大笑。「對呀，當然不會呀。我怎麼可能想歪呢？」

「撇開別的不講，這傢伙死了，表示你獲得保障。你無事一身輕了。」

「可是，你們兩個明明說過，事情還壓在我身上。別以為你們能連番逼迫我，逼到我粉身碎骨，被塑膠布包住，隨地亂扔。」他搖搖頭。「休想。我不願意再跟蓋爾文見面了。我跟他一刀兩斷。」

「說斷就斷嗎？」斯洛肯說。「你忽然就來個完美切割？這樣不會顯得太可疑嗎？他們搜出一個發報器，擺平司機，結果你突然來個人間蒸發，不就等於告訴他們殺錯人了？你簡直是把探照燈轉向你自己，老兄。」

丹尼不安地微笑。「放心，我才不會斷得那麼明顯。我會先裝病一陣子，然後稿子進度大落後，再多掰幾個藉口。過兩三個月，他就死心了。朋友一場到此為止。輕鬆俐落。」

「那你女兒呢？」耶格爾問。

丹尼倏然怒火中燒，猶如燃燒中的火柴被丟進汽油。他語氣平和回應：「我女兒不清楚情況。她和蓋爾文女兒是手帕交，別人不會胡思亂想。」

女服務生旋風似地走過來。「今天只有他一個點餐啊？你們兩個男生不餓嗎？」

丹尼搖搖頭。

「我想來一份勞工特餐。」斯洛肯說。

「抱歉，小帥哥，勞工套餐只供應到九點為止。點別的吧？」

「這樣的話，焦糖烤布蕾法式吐司好像很合我胃口。」

女服務生笑意堆滿臉。

「丹尼，」耶格爾等她走後說。「你以為另外有誰能保護你和你女兒？」

丹尼覺得臉頰發燙。「什麼樣子的保護？那種殺人兇手能對你們發預警嗎？」

「他們把苗頭對準緝毒署人員的例子非常少見。他們不想走這條路。」

「不是從沒發生過吧？我讀過——」

「的確是發生過，」耶格爾坦承。「不過很罕見。錫納羅亞的嘍囉，嗯，就算他們心狠手辣，他們也夠識相，不會找緝毒署調查員下毒手。他們怕捅到馬蜂窩。」

丹尼瞪著他，滿臉寫著不信。「他們以為艾斯特班是你們的幫手。」

耶格爾語氣平和說：「丹尼爾，司機被處決，是因為他是墨西哥人。毒梟以為被同胞背叛，所以不得已殺雞儆猴。他們幾乎從來不對我們做那種事。」

「好。假設我下次被逮到，我怎麼辦？你們怎麼保護我？」

「我們可以救你出來。連你的女兒一起救。」

「怎麼個救法？套用證人保護方案嗎？」

耶格爾點頭一下。

「開什麼玩笑？我才不幹。我不想過那種生活。我不想毀掉女兒的一生。」

「丹尼爾，發生最糟糕的狀況才會進入那種地步。你不會遇到那種事的。」

「你能擔保嗎？」

這時候，耶格爾和斯洛肯一同看著他，但兩人不發一語。

「我就知道，」丹尼說。「告訴你們好了，我女兒只有一個爸爸。我不想害她變成孤兒，懂嗎？想用洗錢罪名起訴我？可以，隨便掰一個罪名，歡迎你們來起訴我。儘管來。搞砸事情的人是你們。我已經一五一十照你們吩咐行事了。我憑良心把事情辦完了。我已經照你們意思合作。」

「沒錯，」斯洛肯說。「你合作。」

「呃，什麼意思？」

「你不明白自己的處境嗎？」斯洛肯說。「我們對你有多大的掌握，你不太清楚吧，丹尼小子？」

「對我的掌握……？」

「你沒辦法退出了，朋友，」斯洛肯說。「就像健身中心的規定：『提前終止會籍者需重金賠償。』」

「這是在威脅我嗎？」

「有時候，緝毒署會走漏消息，」斯洛肯說。他長長喝一口咖啡。「我真心希望你不會倒那種楣。」

丹尼霎然領悟自己的處境。與其放他走，緝毒署寧可走漏風聲給毒梟，讓錫納羅亞集團得知他為緝毒署臥底。

他站起來。

「丹尼爾，拜託。」耶格爾說。

斯洛肯放下咖啡杯，伸手進褲子口袋，掏出皮夾，從中抽取兩張清爽的百元新鈔。「給你，」他說。「去答應陪蓋爾文打壁球。去買一支像樣一點的壁球拍。」

26

協進國際股份有限公司的主管會議室陳設制式化，一如全球各大企業主管會議室，但由於協進國際總部位於聖地牙哥，這間會議室別具加州特色，木料以金黃色為主，窗戶大，到處是玻璃和鋼鐵，採光充足。思科視訊會議螢幕覆蓋一面牆大半，對面是一面由按鍵控制的收放式投影幕。二十張高背皮椅圍繞一張晶亮的長橢圓形會議桌，桌子的材質是非洲桃花心木，以紫心木鑲嵌周圍。

協進國際屬於私募股權的投資組合公司，事業版圖遼闊，涵蓋十四家企業，業務包括汽車零組件、外包膳食服務、保險、貨運等等。

協進國際的幕後大老闆是誰？知道的人寥寥無幾。

高坐桌首的是協進國際女執行長羅芮．宏貝克，架勢威武。她知道，多數人不認為她活潑熱情，常說她是個公事公辦的人。旗下的部門主管全怕她。她的金髮剪成幹練的妹妹頭，被人貶損為男人婆髮型。她常穿鮮豔色系的套裝，裡面是一件白色絲質貼身上衣，今天穿的套裝是寶藍色。在首飾方面，她只戴金耳釘，搭配一種俗稱封喉鍊的縞瑪瑙頸鍊。

今天主持會議的人並非羅芮．宏貝克，而是總財務長艾倫．哈特利，因為今早的議題是預算。哈特利講話語調平緩，做報告的場面很悶，被羅芮暗嫌他用嘴施放麻醉劑氯仿。他大談「配銷網絡極大化」和「促進供應鏈能見度」，也提「端對端以回報率為導向的方案」，又說「交付項目」和「金元化」方式，提倡「深潛」數據。艾倫．哈特利不斷出示圖表，悶悶報告著，各部門主管低頭用筆電做筆記，羅芮．宏貝克則偷瞄著黑莓機。

照規定，在每月例行預算報告中，與會人員不准開手機。身為執行長的羅芮．宏貝克例外。開會到一半，羅芮的黑莓機震動了。她戴上老花眼鏡，低頭看簡訊。她清一清嗓子，頭抬起來。「東尼、凱倫、貝瑞，請馬上來我辦公室。抱歉了，艾倫，給我十五分鐘。」

她從會議桌起身離去。

羅芮．宏貝克的辦公室落地窗能俯瞰太平洋，天光充沛，擺設講求效率，和她的髮型同樣精簡，桌面只見少少幾幅兒子的相片、一台筆電、兩部電話機。其中一部是加密電話。辦公桌清清爽爽，表示思想井然有序。她的高爾夫球桿袋放在辦公室一隅。牆上有幾幅賀穆．納姆❻的粉彩風景畫，主題是新墨西哥州陶斯鎮的村落與峽谷。羅芮的家鄉在新墨西哥州，在陶斯鎮有一棟度假別墅，有空常回去住一陣子。

她表情維持鎮靜，因為優秀的領導人必須能臨危不亂，充滿自信，但胃酸正沖刷著她的咽喉深處，她心知肚明。她也意識到心跳多麼狂亂。近幾日以來，縈繞她腦海的正是這種惡夢般的情勢發展。

她悶悶不樂想著，去貝里斯逍遙兩星期是白費了。銷假上班才幾天，她感覺像根本沒度過假

❻ Helmuth Naumer，1907-1990，旅美德國畫家。

似的。

「歐瑪哈出事了。我們有個破口。」她說。她讓表情顯得不慍不火，手卻不停撥弄著縞瑪瑙頸鍊。

「破口？什麼意思？」發問的女子身材纖瘦，頭髮深褐色，神情哀傷。她是歐瑪哈物流公司主計長。歐瑪哈物流是協進國際旗下的大企業，為各界企業主提供貨運轉運服務，以陸海空運輸貨櫃。

進執行長辦公室的這三人是歐瑪哈物流的高層。除了在座四位主管，幾乎對所有人而言，歐瑪哈物流看似一個正當營運的公司。

「我們一架貨機昨天在加州夫勒斯諾被扣押了。」

「天啊，」歐瑪哈物流營運長說。他臉色粉白無光，兩頰像花栗鼠腮幫子，肚皮圓鼓鼓。

「媽啊，」女主計長輕聲說，臉色變得更加哀傷。「是托斯。」

羅芮點頭。「然後，也在昨天，太平洋商銀舊金山分社的社長失蹤了。」

「滿載貨物嗎？」

「失蹤了？什麼意思？」花栗鼠腮幫子的營運長問。

「他一直沒進辦公室，」羅芮說。「人也不在家。我們聯絡過他，他沒回應。」

「妳認為，他一溜煙走掉了？」歐瑪哈物流財務長問。他外形英挺，有著拉美裔的長相，膚色淡棕，濃密的黑髮向後直梳。

「說不定他躲去墨西哥卡曼灘，古柯鹼吸到爆，帶著一票剛滿法定年齡的妓女。不過我猜他不會。和他的口味不合。」

「可是，我們有理由相信他落網了嗎？」拉美裔財務長心驚說。

羅芮聳聳肩。「當然最好不是。我甚至不想朝那方向亂想。因為，假如他真的已經……」她講不下去。酸液在她胃臟裡翻攪。她想來一顆Tums制酸劑。最近她把制酸劑當糖果嚼個不停。一個裂縫，破口。這是大家最畏懼的災難狀況。歐瑪哈物流的底細曝光的話，所有人都準備牢裡蹲。

如果考慮到他們的幕後雇主是誰，吃牢飯還算運氣好。

「非儘快找到托斯不可，」財務長說。「趕在他洩密之前。」一緊張，他的墨西哥腔變得更明顯。

「那還用說，」羅芮說。「不過，目前的當務之急是堵住破口。非查出破口在哪裡不可。查清洩密的人是誰。然後儘快防堵。手段不計。」

「應該趕快找到托斯，封住他嘴巴。」女主計長說，嗓音變得尖銳。「能追到他嗎？能阻止他嗎？」

羅芮望向歐瑪哈物流財務長，不發一言。她希望財務長講出她的心中話。

他懂羅芮的心意。「馬上採取行動的話，我們可以控制災情。我們有個承包業者。」

其餘三位主管講不出話。花栗鼠腮幫子營運長改變坐姿。

「這事不能被追查到我們身上。」女主計長說。

「那當然，」財務長說。「這承包商很可靠，行事隱密。這任務需要很強的謀略能力。他的本行其實是外科醫生。」

「大家一致同意嗎？」羅芮問。

所有人似乎迴避著羅芮的目光，財務長除外。

「除非全體決議通過，否則這案子無法推動。」她說。她靜候著。這次行動充滿險阻，她必須取得所有人認同。

「好。」主計長終於說。

「同意。」營運長說。

羅芮·宏貝克轉向財務長。「你去打電話吧。」她說。

27

丹尼搭地鐵，從百老匯街前往公園街，中途發簡訊給艾比：「三點去接妳？」他當然從不打電話去學校找女兒。也不發電郵給她。她堅稱，老人才發電郵。艾比全天打簡訊，下課打，甚至在課堂上也打。她打簡訊的身手能媲美法庭速記員。她常用爸爸看不懂的縮寫和內行話。

兩分鐘不到，她回應了：「謝謝，但我想去珍娜家，可不？」

不，不可。絕對不行。丹尼回應：「今天不行。我要妳待在家。」

電車鑽進隧道，收訊中斷。停靠公園街站時，有一則語音留言等著他。留言者是艾比。他根本懶得聽取。他知道，艾比不是苦苦哀求，就是抗議，或兩招並用。女兒只在狗急跳牆時才開尊口。

丹尼走向月台另一邊，準備搭乘前往阿靈頓街的綠線，同時撥號給女兒。

「爹地，」她接聽的語氣緊繃。「珍娜跟我想一起用功預科微積分，我發誓。我保證我們不會貪玩。」她背後傳來一個女孩子的海豚音。

「在家也可以用功。」他說。

「可是，我們在一起會用功啦。關在家的話嘛，反正我照樣跟她聊個沒完，還不是一樣。」

「今天我希望妳待在家裡。」

緝毒署調查員說的對。驟然退出蓋爾文家的交際圈，必定會引發種種疑心。但艾比不同。艾比是兩家的橋梁。如果艾比不再和珍娜膩在一起，他就能順理成章和蓋爾文斷交，不至於撩起問號。

感覺像拔除手榴彈插銷，一彈在手，還沒扔出去。

「想回家的話，」她說著，嗓音高升。「叫司機送我回家就可以，七點回去，我還是可以陪你吃晚餐，好嗎？」

他能想見艾斯特班身首異處，頓時想吐。

「我三點去接妳。」丹尼斷然說，按「通話結束」鍵。

接著，他打去湯姆．蓋爾文辦公室。「還有空打一局壁球嗎？」

28

這棟棕岩古豪宅，丹尼路過幾百次了，每次都猜想著屋內有何奧秘。房子屬於十八世紀末、十九世紀初的聯邦風格，位於畢肯街陡坡，門面以白色花崗岩砌築，對面是市立花園，佔地比左鄰右舍寬，正面呈雙凸形。

柱廊下的門口不掛招牌，只有一道拋光橡木門，銅製圓形門把與信箱口擦得黃澄澄。這一帶的多數建築是民宅，丹尼總猜想，這棟豪宅的主人必定是波士頓名門望族，遠祖可溯及十九世紀奧利弗．溫德爾．霍姆斯父子[7]的年代。

今天丹尼才發現，這棟其實是普林頓俱樂部，是波士頓歷史最悠久的社交、健身俱樂部。以前他耳聞過這家，但不認識有誰是會員。

入內之後，吱嘎響的地板上覆蓋著東方地毯，牆上有幾幅舟船和禽鳥的油畫，也掛著兩副鹿角。展示櫃裡陳列幾支泛黃的古董壁球拍，以及幾幀二十世紀初球員的舊照。丹尼曾上網讀到一則《波士頓》雜誌文章，得知普林頓俱樂部設有六座壁球場和一座鹽水游泳池，更擁有一座庭院網球場——壁球玩家號稱這才是正宗網球場。俱樂部裡也有一間圖書室和華麗的飯廳。

丹尼在硬沙發上坐下，等待蓋爾文，運動用品袋擺地上，儘量裝得若無其事。

[7] Oliver Wendell Holmes，父為名醫，子為聯邦大法官。

置身普林頓俱樂部的他舉止再怎麼不自然，也比不過內心的恐懼。他最怕運動用品袋裡的儀器被發現。更何況，他哪來的能耐，怎麼可能拿走蓋爾文的黑莓機五分鐘？蓋爾文的手和黑莓機根本是連體嬰。

要是被逮到的話……？

他極可能遭遇艾斯特班的下場。

丹尼難以相信，湯姆．蓋爾文個性顯得親善真誠，居然做得出虐殺自家司機的犯行，令人髮指。也許，蓋爾文自己根本不知情。

但是，蓋爾文的主子是心狠手辣、令人聞風喪膽的冷血動物，萬一丹尼被逮到，主子必定以殘殺司機的同樣手段對付丹尼。

丹尼必須萬分謹慎才行。哪怕遇到萬分之一的失風機率，他也要及時洗手不幹。

櫃檯的妙齡金髮女郎對他微笑，拿著舊式日期章，繼續在表格之類的東西上用印。兩名中年商場人士進來，談到「三柏忌」開懷大笑。這兩人皆穿有銅釦的藍色休閒西裝，其中一人穿著小鯨魚圖案的綠長褲，另一個穿卡其褲。兩人向櫃檯小姐打招呼，她揮手請他們走向一道門。

「讓你久等了。」蓋爾文從大門進來，高聲說。

丹尼被蓋爾文的聲音嚇一跳，縮縮頭。「不太久。」丹尼說。他已經等了十五分鐘。

咚咚噹噹的電吉他重複橋段突然響起，曲名是〈阿拉巴馬好故鄉〉。蓋爾文從西裝胸前口袋掏出黑莓機。他今天穿粉筆條紋鐵灰色西裝。

「瑪姬，把那個提前一個鐘頭吧，」蓋爾文大嗓門講著手機。「什麼？等一等，這裡收訊爛死了……沒錯。」他結束通話，搖搖頭。櫃檯小姐似乎瞪他一眼，面有慍色。「抱歉。今天又諸事不順。用具帶來了嗎？」

丹尼提高運動袋，代替回答。「該帶的全帶了。對了，為什麼選那曲子當手機鈴聲？跟阿拉巴馬州有什麼關聯嗎？」

蓋爾文聳聳肩。「我喜歡林納．史金納嘛。聽過〈給我三步〉、〈自由鳥〉嗎？」

丹尼微笑。「聽過。」

「年輕時，你不希望能進搖滾樂團當吉他手嗎？」

「希望啊。誰不希望？」

兩人搭乘小電梯下樓。

「這地方規定禁用手機，」蓋爾文挨罵似地喃喃說。接著，他模仿一九六〇年代情境喜劇《夢幻島》影集裡的大富翁，繃緊臉皮說：「嚴禁。」

「這地方好氣派。」丹尼說。

「太跩才對，」蓋爾文說。「可惜這裡離我公司近。」

「我的健身房牆上可沒掛鹿角。」

「哼，這間不收黑人會員，猶太人和女人也進不來。義大利裔和愛爾蘭裔也一樣。礙眼的一個例外是我。哇塞，讓我加入，簡直要他們半條命似的。」他笑容滿面說。

「要誰半條命？」

「經營這間古廟的老古板。」

「他們不是准你入會了嗎？」

「不得已才准的。非准不可。」

丹尼看著他。電梯學鼻涕蟲往下爬，邊滑邊抖。

「告訴你，想申請進這裡，門都沒有。想申請會員要先被『提名』，然後面談，旁敲側擊看看你是什麼樣的人。媽的，你等著整個董事會約你吃晚餐，一次被一個董事面試。像老子照大腸鏡，被檢查個沒完。」

「看樣子，你是迷倒他們了吧。」

「迷倒他們？是老子救了他們一把。這地方本來差點倒店了。屋頂都快塌了，這可不是比喻的說法喔。沒修屋頂的儲備金，一群老傢伙又拒絕調漲會員費，還討論要不要賣掉這房子一部分，甚至考慮乾脆整個收掉算了。所以我介入，拉他們一把。長期放貸優惠他們。」

「以換取會員資格，」丹尼微笑說。「讓他們捨不得拒絕。」

蓋爾文奸笑起來。電梯門打開，前方是一條天花板低矮的走廊，略帶尤加利葉香。「結果才發現，他們要求的資格，我各個都有。」即使四處不見旁人，他照樣壓低嗓音說：「那群王八只因為不必打拚就有錢花，自以為最高尚。錢是曾祖父賺的，鈔票把那群王八墊高成貴族或什麼的。而像我這樣，南區出身，讀波士頓學院，有什麼跟什麼的歷練，憑自己的能力賺錢，我們這種人卻被排擠……」他把音量壓低一些，因為這時來了一位銀髮長者，擦身而過。他穿馬德拉斯布料西裝和花格長褲，點頭說：「湯姆。」

蓋爾文點頭回禮。

「我接到電郵通知說，萊曼學院要建一棟蓋爾文健身中心。」丹尼說。拉莉·松頓辦公室曾以電郵宣布，在蓋爾文夫妻湯瑪斯與瑟琳娜慷慨資助下，學校計畫興建游泳池、田徑場以及體育設施。

蓋爾文推開厚重的門，進入男更衣室。他嘆息，抓來兩條毛巾，丟一條給丹尼。「有時候啊，關節不疏通一下不行。不然找不到別的高中願意收我女兒讀最後兩年。」

來到服務員櫃檯，他停下腳步。

「哈囉，荷西，最近好嗎？」蓋爾文用西班牙文打招呼。

「嗯，非常好，蓋爾文先生。」年輕服務員荷西長得胖嘟嘟，滿月臉，遞給蓋爾文一支附帶伸縮環的鑰匙。「您呢？」

「還好，還好……人生不就這回事嘛！」蓋爾文繼續講西班牙語。

蓋爾文通曉西班牙語，丹尼不覺得奇怪，畢竟蓋爾文老婆是墨西哥人。令丹尼錯愕的是，蓋爾文似乎像母語人士一樣對答如流。

〈阿拉巴馬好故鄉〉音符再起。蓋爾文從西裝取出黑莓機，對荷西笑笑，表達歉意，然後走向一長排置物櫃。

「一個鐘頭，頂多一個半小時，」他對著手機說。「同意嗎？好。」

他按結束鍵，手機放回西裝口袋。「人間的運作方式就是這樣，」他說，彷彿他和丹尼的對話不曾中斷。「有點像你寫的搶錢大亨。范德堡、卡內基、洛克斐勒、摩根。過兩三代，髒錢才洗得白，對吧？」

「有道理。」

「幹嘛叫他們『搶錢大亨』？為什麼不能稱呼他們『創業家』？」

「問得好。」

「賈伯斯、比爾・蓋茲、合夥創辦咕狗的那兩個小子，跟搶錢大亨哪裡不一樣？洛克斐勒不是捐了幾十億嗎？我敢打賭，他們全都捐過大錢，對不對？」

「你認為是搶錢大亨，別人認為是創業家，或慈善家。你呢？」

「我什麼？」

「是搶錢大亨，或是創業家？」

蓋爾文頭甩向左，然後向右，看似即將以妙語回應，想想卻作罷。「我是個投資人。」

「哪一方面的投資人？」

「私人股權。說出來怕你嫌悶。」

「我不會。你大概會。」

他大嘆一口氣，好像同樣的回答講過十萬次似的。「我幫一個鉅富家族理財。」

「喔？哪個家族？」

蓋爾文聳聳肩。「墨西哥富豪排名前十大是誰，你知道嗎？」

「不知道。」丹尼坦承。

「那我報出姓名來，對你的意義也不大吧。」

更衣室瀰漫一股毛巾毛球被烘衣機烤焦的氣息，混合著老牌子Vitalis男士髮妝水之類的香味，難掩健身衣褲飄出的汗臭。在狹小的休閒區，牆上高掛著一台電視機。一座玻璃門不鏽鋼冰箱裡陳列幾排冒汗的瓶裝水。長形洗手台上有幾大罐藍藍的Barbicide美髮工具消毒水，幾支梳子泡在裡面。洗手台上另有拋棄式刮鬍刀、Barbasol刮鬍膏。更衣室裡有幾排外觀陳舊的置物櫃，深色木料，有些櫃子掛著鑰匙，金屬牌垂吊在彈性掛繩下。

更衣室並非全無旁人，但也差不多了。遠處的置物櫃區傳來幾人的講話聲。就丹尼所知，更衣室裡唯一的員工只有荷西。普林頓俱樂部的僱員似乎不多，符合財務告急俱樂部的寫照。一位七旬老翁大搖大擺路過，頸粗如牛，身材健壯，渾身赤條條，灰白的體毛密布，毫不遮掩私處，毛巾掛在脖子上。

丹尼記下蓋爾文的置物櫃號碼：八〇九。他在附近找個空櫃子。他看見，蓋爾文的運動服已摺得整整齊齊，擺在置物櫃裡。這間俱樂部顯然為會員提供洗衣服務。置物櫃架子上有一罐Wilson雙黃點壁球，球拍掛在鉤子上。蓋爾文脫下西裝，掛上外套用的木衣架。

黑莓機仍在西裝胸前口袋中。

丹尼換上白T恤和哥大體育短褲。蓋爾文的衣物看似剛出店門：白短褲、紅黑色上衣，全印著黑騎士商標。Prince壁球鞋雪白炫目。

先前那兩位中年商人拿著球拍，正要離開更衣室，仍在聊高爾夫。兩人穿著皺巴巴的T恤，一個印著哈佛校隊名，另一個印著菲利普斯埃克塞特學院，運動短褲的伸縮腰帶鬆垮垮。在露西服務的遊民救濟所有一堆堆舊衣服，這兩人的服裝像從那裡撿來穿的。

「衣裝不俗嘛，湯瑪斯。」哈佛校隊說。

「謝謝你，蘭登。」蓋爾文說。

「夠勁。打進美國壁球公開賽了嗎？」

蓋爾文皮笑肉不笑，心照不宣地對丹尼望一眼。富人之間這種話裡藏刀的虛情假意，丹尼看多了。他在萊曼學院也聽過。再過兩分鐘，那兩人將私下揶揄愛穿暴發戶裝的蓋爾文。笑他打扮太過火了。

蓋爾文關上置物櫃，扭轉鑰匙鎖上。

把黑莓機關在裡面。

29

來到壁球場外面，蓋爾文把一管新球、附拉鍊的球拍盒、置物櫃鑰匙、一條毛巾，全擺上玻璃牆外的架子。在蓋爾文的物品旁，丹尼放下球拍盒和毛巾，自己的置物櫃鑰匙留在口袋中。熱身練習不順。丹尼球拍怎麼握也不對勁，球屢屢打歪，不是往高空亂竄，就是太低。隔壁球場迴盪起陣陣難以入耳的哼唉聲，活像色情片。

丹尼深信，球場上的舉止能將一個人的個性暴露無遺。對方具有團隊精神，或喜歡霸佔球不放？平常言行溫吞的人一上場，會變成球霸嗎？出手是臨機應變，或是審慎以對？

置身賽局，湯姆．蓋爾文的態度是拚死認真。平時動不動講俏皮話的他，平時逆向幽默的他，一上場全不見了。他是個勇猛的球場悍將。他不僅球技精湛，具備專業球員的戰術感，更是連一分也不肯讓。戴著護眼罩的他，甚至形同螳螂之類的邪惡昆蟲。

反觀丹尼，他好勝心不太強，至少一開始是如此。在哥大，他曾是壁球高手，可惜時隔太多年了。現在的他體能稱不上巔峰狀態，反應慢，無法掌控T字區。他的發球也太軟弱了。

蓋爾文的發球卻各個快狠準，球路呈完美的大弧形，致命的拋物線落點總在丹尼身後搆不到的死角，讓他死得難看。不久，丹尼連輸兩局，後來才逐漸領悟要領，懂得迎戰對手的強勢發球。

進入第三局，丹尼總算追平比數。八比八。接著，蓋爾文的球觸底兩次，絕對錯不了，發球權因此落入丹尼手中，丹尼甚至可能贏得致勝的一分。但令丹尼錯愕的是，蓋爾文撿起球來，邁向發球區，連討論的意思也沒有。

「呃，我敢肯定，剛才那球跳了兩下。」丹尼說。

「哪有。」蓋爾文淡然回應。

「真的——」

「預備……」蓋爾文站進發球區，再度使出他的殺手鐧。丹尼差點堅持，差點說「我明明看見了」，但決定不值得爭論。蓋爾文自知球觸地兩下卻擺爛。爭也沒用。場地是他的，球是他的，規則隨他變通。

丹尼不禁想到，以好勝心如此強的兩人而言，打壁球不盡然能促進友誼。

接下來這一回合，丹尼設法從右側輕輕打出一記短球，掉進前右角，蓋爾文遲來半秒，球在死角落地的瞬間，他撞上丹尼左肩膀。即使沒被丹尼擋到，他照樣也來不及救球。

「和球。」蓋爾文說。

丹尼呵呵一笑。「那球你救也救不回來吧。」

「老弟。我說是和球就是和球。被你擋到了。」

場地是他的，球是他的，規則隨他變通。丹尼得過且過。

蓋爾文連贏三局之後說：「改七戰四勝吧？」

「行，」丹尼說。「不過，先休息喝點水，好不好？」他汗流浹背，球拍變得滑溜。

「你是想搞亂我手氣吧？」蓋爾文說，兩行汗水順著臉兩側涓流而下。「我覺得你想搞壞我的陣腳。」

「能搞壞的話，試一試也好。」

蓋爾文微笑一下，推開球場玻璃門。場外的空氣沁涼，丹尼滿臉舒暢。蓋爾文一把抓起毛巾，置物櫃鑰匙叮噹響。他用毛巾擦擦臉，隨手大致往飲水機的方向一揮，自個兒過去解渴。

「不如這樣吧，」丹尼說著將球拍放地上。「你不介意的話，我去拿兩瓶水來，你我各一瓶。」

蓋爾文擺擺手，不回頭。

丹尼彎腰拾起蓋爾文的鑰匙，希望動作做得流暢，一氣呵成，事後能辯稱這動作是無心之過。他進更衣室。

丹尼沒看見或聽見裡面有人。

他拉一拉八〇九號櫃，鎖住了。

有存有鎖，天經地義的事。

更衣室裡一切安詳。在靜悄悄的環境中，丹尼漸能辨識出遠處機器運轉聲：工業級洗衣機和烘乾機的呼呼聲和喀噠聲，也許附近有一間洗衣室。嘩嘩水聲從罹患硬化症的老爺水管裡傳來。空調系統的沉沉咻聲。有個蓮蓬頭在滴水，答答滴進淋浴間地磚上的積水。

在周遭的聲響中，最嘹亮的莫過於他的心音。心律高於平常但持穩。事前，他沙盤推演過全局，在心中反覆再三盤算過，盡可能換角度思考，逆料各種可能的差錯。

他轉動鑰匙，拉開蓋爾文的置物櫃門，一陣恐懼感襲來，令他心神不寧。蓋爾文的物品有條不紊，派頭的西裝整齊掛在衣架上，垂掛在吊衣鉤下。上層的架子擺著一管備用的壁球，以及摺疊整齊的T恤，兩件都像新衣。有一雙高級紳士鞋，橫飾雕花款，材料是哥多華革，擦得亮如明鏡，謹慎擺在置物櫃底，鞋尖向前，淺棕色鞋墊上有簽名John Lobb，可能是鞋商名。

黑莓機放在西裝內側左胸袋裡。

依然四下無人。

他忍不住看一眼內袋上的標籤：

英國製

安德森與雪帕公司

薩佛街裁縫師

倫敦伯林頓老街三十二號

接下來是一組看似打字的號碼，以及日期二〇一一／八月二十二日。富人常穿什麼服飾，丹尼所知不多，但常識告訴他，薩佛街裁縫師是名牌，號碼和日期顯示這套是量身訂做的西裝。丹尼從西裝口袋抽出黑莓機，沒關機。但螢幕顯示「本機上鎖」，意思是有密碼把關中。在他預料之中。

耶格爾曾保證，行動擷存器能規避密碼。丹尼看一下時間。只過了兩分鐘，還可以。去更衣室休息間冰箱拿兩瓶水，需時一分鐘或一分半。但是，如果也去跑個廁所，四分鐘不至於勾起蓋爾文疑心。如果再多拖幾分鐘，難保蓋爾文不會回來更衣室找他，查個究竟。

目前為止，一切安好。

這時候，一陣音樂突然響起，嚇了他一跳。

這次〈阿拉巴馬好故鄉〉鈴聲似乎比往常更高亢，原因無疑是鈴聲劃破更衣室裡的靜謐。他忘記如何讓黑莓機靜音。他不想接聽，只盼林納．史金納樂團不要再彈電吉他。黑莓機繼續響，他急忙拿著左翻右翻，見側面和正面有按鈕就亂按。終於，鈴聲停息了。

他聽見人聲，驚愕一跳。

服務員荷西站在十英尺不到的近處。他是個生性靜悄悄的人。

「先生，我能為你服務嗎？」他說。

30

蓋爾文的黑莓機在丹尼手中發燙。

他放進運動短褲前袋，轉頭面對置物櫃說：「找到了。」

他不理荷西，拿起架子上的那管壁球，扳開蓋子，倒出一顆球進手裡。他漠然面對年輕服務員，視他為一件雜務，惹人心煩的東西，沒什麼。

他把壁球塞進口袋，轉身看荷西，彷彿剛注意到他存在似的。丹尼的表情原本是不感興趣，這時轉為目空一切。這是他向萊曼學院家長們學到的高姿態。「蓋爾文先生想要一瓶水。呃，就是agua。」他改用西班牙文單字。「能請你幫我拿兩瓶嗎？非常感謝你。」

把更衣室服務員當成自己的家臣來差遣。這俱樂部的多數會員極可能以這態度對待荷西。在人類的表情軍火庫中，傲慢是一種高效能的攻擊武器。丹尼亂翻蓋爾文置物櫃是事實，無論荷西是否起疑心，荷西有任務在身，工作才是他的優先事項。

荷西扭擰著，態度不自在，面露警覺狀。「是的，先生，」他說。「當然。」

他看得出丹尼開了蓋爾文的置物櫃。問題是，是蓋爾文派丹尼來開櫃的嗎？荷西只能如此假定。無論荷西怎麼想，他絕不敢指控客人犯小罪。遇到這種事，飯碗保得住最重要，忠誠在其次。

荷西一走，丹尼關上蓋爾文的置物櫃，衝向自己那格。在黑莓機再響之前，丹尼打開自己的置物櫃，把黑莓機放在自己的運動袋子上。

荷西回來了，兩手各一瓶水。

「謝謝你。」丹尼說，接下瓶裝水，放到長椅上，對荷西微笑。

荷西點點頭，不笑。

荷西繞回座位坐下後，丹尼再次打開自己的置物櫃，拉開運動袋尾端小袋子的拉鍊，取出一件揉成團的上衣，裡面包著長圓形的小器材。

他在置物櫃前面站定，手飛快動作起來，把擷存器接上黑莓機側面的USB埠。他事先在擷存器上輸入黑莓機型號、點選「規避密碼下載」、點選「全部汲取」，總之是可以事先設定的步驟，他已全設定妥當，現在只需在擷存器按「開始」鍵就能運作。

擷存器的顯示幕亮起來，寫著：「偵測中……連接中……」，然後「汲取內容」。

螢幕出現一條綠色進度桿。耶格爾曾說，下載需時四十五秒到三、四分鐘之間，長短端賴蓋爾文手機裡存有多少相片。耶格爾說，相片、影片、鈴聲是佔據空間的大戶。

然而，進度桿卻卡住了，只呈現窄窄一道綠色，不進不退。丹尼等著。更衣室裡無人聲，看不見人影。

他看手錶。過四分鐘了。離開太久了，但他可以找託詞，不妨推說，剛去找水，順便上廁所。

他再看綠色進度桿，看著它寸步往前移。寸步不對，毫釐步可能比較貼切。慢慢移，慢慢移，慢得差點抓狂。

幸好，儘管龜速，至少還有進度，器材仍在努力中。但是，一兩分鐘之內必定無法完成。看情況會再拖一陣子。也許五分鐘。更久也說不定。

他無法等到下載完才走。

他應該把黑莓機留在置物櫃裡，讓擷存器繼續下載，自己先回壁球場敷衍蓋爾文一下。

不無風險。風險其實相當大。

假使蓋爾文忽然決定回更衣室，那怎麼辦？

但丹尼無計可施。

丹尼遞一瓶水給蓋爾文。丹尼胃腸緊繃，但面部表情儘量保持輕鬆。

「我準備好了。」蓋爾文說。他把瓶子放在地上，附近是他剛放下的球拍盒，鑰匙已不翼而飛。

如今在丹尼的口袋裡。

蓋爾文看錶說：「準備決戰了嗎？」

丹尼點頭。他必須找機會重回自己的置物櫃，拔掉黑莓機上的UBS線，讓黑莓機回蓋爾文置物櫃。

以免蓋爾文發現鑰匙失蹤。

或決定不顧手機禁令，去開櫃找黑莓機。

單純在好勝心鼓舞之餘，丹尼也因緊張而一鼓作氣，這一局打得比較好，手勁比休息前加強。或許是因為他漸漸摸清蓋爾文的發球門道，或許是他手氣好轉，他終於能接住蓋爾文發球，揮出平飛球，蓋爾文也以平飛球回敬。後來，丹尼反手打出一記短球，得分。比數追平了。八比八。

接下來這一球你來我往，艱苦如長征。不只是長征，而是二次大戰巴丹俘虜進行的死亡行軍。丹尼左腰痠痛起來，逐漸蔓延加劇，魔爪對著他內臟狂抓亂扭。球場只聽得見膠鞋底摩擦地板的吱聲，以及球拍擊球的啪嗟啪嗟聲。

蓋爾文開始氣喘吁吁。

接著，丹尼見球來，急忙後退，彎腰深蹲，向後跨一步，彷彿想騰出空間，反手大揮一記直球，但在最後一瞬間，他輕手出拍，球溫柔撞側牆，氣慨慨反彈，碰觸前牆之後落地。

蓋爾文失分，也輸掉這一局。他高聲大笑。「哈！老套的側牆軟球！高招！」

「謝了。」

「幹得好——瞞過我了。」蓋爾文上氣不接下氣說。「被你唬到了。」

「謝了。」丹尼撈起球，準備發球，但蓋爾文舉一手制止，氣喘如牛。

「我差點被你痛宰。」

丹尼微笑。

「好——吧，」蓋爾文說。他向丹尼彎腰，雙手按在自己大腿上，抬頭看丹尼，面色陰沉，不懷好意。「媽的，你剛才進更衣室——搞什麼鬼？」

丹尼胃臟緊縮一陣。「什麼？」

「剛才休息，」蓋爾文說。「我知道你——打什麼鬼主意。」

「喝水是個幌子。你是去——你找到一罐紅牛，對吧？」蓋爾文咧嘴奸笑，臉色慘白。「或是一根PowerBar能量棒吧？你呀，剛一定吞了靈丹。哇，真是——計高一籌。」

如釋重負感猶如一陣暖潮襲來，淹沒丹尼身心。他微笑點點頭。「這局害我差點丟了小命。對了，我膀胱快爆炸了，等我去上一下廁所。這次不會害你久等了。保證。」

「又想去灌一口紅牛了，對不對？」

丹尼嘿嘿笑。「馬上回來。」拔掉USB、黑莓機歸位，只需大約一分鐘。黑莓機裡的東西一定已全被拷貝完畢。

「不如這樣吧，」蓋爾文說。「這算身體對我們發警報了，叫我們休息。」

丹尼的腦筋像滾輪籠中的倉鼠動起來。他有必要儘快回置物櫃，以免蓋爾文發現黑莓機失蹤。

蓋爾文一旦發現置物櫃鑰匙不見了——後果不堪設想。

完蛋了，丹尼心想。「我這下子完了。」

「怎麼能放你走？我才剛反攻成功。」

「我三勝一敗——丹尼——你是在等奇蹟出現嗎？」

「不是改七戰四勝制？」

「不行啦，我得回公司了。一整個下午的爛攤子等著我收拾。」

「我速戰速決。你拖個十分鐘，總可以吧？」

「抱歉，老弟。我——玩完了。你想多待一陣子——隨你便——自個兒練練身手。」

「不用了。更衣室見。」丹尼說，希望趕在他之前進更衣室。來到更衣室的雙扉門前，他聽見蓋爾文哀號。

「該死，置物櫃鑰匙呢？」

丹尼愣住了。轉頭面向蓋爾文。「唉，糟糕。抱歉，老兄，剛才我糊塗了，錯拿你鑰匙。」他從左口袋掏出蓋爾文的鑰匙，怕挨罵似地舉起來，然後拋給蓋爾文，被蓋爾文半空攔截。「難怪我剛才打不開櫃子。」

「那你的鑰匙呢？」

「兩支都在我口袋。糗啊。」

蓋爾文一臉困惑，搖搖頭。「算了。」

丹尼超前蓋爾文進更衣室。蓋爾文幾秒後也跟進，呼吸依然急促。

丹尼走向自己的置物櫃，開鎖，以身體擋住櫃口，不讓蓋爾文看見。擷存器已下載完畢。蓋爾文黑莓機裡的所有內容全被複製一空。

最後一步是把黑莓機歸回原位。

蓋爾文站在自己置物櫃的櫃口，凝視裡面，呼吸逐漸和緩。他眉宇深鎖。大惑不解的模樣。像在找東西。

丹尼伸手進自己櫃子，摜下衣架上的襯衫，遮蓋黑莓機和擷存器，屏息等待蓋爾文發現黑莓機不翼而飛。

被他發現之後怎麼辦？

蓋爾文可以怪自己記性不好。任何人都會。蓋爾文會猜，剛才其實沒把黑莓機放進西裝口袋，只是印象中有。人一進入中年，總會開始忘東忘西的，記性不再是個顛撲不破的見證。說不定是他自己忘了，擺錯地方，不至於懷疑遭竊。普林頓俱樂部這種場所不會。

蓋爾文會先翻找整個置物櫃，然後四下看看是否遺落在附近。

也許他會去問荷西。

幸好，蓋爾文好像不急著找黑莓機，至少現在還不急。他正在脫衣褲。因此，丹尼也跟著脫。

但這時丹尼明瞭，設想不夠周到。

因為，如果蓋爾文鎖上置物櫃，鑰匙帶進淋浴間，丹尼歸還黑莓機的計畫就破功了。

只不過，蓋爾文會鎖置物櫃嗎？在進出分子複雜的健身房，鎖櫃子是必然的舉動。但這裡不是一般健身房。

蓋爾文沒鎖就走。

在丹尼關櫃門前一秒，蓋爾文先關門，兩人朝淋浴間的方向前進。

不巧，這時〈阿拉巴馬好故鄉〉又來了。鈴聲隱隱可聞。

丹尼在心中咒罵。

蓋爾文駐足轉身，彷彿聆聽著鈴聲。

或是想決定是否接聽來電。

接著，他轉頭回去，繼續往前走，丹尼長呼一口氣，也跟著走。淋浴間在廁所區隔壁。廁所區有洗手台、馬桶、小便斗。丹尼掛好毛巾，踏進蓋爾文對面的隔間之一。這裡的淋浴間顯老氣，從前大概堪稱豪華，如今能用的形容詞除了舊還是舊。三面牆全是地鐵站常見的白瓷磚，地板由六角形小地磚拼湊而成。銅製調溫龍頭和飾蓋。太陽花形的蓮蓬頭大如大餐盤。

丹尼放水灑個十秒充數，洗一個世界第一快的戰鬥澡，連水都沒熱就關水龍頭，抓起掛鉤上的浴巾，快步穿越廁所區，往更衣室走，彷彿忘了洗髮精之類的。淋浴間配備洗髮精和沐浴乳也不管。

他聽見唧、唧、唧、唧，視線一轉，看見荷西。

可惡，服務員又來了。荷西好像有第六感，總能違背丹尼心意，跳出來鬧場。荷西正推著一個附帶擰水盒的黃色大水桶拖地板，水桶下面有唧唧叫的滾輪。丹尼路過，荷西頭也不抬。

丹尼需要十秒鐘，頂多十二秒，就能讓黑莓機回原位。

他估算過了。開櫃，拿出黑莓機，走向蓋爾文的置物櫃，打開，伸手向西裝，放黑莓機進口袋。

六個快動作。至多十二秒。

他來到自己的置物櫃。打開。

他聽見高分貝西班牙語對話聲，在硬牆之間迴盪。

「球打得怎樣？」荷西說著。

「馬馬虎虎。」蓋爾文說著。想必他淋浴的動作也快。要是他還在沖澡，荷西八成不會對他開口。換言之，蓋爾文已經步出淋浴間，可能正在擦身體。

然而，擦乾的動作可能慢吞吞，他也有可能站到鏡子前梳頭髮。

丹尼開櫃子，扯掉接在黑莓機上的USB線。

「媽呀，他一定打得很苦吧！」荷西說。

丹尼轉身，來到蓋爾文櫃前。

接著傳來蓋爾文的聲音，音量變大，距離明顯更近。「是的，兩三下被我擺平了！安德莉雅最近好嗎？」

脈搏加速中，丹尼打開蓋爾文的置物櫃，陡然擔心：被蓋爾文撞見了，該怎麼胡謅？抱歉，開錯櫃子了？把你的櫃子當成是我的？太牽強了，缺乏可信度。

蓋爾文的鐵灰色西裝整齊掛在木衣架上。

荷西這時候說：「先生，嗯，她還好，謝上帝。」

丹尼一眼也不看，直接把黑莓機摜進隨便一個口袋。黑莓機進西裝胸前內袋，然後——

關上蓋爾文的置物櫃門之際，蓋爾文的身影衝入他視野，浴巾圍腰，吹著口哨。

顯然沒看見丹尼的賊手。

汗珠霎時佈滿丹尼的頭皮。

「你呢？接下來忙什麼？」蓋爾文邊問邊開櫃子。「回去寫作嗎？」

「不去學校接艾比回家不行。」

「對，對，放學時間快到了，不是嗎？」蓋爾文穿上內衣，再穿上筆挺的白襯衫。「有時候，我也想去接珍娜，可惜今天沒辦法。」

兩人都穿好衣服。蓋爾文套上西裝。「今天玩得很開心。我們改天應該再打一場。你太謙虛了，技巧比你講的強太多了。哇塞，側牆軟球，一球斃命。」

〈阿拉巴馬好故鄉〉的電吉他聲再度響起。蓋爾文反射性伸手進西裝左胸內袋。電吉他音符持續。蓋爾文面露不解。兩手慌忙亂摸。他伸左手進右胸內袋。雙眼瞇成一條線。

「怪事，」他拿起黑莓機說。「我每次都放那一邊。」

他接聽：「喂？」隨後，「我十分鐘就到。」

他結束通話。「我腦筋一定有毛病。」他說。彷彿心知什麼地方不對勁。

31

丹尼準時來到萊曼學院的接送區，駛進車龍尾。學校大樓前有一群女生簇擁著，獨不見艾比。女學生從正門魚貫而出，也不見艾比身影。她通常很準時。也許正在和老師講話。也許忘了什麼東西。

等到丹尼的車子前進到校門，女學生已走得差不多，仍不見艾比。

里昂一副交警的架勢，對他招招手微笑，說：「沒看見她。」丹尼也微笑回禮，在自己iPhone上按她號碼。

鈴響一聲，直接進入她的語音信箱，接聽語高亢，像在唸經：「嗨，我是艾比，你知道該怎麼辦吧！」

里昂指揮他脫離隊伍，要他駛進校門圓環旁的短期停車區。「別介意，」他說。「這樣才不會礙到隊伍前進。」

「沒關係。」丹尼內心一陣煩躁。平常而言，她迫不及待想離開討厭的學校。她遲遲不現身，可能有充分的理由，沒錯，但她總該發個簡訊通知一聲吧。

再等五分鐘之後，他索性熄火下車，走進學校大樓。他遇到一個他認識的學生。有一年，艾比在「造熊熊工坊」慶生，孩子們能親手學做泰迪熊，這位同學也在場。她身形嬌小，滿頭捲髮蓬亂，神情平常鬱鬱寡歡，今天正和人聊得手舞足蹈，對方比她高一個頭，穿著萊曼校隊熱身夾克。

「席拉？」

女孩轉身。「什麼事？」

「有沒有看見艾比？」

「呃，在學校唄？」

「呃，在不久前唄。」

席拉聳聳肩搖頭，轉頭回去，繼續和校隊朋友聊天。

丹尼看手機有無簡訊。也說不定鈴聲沒響，有留言自動轉進語音信箱。這是收訊不良時常有的現象。簡訊和留言都沒有。

他不記得她最後一節是什麼課，也不記得教室在哪裡。他不記得她的置物櫃在哪裡。但是，接待處的學校秘書櫃檯小姐應該知道她在哪裡。丹尼這才想到，女兒可能病了，可能在保健室。但是，學生進保健室，校方一定會通知家長。也可能是剛剛才發生的事。

再臆測也沒用，他想通了。女兒大概是在置物櫃那一帶流連，和珍娜混在一起。置物櫃不知道在哪裡。

想到這裡，他記得車陣裡始終沒見蓋爾文的豪華禮車在排隊。新上任的司機接大小姐放學，不可能遲到。

丹尼四下張望，滿心認為艾比會出現，滿臉怕挨罵的表情，或是急著想辯解，或兩者多少皆有。

但艾比不來就是不來。

學校秘書姓吉弗德，白髮蒼蒼，蘋果頰，充滿祖母韻味，實際大概比外表年輕十歲，電話中的她見丹尼過來，對他微笑一下，隨即掛電話。

「在找艾比嗎？」吉弗德夫人說。全校學生的姓名她全知道，高年級的每一張臉她也認得出來。

「她沒有提早刷卡離校吧？」

秘書戴上一副垂掛胸前的老花眼鏡，參考著電腦螢幕。「她今天來過學校，不過你已經知道了。另外，她沒有提前離校。除非她沒照規定刷卡，提前走了。」

「她最後一節在哪裡？」

「我看看……人體性教育課，在帛克樓二〇三教室。」

「從這裡怎麼去？」

穿越教學大樓，進入隔壁的帛克樓，路途遙遠，九拐十八彎，多次此路不通，樓梯上上下下，下下上上。他遇到艾比的朋友黑人小美女卡拉。至少以前曾和艾比朋友一場。

卡拉說她午休時間見過艾比，但不知艾比目前在哪裡。

丹尼來到艾比最後一堂課的教室，裡外找不到人。丹尼查看自己的 iPhone，動不動看手機，希望見到簡訊或留言或電郵。他打去女兒的行動電話，直通語音信箱。

在校園遍尋不到艾比。

照推斷，她可能違抗父親命令，放學前陪珍娜回家。丹尼找通話紀錄。他確定手機裡找得到蓋爾文住家號碼，因為他打去蓋爾文家過一兩次。他記得，瑟琳娜曾打進他的手機一次。他在通話紀錄裡查到瑟琳娜來電，卻發現「未顯示號碼」。他以為曾多次去電蓋爾文家，卻一條紀錄也找不到。他可能其實一次也不曾打去他們家的室內電話。瑟琳娜曾打給他一次，而艾比在他們家的時候，他也打過艾比的手機。打查號台也沒用，蓋爾文家的號碼一定不公開。

對了，蓋爾文隨身帶黑莓機。丹尼撥號，直接轉進語音信箱。可惡。他打開手機上的瀏覽器，搜尋到波士頓的蓋爾文顧問公司號碼，打過去，遇到惱人的語音指引選單：請輸入四位數分機號碼，或撥九，由總機為您服務。丹尼按〇，然後再按一次，直到有人接聽。他請對方轉接湯姆．蓋爾文辦公室。總機小姐說，蓋爾文不在辦公室，她不清楚他幾時回來，也沒辦法聯絡到人，您是否願意留言？丹尼留言說事態緊急。

他打給露西，心想，說不定露西明白什麼內情。

「我今天沒跟她通過話，」露西說。「她是為了什麼事不高興嗎？」丹尼不知露西置身何方，只聽見她周遭車流聲嘈雜，丹尼這一端的校園走廊則是愈來愈靜。

「沒有。呃，有，大概吧。我叫她放學直接回來，不要去蓋爾文家。」

「喔，是嗎？」

「她聽了當然不高興。」

「被她拒絕了嗎？」

「拒絕？沒有。」

「她有沒有不爽的口氣？」

「惱火吧，可能有。」

「生你的氣？」

「大概吧，我又不是沒遇過。」

「這樣看，她可能搭地鐵回家了。」

「她知道我和往常一樣，會去學校接她。」

「對是對，不過，說不定她覺得被侮辱到了。被看扁了，不爽你質疑她的判斷力。」

「我當然質疑她的判斷力。她才十六歲。」

「說不定，她覺得被幼兒化了。」

被幼兒化。心理學術語。丹尼想發牢騷卻縮口。

「所以她才搭地鐵回家，表示叛逆，提醒你，她早就不是三歲小孩了。或者是想懲罰你，讓你知道，她不想要你去接她。」

「被幼兒化。」一閃神，從丹尼嘴巴溜出來。

「丹尼。如果你打給她，她搭的電車正好在地下，收訊不良，你待會兒一定能接到留言。你再試試看看嘛。」

「好，嗯……」他已經打過五、六遍了。除非電車被卡在地下，否則女兒不可能還沒出站。

「如果妳接到她電話……」

「當然。你該不會擔心她出什麼事吧？」

「我該掛了。」丹尼說。

然而，私家司機艾斯特班遭虐殺慘死的相片不斷侵擾丹尼的思緒。艾比是他生命中最寶貴的人，而最寶貴的往往是最大的弱點。假如她被人帶走，被綁架了……

他不允許思路往壞的方向偏移。

校園走廊牆壁佈滿繪畫和勞作成果，丹尼置身其中，心裡有一股異樣的疏離感。佈告欄公告著社團活動和比賽。女生喜歡窩進去的小隔間。牆上有幾幅自畫像，凸顯個人目前與將來的外貌問題，各部位比例失衡，模樣詭異，丹尼看得心惶惶。他覺得自己飄浮在半空中，倒拿著望遠鏡看萬物。

他回車上，極力釐清思緒，思考下一步怎麼走。他不斷檢查手機有無留言，看簡訊是否來了卻沒被他發現，但音訊全無。

他遙想一件不堪回首的舊事。那年，艾比才三、四歲大。他懷疑，是否天下父母全有過類似的遭遇。那天，莎拉下班去應酬，所以他帶艾比去逛保德信購物中心。

小艾比最愛逛的店專賣價格不實惠的糖果，展示櫃裡有松露巧克力、包巧克力的椒鹽捲餅、薄荷白巧克力脆片、沾牛奶巧克力的月眉鳳梨乾。旋轉架上插著五顏六色的大棒棒糖。艾比卻總是獨鍾一款色澤鮮豔的雷根豆，裝在透明壓克力展示櫃裡。

那天，丹尼告訴她不行，今天不買糖果，接著帶她去美食街，買一兩片披薩給她。在隊伍裡排很久的丹尼一轉頭，她不見了。

他東看西看，恐慌不能自已。女兒溜走了，四處不見人影。心跳加速的他穿梭遊客人海，找不到女兒，認定女兒被綁架了。我視線才轉開一秒而已。他事後可以說。

兩分鐘後，丹尼找到她了。她在糖果店裡，正鏟著紅色雷根豆進透明塑膠袋。那是他今生最難熬的兩分鐘。

也許，今天的狀況就這麼單純。紅色雷根豆。因為，假使他懼怕的狀況果真發生在女兒身上，他不知該如何自處。他會活不下去。

校警里昂雙腿像木頭人，走過來，丹尼搖下車窗。

「艾比遇到麻煩了嗎？」

遇到麻煩？丹尼想著。他在暗示什麼？他知道多少？隨即，丹尼恍然大悟：「喔，沒有，她沒被罰留校。」

「你一副受驚嚇的樣子。」

「沒事。一切都……我只是不清楚女兒去哪裡鬼混了。」他儘量顯得惱火而非害怕。

「放學後，高年級女生很多都去這條路上的美食街。在醫院那邊。去吃披薩、冰淇淋或貝果之類的。我常看她們三兩成群走過去。」

「可是，你沒見到艾比，對不對？」

里昂搖搖頭。「也沒見到她朋友珍娜。」

「太可惡了。」

「我相信不會有事的。」

「我相信你說的對。」

丹尼發簡訊給她：「妳在哪？？？？？」但等不到她回覆。他等簡訊下方出現小字「已送達」，以求心安。然而，他發的簡訊是個漫畫裡的對話框，一直呈綠色，不見回音。他再撥艾比的手機。

最後，他醒悟了，笨啊，怎麼忘了打去最理所當然的一個地方：家。女兒一定自行回家了，賭氣關機。再怎麼說，她有家門鑰匙。

家裡的電話無人接聽。

在以往答錄機盛行的年代，丹尼可以在嗶聲之後留言，女兒在家就聽得見，然後接聽。但這招在手機語音信箱大行其道的現代不管用。

他駛出校門口的圓環，驅車過幾條街，想前往醫院那一帶。車流量大，他找不到停車位，索性並排停車，衝進美食街，從貝果店走到披薩店，再走去咖啡店和冰淇淋店，都找不到她。餐桌上的食客爆滿，有幾桌的女孩只比艾比大一兩歲，有些和艾比同年齡，但沒有一個是艾比。

他回到停車的地方，心臟快蹦出耳朵了。他發現一張螢光橙色的罰單，被雨刷壓在擋風玻璃上。他懶得理。

他上車，猛踩油門，搶黃燈過路口，駛上回家的馬爾波洛街。

住家附近也沒有停車位。他並排停車，衝上公寓大樓的前門階，刷卡進門，徒步上三樓。插鑰匙進鎖孔之際，他演練著即將飆出口的氣話。

但艾比不在家。

他癱進沙發，抓起iPhone，一會兒覺得內心空虛，一會兒又覺得反胃。

邏輯很簡單，女兒被毒梟的殺手帶走了，這想法不斷入侵他腦海，趕也趕不走。這種事當然可能發生。他咒罵自己當初為何糊塗到答應臥底，為何不找律師，進法庭碰碰運氣，女兒現在就能平安待在身旁，不至於被……

他再撥蓋爾文手機，進入語音信箱，但他這次不留言。他撥去蓋爾文辦公室，要求轉接蓋爾文，再度遇到同一個幫不上忙的秘書。「古德曼先生，公司外面有個會要開，他可能提前去了。除了這些，我不知道該怎麼告訴你了。」

秘書無法隨時掌握蓋爾文的確切行蹤，令丹尼難以相信，但他說：「我是他的一個朋友。我告訴過妳了。他家的號碼多少？」

「對不起，」她快口回應。「恕我們無法告知。」

「是這樣的，我女兒失蹤了，我想知道她是不是跟著珍娜回他家了。我女兒是艾比．古德曼。能請妳至少打給瑟琳娜，問艾比在不在，可以嗎？」

遲疑一陣。「當然可以。請你別掛斷。」

過了一分零幾秒，女秘書回線上。「對不起，瑟琳娜不在家。全家人都不在。但願我幫得上忙就好了。我能體會你現在多擔心。」

「妳盡力了，謝謝妳。」他說完掛斷。

他撥給艾比手機，連環叩。他再發一則簡訊給她。他打開通話紀錄，看自己是否曾漏接。聽人說，失蹤的頭三十六小時是黃金時間。是頭十二小時吧？他記不清楚了。

但他知道應該打去警察局報失蹤。這是他該做的第一件事。

向警方通報親人失蹤，然後期盼曙光出現，也許就在一小時之後，電話鈴響，是艾比，是誤會一場，他不得不再撥給警察局，這次語氣羞怯。若因此被人糗，他也無所謂。

他只求女兒回家。

萬一……萬一毒梟殺手犯下……（他無法再想下去）不管犯下什麼，他們必定會聯絡他，提出要求。

他會二話不說答應。

如果毒梟要人命，丹尼很樂意犧牲自己。如果對方願意放她走，丹尼願承受艾斯特班遭遇到的凌虐。只要他們放艾比一條生路。

iPhone鈴響起來，丹尼重重嘆一口氣，但一看才發現不是艾比。

心跳如鼓。

「沒有，」他對露西說。「完全找不到。我到處找過了。妳沒她消息嗎？」

「這很詭異，丹尼。」

他只呼出一口氣。

「跟她的作風不同。」

「對。」

「她不會……該不會單獨去什麼地方吧？我是說，一個十六歲的美眉，該不會——」

「好了，露西。不要再……亂想了。」

「抱歉。丹尼，你大概該報警才對。」

「有道理。」

「就算是制式的一個步驟吧，是該走的一步，因為我確定她正在回家的路上，整件事不過是陰錯陽差而已。」

「對。」他鈍鈍地說。就在這當兒，他聽見鑰匙插進門鎖的轉動聲。

32

「妳去哪裡了？」丹尼說。他一方面大大鬆一口氣，另一方面火山即將大爆發，正竭盡全力講得不慍不火，奈何他難掩震顫的語音。

艾比矮了一截，像縮小一號了，宛如一隻潮蟲遇危險，緊緊蜷縮成一小丸。她平常粉紅的雙頰變得紅通通，但也可能是被戶外冷風吹紅。她圍著夾帶金屬光絲的圍巾，一圈又一圈包著脖子，細緻的金髮變得七零八亂。

「跟珍娜去逛街，」她說。「有什麼大不了？」

丹尼從書桌前起身，慢慢靠近她。「有什麼……大不了？有什麼大不了？妳沒接到我留言和簡訊嗎？」

「關機了。」

「妳電話關機？」他暗叫自己沉住氣，冷靜一下。「天塌下來，妳都沒有關機過，今天幹嘛關機？」

她聳聳肩。「想省點電嘛。」

「那支手機，我買給妳以後，妳從沒關機過，一次也沒有。」

「不對。」她一直不肯正面看爸爸，彷彿想迴避他眼光，彷彿怕被看穿。她解開圍巾。

「手機給我看，可以嗎？」

「有什麼好看的？」

「我想查妳發簡訊的時間。過去兩三個鐘頭，我急著打電話找妳，以為妳出事了，我現在想看看妳手機在這期間的動態。」

「當我是犯人嗎？所以才想查我手機？信不過自己女兒嗎？」

「妳怎麼不正眼看我？」

她脫掉夾克，頭依然偏一邊。她向右繞一大圈，走向浴室。「我急著上廁所，可以嗎？」

「等一下。」她繼續走。「拜託妳停下，行不行？我正在跟妳溝通。」

艾比不轉頭面對他，直盯廁所門說：「你到底……想問……什麼啦？」

「我今天去學校接妳，妳不知道嗎？」

「喔，原來你為了這事不高興啊，因為我沒告訴你，我想跟珍娜一起走去逛紐貝利街。」

「我明明叫妳回家。」

「現在不是回家了嗎？你又沒規定我放學立刻回家。」

「妳行程不告訴我，有理由嗎？結果害我開車去學校白排隊，浪費時間，還花半小時逢人就問妳下落。我還以為妳出事了。」

她直瞪著前方，視線依舊不肯和父親接觸。「對不起，可以了吧？我對不起你。是我不對。我忘了告訴你，可以了吧？現在你想怎樣？罰我禁足一年或什麼嗎？」

「面對我。」

「拜託，先讓我上廁所，不行嗎？我，嗯，都快尿褲子了。」

「面對我。」

她頭向左轉，角度若有似無。「行了吧？我可以上廁所了嗎？」

「頭整個轉過來。妳遮遮掩掩做什麼？」

她抿緊嘴唇，皺緊眉頭，然後轉過來，正面看著父親。

「妳鼻子多了一個什麼鬼東西？」

「看起來像什麼？」

「是……？」丹尼靠近看。「那東西是鼻環嗎？妳在鼻子上打洞嗎？」

她語氣轉弱。「那還用說嗎。」

一枚小金屬環從右鼻孔進入，穿透鼻肉而出。他站開幾步。「妳去穿鼻洞了？」

「那又怎樣？」

「找我溝通過嗎？妳怎麼不徵求我允許？」

「身體是我自己的，我想怎樣是我的權利。」

「錯，其實妳沒這種權利。想打洞，想刺青，或做任何一種無法逆轉的事，都要我允許才可以。妳瘋了不成？」

「你一定反對，問你也白問。」

「沒錯，我會反對到底，可惡。誰說妳有權去鑽鼻洞，像個……像個……」

「好了啦，做都做了，不行嗎？太落伍了吧。」

「我不敢相信。我不敢相信妳毀傷自己的身體，在漂亮的鼻子上掛個鼻環。天啊，那東西會在皮膚留下一輩子的疤痕。」

「才不會。我問過她，她說如果我決定摘掉鼻環，小洞只會留下小小的雀斑，沒什麼。」

「妳去哪裡打洞？會感染到什麼病菌，妳清楚嗎？」

「哎唷，拜託，你是在擔心病菌啊？她表現得幾乎跟醫生沒兩樣。她呀，大小用品都消毒，針頭也是用後即丟，每次都換新的，而且她一直囉嗦：『妳要記得用鹽水洗乾淨，鼻環不能亂挑亂戴，不能戴925純銀，只准戴十四K金或手術鋼或鈦合金。她呀，整個人超堅持消毒的，什麼東西都不放過。』」

「天啊，」丹尼說，心裡想著：她回家了，還活著，沒出事，沒被人帶走。淚水這時盈眶。「千萬別再做這種事。」

她留意到丹尼的淚眼，看得心驚。

「這事不只跟鑽鼻洞有關。以後不准妳再不理我的電話和簡訊。一概不准。聽見沒？」

「有什麼大不了的嘛？你在怕什麼？」

「兩個十六歲美眉去逛大街，進一家打洞店之類的——會成了壞人的標靶。」

「哎唷，拜託，太扯了吧。大白天的，我們走在路上，來來去去的人那麼多，才不會出事。」

「天啊，哺哺。」丹尼走近，雙手環繞她，鬆懈感滿盈心中。她僵著雙手平貼自己身體，不回抱父親，生氣的嘴角向下彎。「我被嚇昏頭了，女兒。千萬別再這樣折磨我。」

最後，她抬起雙手擁抱，臉貼父親胸部。「對不起。」她唔唔說。

「沒事了。」

她吸一吸鼻子。「我是真的急著上廁所。」

丹尼放開她。

她出來後，見父親坐在沙發上等她。「哺哺，過來一下。」

「我有功課要做。」

「待會兒再做。過來坐下。」他拍一拍沙發的空位子。艾比在沙發旁的椅子坐下。

「什麼事？」

「聽好。我想跟妳談談蓋爾文家的事。」

「他們家怎樣了？你又沒禁止我跟珍娜在一起。你只叫我今天放學不能去她家啊。」

「我希望妳以後不要再去了。我不希望妳再搭他們家的禮車。」

丹尼終於下定決心了。在這之前，假如他不讓女兒去蓋爾文家，難保不會啟人疑竇，但現在，丹尼有辦法應付。他可以讓蓋爾文知道，借錢和這事無關。他可以簡單說，他想強化父女感情。

「怎麼了？怎麼突然討厭他們家了？我還以為你看珍娜看得順眼？」

「絕對是。交她這朋友是好事。我不介意她來我們家玩，或——」

「我們家是什麼樣子，你最清楚。我才不想邀她來我們家玩。」

「如果她真心把妳當朋友，她不會因為妳老爸是窮光蛋就瞧不起妳，懂嗎？」

「我去她家，她來我們家，有什麼不同？」

「妳最近太常去那裡了，妳很清楚。」

她猶豫一下子，皺眉。「好嘛，那我以後不會太常去就是了，可以嗎？你會不會是……不喜歡他們家哪一點？怕我被他們帶壞嗎？」

「我想偶爾跟妳多多相處而已。」

她聳聳肩。「呃，我們能聊的東西又不是很多。」

「傷人啊，」他說。「我倒不認為。不過，如果妳嫌沒話可聊，我們可以改進改進。」

「跟你講話氣氛太認真了。每次跟你吃晚餐，感覺像被偵訊一樣。我在忙什麼，我的心情怎樣，你一直問個沒完……」

「那我以後不要太常偵訊妳好了，聊天時隨意一點。」

「你禁止我去他們家，是因為你以為珍娜叫我去鑽鼻洞嗎？完全錯。我們兩個一起去鑽鼻洞的。她才沒叫我做什麼事。」

「不是鑽鼻洞的事。我只是不希望妳再去他們家而已，也不要再搭他們的禮車，行嗎？清楚了嗎？」

「我知道問題出在哪。我知道借錢的事。」

「借錢？」

「他借給你……差不多十萬元，對不對？因為你快破產了。」艾比轉頭面對他，帶著指責的表情。「你只是覺得沒面子。你不喜歡我天天看到他們家日子多好過，我們多窮。真正的原因是不是這個？」

一股羞慚湧上心頭，怒火急速竄燒。他沒向女兒提起跟蓋爾文借錢一事。該不會是蓋爾文告訴珍娜，古德曼家的財務危機被他搞定了，別擔心……。如果蓋爾文真的大嘴巴……哼，他太過分了。借錢的事真的和小孩沒關係。

「艾比，完全不是。我只是不想讓妳再去他們家而已。」

她雙手猛拍大腿一下，站起來，怒氣騰騰瞪父親。「乾脆承認是想處罰我，不行嗎？你氣我沒經過你同意就去鑽鼻洞，想懲罰我，所以不讓我再……」氣話一股腦兒冒出口，語調激昂，咬字變含糊，難以理解，臉色也緋紅，淚光晶瑩。

「哺哺。不是處罰啦。」

「——讓我快樂的事只有一件，就是和最要好的朋友在一起，你卻想禁止我再找她玩！」

「艾比！」

她轉身奔向臥房。丹尼坐回沙發上，雙臂叉胸，目光茫茫然。

他差點但願能對女兒說明真相。

差點。

第三篇

33

丹尼上床想看書，但一直讀不下去。也許，他個性太軟弱，不適合當爸爸，但他實在捨不得看艾比痛哭流涕。他討厭和女兒吵架，討厭養兒育女伴隨而來的紛爭。一般而言，他儘量不要屈從於女兒的情緒攻勢，儘量不要當個軟柿子爸爸，畢竟大人應該管教小孩，為子女設限。未必像他父母管教那麼嚴格。但是，大人也不能過度縱容小孩。丹尼認定，兒童簡直是出廠不附使用說明書的 **iPhone**。

他但願能對艾比開誠布公，把事實講明白，說爸爸被牽扯進一件很可怕的狀況，她閨蜜的爸爸跟殺人不眨眼的惡煞做生意，說他無法坐視女兒淪為人質。

但他一個字也無法透露。他不信女兒能守口如瓶。對至交鐵定守不住秘密。

露西進艾比房間，將近一小時才出來，進主臥房，倦容滿臉。丹尼看得出她臉頰有兩行淚痕。

他揚揚眉，望著露西。

露西搖搖頭。「她氣還沒消。我叫她功課不用做了，她沒有反抗。她基本上是哭到睡著。」

「唉，天啊。」

「我倒覺得，她戴鼻環滿可愛的。」她褪下牛仔褲，脫掉上衣。

「什麼話？等她滿十八歲，想怎麼自我糟蹋隨她高興，現在甭談。」

「親愛的，誰把酷爸變走了？」

「我從來不以酷爸自居。」

她解開胸罩扣環，酥胸彈跳而出。「鼻洞打了就打了，好嗎？算是她的一個叛逆小宣言吧。相信我，以她這年紀的小孩來說，比這更嚴重的宣言多的是。」

「她可以在鼻中膈穿個孔，掛上那種牛魔王似的馬蹄鐵。」

「那還算小意思。不過，你氣的其實不是這件事。」

「不只這件事。她斷訊三個鐘頭。這孩子連睡覺都握著手機，上數學課八成還忙著玩臉書PO東PO西的，居然會關機。換作妳，妳會怎麼反應？」

她坐上床。「你反應過度了啦。」

「我是唯恐她出事而已。她明知我會去學校接她，卻搞人間蒸發。」

「我們小的時候，常可以離家幾乎一整天，都不必跟爸媽通話，對不對？放暑假，一早出門，紗門關上，整天騎單車兜風，和朋友在一起玩，沒手機可打，不必隨時報平安。」

「時代不同了。現在有綁票案，有狎童狂，有開著廂型貨車用麻藥摀人鼻子的變態。」

「沒證據顯示近年來兒童遇害的比例暴增。是媒體渲染的。反正，重點不是這個。」

「不然是哪個？」

「以我來說好了，生下凱爾之後，老是有人教我怎麼帶小孩，我聽了好厭煩。尤其是在我變成單親媽媽以後。人人都想勸我：不要這麼嚴格。不要太縱容。不要讓他看電視。不要讓電視變成禁果。不要讓他打電玩或遊戲機。哎唷，我快被整瘋了。即使對方講的有道理也一樣。打從我們交往一開始，我就講好了，我絕不扮演心理醫生的角色，絕不左右你對孩子的管教。」

「剛才是我叫妳進她房間的。」

「而她願意聽我開導是我的榮幸。我很感念。因為，我和她之間的關係很微妙。我不是她母親，她也不希望我是。」

「她對妳講什麼？有多難聽？」

「聽著，丹尼，你是個不錯的父親。」

「可是……？」

「沒什麼可是的。你是就是。」

「另外呢？」

她聳聳肩。「你幹嘛兇她，丹尼？」

「她太常去他們家了。連妳也想跟我吵架，不會吧？」

「你不讓她跟最要好的朋友往來。」

「將來對她有好處。」

「我不懂。珍娜如果來這裡，你不在意，你只是不想讓艾比去蓋爾文家，對不對？」

「差不多對。」

「為什麼？」

丹尼長吐一口氣。無法對她透露實情令他無奈。「常待在他們家，她內心會養成不切實際的期望，會扭曲她的成長。」

「你不是這樣告訴她的吧。你禁止她再去他們家。」

「呃，暫時而已。」

「為什麼禁止？你最好思考一下。」

丹尼伸手愛撫她絲柔的酥胸，輕輕捏乳頭一下。她把雙手叉在胸前。

「怎麼了？」他說。

「蓋爾文家有件事，你瞞著我。」

他擺擺頭，毫不遲疑扯謊。「沒有。」

「有就有。他們家有什麼地方惹你討厭。到底是什麼？」

「根本沒有。」

「少打馬虎眼了，丹尼。我懂你的心。我是你肚子裡的蛔蟲。那天你騙我說你去衛斯理學院圖書館，不是被我看穿了？」

「不會吧？妳還在計較？」

「這其中有蹊蹺。和蓋爾文有關聯。你為什麼不告訴我？」

「沒什麼好說的啊，」他說。他翻身關床頭燈。「沒什麼好說的。」

露西看著他，久久不移開視線。溝通告一段落了。睡了不知多久，他醒來想到，完事後忘記發簡訊向緝毒署報告。他盡可能躡手躡腳下床，地板吱嘎叫，睡夢中的露西動了一動。

他走進客廳，打開沙發旁的檯燈，掀開筆記型電腦，等著電腦加入無線網路。

他登入古爾德一八三六的Gmail帳號，開始打一則加密簡訊，隨即發現已有一則簡訊等著他看：

表現不錯。明早十點交還器材，地點另議。

蓋爾文的黑莓機內容拷貝成功，緝毒署怎麼知道？他納悶著。他當初只回應，他願意試試看。他們怎麼知道任務達成了？也許拷貝的資料能自動上傳給他們？有可能嗎？大概吧。

緝毒署對他的掌握有多少？對他的監視多密切？

他也想知道，緝毒署幾時才會終於不再來煩他。

34

驅車上學途中，艾比對父親使出全面冷戰的手段。

一會兒後，丹尼說：「我猜猜看。妳為了蓋爾文家的事鬧彆扭。」

她直盯前方。

「艾比，講句話嘛。」

沉默。

「我討厭見妳這樣，哺哺。講講話吧。」

她張嘴，看似即將飆一連串辱罵語，卻又收口，以十分戒慎的語氣說：「不要。」

丹尼繼續努力。據他推估，無論他說什麼，女兒保證會完完整整轉述給珍娜聽，因此他對女兒的言語必須字斟句酌。「蓋爾文他們家全是好人，是一個美滿的家庭。而且珍娜是個好女孩。」為了維持家庭和諧，他不惜誇大其詞。「但是，即使是最要好的朋友，友誼有時候也該放個假。我希望我們能再享受居家生活，妳和我，或是妳我和露西。可以嗎？」

艾比凝視前方，不搭腔。車子來到校門前的下車處，她挑起背包，打開車門跳走，不道再見就甩門。

祝妳玩得開心，丹尼心想。

排在他前面，和他相隔五、六輛，是蓋爾文家的豪華禮車，他一見到就胃臟揪緊。蓋爾文知道什麼，對他起了疑心。肯定是。多數文人懂得觀察人心，丹尼在這方面也頗為自豪。蓋爾文發現黑莓機放錯口袋，疑慮頓時在臉上泛開，丹尼看見了。那副神情稱不上含蓄。

話說回來，這也不表示蓋爾文認定丹尼和緝毒署掛鉤。丹尼和緝毒署八竿子打不著，即使疑神疑鬼的人，也不太容易作此聯想。最初是蓋爾文主動把他納入交際圈的，不是丹尼藉機鑽進蓋爾文的圈子。何況，以丹尼的身家而言，完全不是和緝毒署合作的類型。

除非蓋爾文另有線報。這一點不能排除。說不定，毒梟的走狗護著蓋爾文，守在暗處，觀察任何一個和他搭上線的人，為他趨吉避凶。耶格爾也提過這份可能性。這推測並不算太牽強吧？蓋爾文是販毒集團的要角，毒梟當然照顧他，為他多多留意，以確保他內外不受侵害。

也許蓋爾文有其他情報來源。也許，蓋爾文發現黑莓機被放錯口袋後，他會四處打聽看看。也許，毒梟走狗已經把潛望鏡轉向丹尼，神不知鬼不覺查出丹尼的意圖。

無法徹底排除這項可能性吧？

丹尼繞圓環之際，看見蓋爾文的豪華禮車停在校門旁的路肩，直接停在門口，像在等人。

丹尼衝動之下，想猛踩油門溜之大吉。不料在這時候，蓋爾文家新任司機——叫什麼名字來著？——走下車，揮手請他過來。

假裝沒看見，不理他，繼續開車？

不行，丹尼無法直接開溜。這樣的行為絕對可疑。他減速，靠邊停車，放下車窗。

「蓋爾文先生他有事想找你談。」司機用破破的英文說。

丹尼把本田雅哥停在邁巴赫後面，下車，走向豪華禮車，儘量顯得若無其事，略帶好奇心。

後座的車門打開來。

「上車。」蓋爾文說，表情陰鬱。

35

「出了什麼事嗎？」

「我們該談一談。」蓋爾文說。

丹尼狂攪著腦汁，拚命想編一套聽起來合理的解釋，可惜苦思不出結果。只想得出矢口否認的說詞。你不是鬧著玩的吧？你以為我會偷拿你的黑莓機嗎？我幹嘛偷拿？怎麼偷？少來了，老兄，別鬧了。天啊。

「哪裡出問題了嗎？」

車上比丹尼想像中的更奢華，簡直像私人俱樂部，瀰漫著高級皮革的氣息。乘客艙大到足以冑納兩張面向前的舒適大座椅，另有三張面向後。

蓋爾文坐在面向前的大椅上，拍一拍身旁的空位。他又穿著名牌西裝，這套是釘頭織的精紡款式。丹尼爬上車坐下，嗅得到蓋爾文的古龍水，略帶胡椒味的清香味。丹尼這才首度想到，這氣味令他情緒焦躁。這氣息象徵權勢。略帶毒性。

「我不太有空。」丹尼說。座椅舒服，皮革柔如牛油，一坐就深陷其中。

面向前的兩椅之間有一座手枕箱，表面貼著某種熱帶木材的花紋。蓋爾文摸一摸箱蓋，蓋子砰然開啟。他取出兩瓶冰水，遞一瓶給丹尼。

「迪亞戈。」他說，左手匆匆一揮，一道玻璃隔板升起，隔絕乘客艙和駕駛艙。

「別急嘛，我們開車兜風一下子。你車子暫時就停校門口。我們可以聊一聊，我帶你去看我的船。」

「你的什麼？」

「我的船。我的遊艇。車子正要開去港口。看看我新裝的導航系統。」

「我真的該回去寫書。」

「別這樣嘛——半個鐘頭就好。我今年想提早下水，放春假可以開船去安圭拉島玩。」

「船停在哪裡？在昆西市嗎？」

「波士頓遊艇碼頭。就在這裡。別這樣嘛。」

丹尼點點頭。他扭開水瓶蓋，喝一小口。「好吧。」

十分鐘後，豪華禮車駛過連續幾道減速用的跳動路面，來到波士頓港的商用碼頭，進入北端區一處私人遊艇碼頭。丹尼等著蓋爾文切入正題，提一提找他商量什麼，但蓋爾文不停聊瑣碎的小事。

「迪亞戈，停這裡就好，」他告訴司機。「不會超過十到十五分鐘。」

「是的，先生。」

這裡有一棟會所，格局龐雜，尖角多，蓋爾文帶頭，繞過會所，沿著碼頭走，丹尼不太跟得上腳步。空氣清新乾爽，夾帶鹽味。一陣清風吹拂水面而來。目前還不到遊艇下水的季節，碼頭只停泊幾艘小帆船和輕舟。停靠在會所另一邊的，應該就是蓋爾文的遊艇，美觀、龐大、流線型，乳白色，整體線條流暢，銳角強勢，船頭漆著西班牙文：「異想號」。

「那艘是你的？」丹尼說。

「對。」蓋爾文說。碼頭有一道漆成黑色的防盜門，他刷卡後打開，丹尼跟隨他步上走道至船台。

「異想號？」

「是我們家的私房笑話。西班牙文有些單字怎麼翻譯都不對，這是其中一個，意思是『狂想』或『憧憬』之類的。我買這艘船，被琳娜罵到臭頭，罵我居然花幾百萬美金買一個狂想，一首隨想曲。」

「不過，倒是很漂亮。以『狂想』而言。」

「謝謝。義大利人懂得怎麼造才造得漂亮。」

丹尼站在船台上，看遊艇隨波輕輕起伏，一時之間產生幻覺，誤以為晃動的是碼頭，而非遊艇本身。

「這艘是什麼樣的遊艇？」

「法拉帝。客製系列飛梭26型。耗了將近三年才造好。」

「能飆船的樣子。」

「稱不上啦。巡航速度是十二、三海里。最快能飆到十四海里。不過她身手很矯健。而且她能直航到安圭拉島，中途不必加油。而且跑起來很平穩。半排水量型。你對船熟不熟？」

「我老家在威弗理，沒忘記吧？」遠方有船鳴笛。洛根機場起飛的一架飛機從低空掠過。

「對，對。」蓋爾文爬上一道短梯，登上寬闊的主甲板。丹尼跟著他，再爬一道梯子，來到寬敞的空中休閒廳。

「你自己開船嗎？或是請了一組人幫你開？」

「不一定。長程的話，我通常會僱一個船長，不過多數時候由我親自上陣。」

「自己的船自己開，比較刺激吧？」

「刺激？我告訴你好了。船一出海，最不想遇到的就是刺激。刺激什麼時候來？撞上冰山，或誤闖颶風，或艙底泵故障，或撞上岩礁淺灘。我倒希望每次全程悶到發芽。」

「有沒有差一點……？」

「差一點怎樣？沉船嗎？」

丹尼點頭。

「沒有。據我所知是沒有過。」

丹尼低頭看微綠的黑海水，表層看似絲絨。「我十幾歲的時候，曾經幫人弄沉一艘大船。」

蓋爾文歪頭看他，半笑不笑，不確定他是否在開玩笑。

丹尼聽得見附近有艘加油駁船呼呼運轉著。碼頭下的支柱暴露在水面上，狀似山洞的開口。目前正值退潮期。

「很多年前，鱈角灣不是有艘舊戰艦退役後被擊沉，用來練靶，記得嗎？」丹尼說。

「記得，二十年前的事了吧。」

「受僱去爆破的那組人幫我爸工作過。所以在我十六歲那年，他們找我去船體安裝炸藥。」

「真的？好酷。」

「好苦才對。我們負責把一批可塑性炸藥安裝在水線底下的船殼上，一引爆，能瞬間在船體炸開一整圈，兩分鐘不到，兩萬噸的軍艦石沉大海。」

「全部一起轟隆一聲，一定很酷吧。」

「其實是好多個小爆炸一起來。引爆時間預設過。難就難在怎麼讓船垂直下沉，船底才能壓在海床上。」

「人不管年紀多大，有東西可轟，感覺一定爽歪了，能觸動原始本能。一種法律容許的暴力。」

「對。沒東西可轟，我們只好看曲棍球或美式足球或拳擊賽，或在商場上競爭。文明人已經不從事暴力活動了。」

「對，」蓋爾文說，但心思像已飄向遠方。「對。」

兩人沉默不語片刻，凝望海天交接處，看著雲朵奔馳、海鷗俯衝、猛撲、呱呱叫。「你知道嗎，」蓋爾文說。「有時候，人在船上，船開到汪洋大海中，東南西北怎麼看只有海水，沒有別的東西，才覺得自己在天地之間好渺小，不知不覺就祈禱起來：主啊，對我好一點，祢的海這麼廣，我的船這麼小。」

「哼，」丹尼說。「一點也不小吧。」

「別耍嘴皮子了，混帳，」蓋爾文說，嘴巴罵人但面露欣喜。「大小全是相對而言的吧。大魚游到更大的魚身邊，看起來就不怎麼大了。」

「大概吧。」

「丹尼，」蓋爾文說。「今天找你來，是想跟你談一件事……」

「什麼事……？」

「嗯，你不准艾比再來我們家玩。我想知道為什麼。」

原來是這件事。完全出乎丹尼意料之外。

「一言難盡，湯姆。」

「她們兩個混得很熟了。成了最要好的朋友。你是為了這事擔心嗎？」

被蓋爾文嗅到異味了嗎？難道蓋爾文知道艾比被禁止和珍娜往來的原因？

「我擔心的不是她們太親近。」丹尼說。「而是……我要她多多待在家裡。」

「就這麼簡單？」

丹尼覺得胃腸收縮成一團。「就這麼簡單，」他說。「沒有別的原因，真的。」

「坦白告訴我，禁止她來我們家是為了鑽鼻洞的事，對不對？唉，對，珍娜帶艾比去鑽鼻洞，太不應該了。瑟琳娜也不該直覺認定艾比徵求過你同意。艾比的說法不一定能聽信。你為這事情多火大，我知道。哼，要不是我先有了她的兩個哥哥，媽的，我大概也會為了珍娜鑽鼻洞而氣炸，不過——」

「我——艾比說她徵求過我同意？」

「都怪瑟琳娜沒向你求證。我另外還能講什麼，我不曉得，不過都怪我老婆不好。瑟琳娜沒有惡意，錯就錯在她沒求證。都怪我們不好。沒盡到『代位父母』的責任。」

丹尼忍不住笑出來，如釋重負。「我已經氣消了。我昨晚是很生氣沒錯，不過，要是她只用這招表達青少年叛逆心，那我算運氣好了。還好，她沒懷孕，也沒在屁股上刺青或什麼的。」

「就你所知是沒有。」

丹尼嘟噥一聲打趣。

「我妹琳達高中畢業，爸媽才准她鑽耳洞咧。」

「老實說，我不懂鑽洞為什麼流行成這樣。」

「丹尼，聽著，我這人不愛搞促膝長談那類的鬼話，懂嗎？談什麼內心深處之類的，我不在行。不過，你跟我都明白，事情的癥結不只在女兒鑽鼻洞，對不對？」

丹尼覺得進退維谷。他無奈嘆息一聲。原本他想硬裝這事的起因全怪鑽鼻洞，但在和蓋爾文面對面的情況下，他無法再演戲。他猶豫一陣。

蓋爾文繼續說：「是為了借錢的事，對不對？」

錯，丹尼把吐到一半的字吞回去。「也許是吧。」他的iPhone發出「登登登」聲，提示簡訊進來了，但他不敢查看手機。

「告訴你好了，我當初就怕出現這狀況。所以我才從不借錢給朋友。我對你破例，是因為我看得出你快走投無路了。不過，朋友之間借錢，幾乎免不了對友誼產生張力。我是男人，你是男人，我懂。你不得已收下我的錢，覺得沒面子，現在更覺得該對我盡義務。怎麼做都裡外不是人。也許都怪我處理的手法不夠圓滑吧。」

「不對不對，湯姆，」丹尼說。他搖搖頭不語。受人施捨，心情當然彆扭，誰不會呢？然而，假如問題出在借錢，該有多好？「你的作法慷慨得不得了。」

iPhone再響起簡訊進來的訊號。

「丹尼，你要瞭解一件事。艾比和我們像一家人。她對珍娜的功勞多大，讓我無法用言語表達感激。你女兒，她的心，她的友情——她——」蓋爾文說。丹尼敢確定，蓋爾文眼眶濕潤了。「我不希望我們兩家的女兒友情生變。這段友情對珍娜太重要了。對我太重要了。所以，你聽著，不管我做的哪一點讓你不舒服，我們兩個一定要溝通清楚，好不好？不管是哪一點都要清楚。」

「當然。」

「我有個點子。我們在亞斯本有棟別墅。這週末，我們兩家一起去度個假怎樣？你帶女兒一起來。也帶你女友一起來。我開我的私人飛機去，一下子就能輕鬆到，好好玩幾天。我兩個兒子有別的規劃，所以只帶女兒去。你跟我可以聯絡聯絡感情，化解心頭的疙瘩。為了兩家的女兒，行嗎？意下如何？」

36

小男童哇哇哭鬧著。疫苗注射針好大一支，他看得害怕。年輕女護士顯然不懂無痛注射法。

孟度沙醫師見狀，一手輕放在護士肩膀上，以西班牙文說：「讓我試試看吧？」他向來不喜歡讓助理自覺能力不足。

「當然，醫師。」護士立刻也以西班牙文點頭說，交出注射筒給他。

男童年約三歲，在母親強有力的懷裡哀號扭撞。誰能怪他呢？對幼童而言，再小的針也顯得大而嚇人。「他叫什麼名字？」醫師問孩子的母親。

「桑迪亞哥。」母親說。她的正面牙齒快掉光了。

「桑迪亞哥，我想介紹我朋友尼可辣斯給你認識。」他從白袍正面口袋掏出一個橙色橡皮玩具，玩偶的眼睛和耳朵是彩色的小球。「尼可辣斯是火星人，他非常非常怕針。看。」

桑迪亞哥停止掙扎幾秒，警覺地看著玩偶，臉頰上淚痕濕潤，一條鼻涕從鼻孔往下流。

孟度沙醫師拿著針，移向玩偶，針頭碰觸橙色的橡皮肚子表面，然後捏玩偶一下。玩偶的耳朵和眼睛頓時暴凸表示驚恐，模樣滑稽，逗得桑迪亞哥爆笑，伸手想拿。孟度沙醫師把玩偶交給他。他在診所內部另有十幾個同樣的玩偶。每次去美國，他不忘去加州聖地牙哥的玩具店多買幾個。小孩子很愛這種玩具。

「你能幫尼可辣斯一個忙嗎？他要打針，身體才會變好。」

桑迪亞哥高高興興捏玩偶肚子一下，讓眼睛和耳朵蹦出來，自己笑得好開懷。

「接下來，你想不想表現得勇敢一點，給尼可辣斯看看？你閉上眼睛好嗎？慢吞吞數到三。」孟度沙醫師說。

他握著針筒，針頭接近男童肩膀上方。

針頭碰觸肩膀皮膚。

「一……」

「二……」

這時候，孟度沙醫師扎針進皮下，動作快如閃電。打完了。

「三。」男童說，緊閉著眼睛，等著已經打完的針降臨。

「結束了！」孟度沙醫師說。「你成功了！你表現得好傑出喔！」

男童眼睛睜得大大的。「真的嗎？」

這間診所位於墨西哥錫納羅亞州首府古利亞坎郊外。這一帶居民生活赤貧，無錢看醫生，因此有病人常排隊數小時，有時不惜徹夜排隊，只求免費看醫生。有些日子，醫師上午七點抵達時，診所外已有數十人排隊，有些人帶著玉米薄餅當午餐。

每週兩日，孟度沙醫師來診所擔任志工。他平日在古利亞坎鬧區私立醫院擔任外科醫師，來這裡透透氣也好。在私立醫院，他的病人各個有錢有勢。他覺得擔任志工能積陰德。

今天的工作辛苦而忙碌。有位年約七十的男病人進來，說鼠蹊腫出檸檬大的一團，已經一年多了，一碰就痛。經孟度沙醫師診斷是右腹股溝疝氣，屬於嵌閉性，所幸不是絞勒性。孟度沙醫師安排他擇日進來接受免住院的手術。

有個小伙子進椰子園，拿開山刀除草，不慎砍傷自己手腕，用髒手帕包紮著，鮮血淋漓隨處滴。一個小女童在家踩到縫衣針，裁縫師母親想摳針出來，不料針斷了，半截留在肉裡。一個十幾歲的男孩手臂骨折三星期，接骨沒接好，孟度沙醫師只得用力扳正。一個可愛的小女娃身穿粉紅色毛衣，耳朵戴著小飾釘，痛得哭鬧著，眼睛血紅。醫師請緊張的父母親放心，孩子只是染上嚴重結膜炎，用環丙沙星眼藥一治就好。

候診室裡擠滿病患和家屬，很多人在田裡或加工出口工廠上班，渾身骯髒，汗臭熏天，其中許多人缺牙，有名無姓。嬰兒呱呱叫著，小孩哭鬧著，大人呼喊著，一般人幾乎無法靜心思考。但孟度沙醫師絲毫不在意。

儘管身為外科醫師，他在免費診所的工作泰半是家醫科。在這裡，他是大材小用，但他無所謂。他崇尚均衡。他相信，每週兩日來診所做善事，能彌補……另一門差事上的惡行。

後來，他注意到，候診室的嘈雜聲漸漸止息。除了嬰幼兒以外，所有人發現不對勁，全安靜下來。他步出診療室，看見一名男子站在候診室入口，身穿俗豔的絲質上衣和牛仔褲，踩著蛇皮靴，金項鍊掛著一支小小的黃金AK-47自動步槍，頭戴一頂黑色牛仔帽，刺青佈滿頸部大半皮膚。

候診室民眾見這人無不膽戰心驚。一看就知道他的來頭。他是個槍手，是幫販毒集團扣扳機的人。殺手。男子瞇著眼，以敏銳的目光掃瞄全場，視線接著落在孟度沙醫師身上。大家轉頭看醫師，再轉頭看殺手。

孟度沙醫師揮手一下，示意要他進診療室。

脫離眾人眼光後，殺手似乎變了一個人，舉止客氣而溫順，幾近卑躬屈膝。

「阿曼多先生，」男子低頭說。「我幫老大哥帶來一個口信。」

孟度沙醫師視線直鑽年輕殺手的瞳孔。

殺手遞給他一張摺起來的紙條，再點一點頭。

孟度沙醫師接下紙條，瞄一眼上面的姓名與電話號碼，摺好，收進白袍胸袋。

「告訴老大哥，我今晚處理這事。等我看完最後一個病人再說。」

「是的，孟度沙先生。」殺手再點頭說。

「怎樣？」孟度沙醫師說。

「孟度沙先生？」

「你可以走了，」孟度沙醫師說。「還有病人在等我。」

37

蓋爾文邀丹尼一同度假，丹尼愈想愈迷惘，甚至傷腦筋。

蓋爾文是在打心理戰術嗎？是想耍人嗎？有兩次，丹尼行跡敗露，至少也算舉止可疑，被蓋爾文發現。第一次是他不期然回家，撞見丹尼在他書房裡蹓躂，第二次是發現西裝裡的黑莓機莫名其妙進錯口袋。書桌上發現一枚發報器，司機成了替罪羔羊。蓋爾文怎可能不對丹尼起疑心呢？蓋爾文若非後知後覺，就是天真到無可救藥的地步，但這兩種形容詞都不適用湯瑪斯．X．蓋爾文。

或者，蓋爾文正耐著性子，耍詐玩弄他，否則不會邀請丹尼一同去亞斯本玩一個週末。同遊只會讓丹尼更加深入蓋爾文家的懷抱。除非是，蓋爾文佈局超前丹尼三步，正想放長線釣大魚，設下天羅地網，引誘丹尼進陷阱，進而對質，揭穿丹尼假面具。

下場也可能更慘。

回家路上，丹尼打給露西，說出蓋爾文的邀約，本以為露西大概會反對，最起碼也會對蓋爾文的居心存疑。丹尼向來信任她的直覺。當初，露西曾警告他，不宜接受蓋爾文的借貸，而露西甚至不清楚借錢的代價多淒慘。露西的警告或許是正確的。

「亞斯本！」露西說。「女朋友也被邀請了嗎？」

「他指名過。」

「亞斯本很不錯嘛。」

「真的？我很訝異。」

講電話到一半，一則加密簡訊進來，發出詭異的叮聲。發訊者是「匿訊〇〇七」：上午十點，劍橋市中央廣場麥當勞。

「我一輩子沒坐過私人飛機。」她說。

「妳不會感冒嗎？」

「感什麼冒？」

「浮誇，炫富。」

「我何必感冒？聽起來很棒啊。凱爾學玩雪板以後，我好幾年沒滑雪了。」

「跟蓋爾文家人近距離相處一整個週末，妳覺得可以嗎？」

「一定很好玩。」

「好玩個頭。」

「你跟他不是混熟了，快變成麻吉哥兒倆了嗎？」

「稱不上。只是處得來。」

「好吧，讓我提醒你一聲，我是受過專業訓練的心理醫生，說不定我觀察一下艾比和蓋爾文家的互動，看出一點端倪，能提供你參考。」

「我很訝異。」

「訝異什麼？你以為，我會叫你別去嗎？」

「我以為，妳會認同我，認為最好別去。」

「我是漏看了哪一點嗎？」

丹尼吐出一口氣。最近他瞞著露西的內情太多了，有哪些事情對她老實講過，現在他也搞不太清楚。

「我想是沒有。」他說。

劍橋市中央廣場區離波士頓後灣不到一英里遠，卻有著天壤之別。富庶的後灣瀰漫高尚的歐風，有和諧的維多利亞式建築，有紅磚人行道，綠蔭夾道，房地產天價。反觀查爾斯河對岸的中央廣場區，治安不佳，街道髒亂，長年老舊不堪，市容衰敗。

這家麥當勞，丹尼開車不知路過幾千遍了，他卻從來不曾注意過。過半條街，丹尼在麻州大道找到車位。車子一停妥，丹尼立刻大致明白，斯洛肯和耶格爾為何選這裡見面。這間麥當勞不起眼，面對麻州大道和一條窄巷的路口，兩旁是玻璃帷幕，整間餐廳形同一個大玻璃箱，坐這裡面，從兩面來的人一個也逃不出眼光。

在這種餐廳，客人也能坐整天，不被人打擾。櫃檯服務員彼此交談著，偶爾接受客人點餐。丹尼進門，找角落桌子坐下，把運動袋放在地上。整間餐廳洋溢薯條香，聞了不會不舒服。緝毒署調查員還沒到。店裡有兩個小伙子講著葡萄牙文，其中一人戴紅襪隊棒球帽。一個亞洲男孩穿著麻省理工運動衫，拿著大麥克狼吞，頭上戴著一副特大號耳機，同時把玩著iPod或iPhone。除此之外，店內沒有其他人。

丹尼看錶，伸手掃掉桌上一個被揉爛的吸管包裝紙，也清除掉上一位食客留下的殘渣，不小心摸到黏黏的一小灘東西。

道格拉斯街側門打開，一股冷風灌進來。是葛倫・耶格爾。他今天穿North Face黑刷毛滑雪夾克，戴著超大墨鏡，見丹尼那桌直接上前去，不左顧右盼。

「黑臉今天不來，」耶格爾沉聲以喉音說。「省了你問。」他摘掉太陽眼鏡。他的目光似乎略顯失焦。

「好失望喔。」丹尼說。

耶格爾從夾克有拉鍊的側袋取出眼鏡盒，戴上裡面的鋼框雙焦眼鏡，動作細膩如外科醫師進行顯微手術。他低頭看丹尼腳邊，運動袋裡藏著拷貝器材。「我就說嘛，那東西連白痴也不會失手。」

「你怎麼知道拷貝成功了？」

「你手續一完成，資料就自動遠距上載。」他舞動雙手說。「因特網太神奇了。」

「所以現在，你要的東西全到手了，」丹尼爽朗說。「挖到主礦脈了。」

「有是有啦，不過，他黑莓機裡的東西很多被加密。」

「你覺得意外？」

「一點也不。販毒集團在通訊方面變得很精。而且，真正敏感的東西，他們也不用黑莓機傳輸。他們用網際網路傳。話雖這麼說，在日常通訊上，他們喜歡用黑莓機特有的『PIN碼對PIN碼』傳訊系統，不必透過伺服器傳遞，不留任何數位蹤跡。我們汲取到的電郵不多，不過至少我們掌握到他通訊錄裡的電話號碼和名單。」

丹尼聳聳肩。「這麼說來，我們合作到此結束了。」是直述句而非問句。

耶格爾陰陰一笑。「我們很慶幸聽見亞斯本的事。」

「聽見亞斯本的什麼事？」

「聽說你這週末想和蓋爾文家去度假。」

丹尼瞪著他，幾秒後才弓背向前。「既然你們已經在他禮車裡藏竊聽器，找我有屁用？」

耶格爾無動於衷。

「我還沒答覆蓋爾文。我還沒決定。」

耶格爾的眼神有異。

「狗娘養的，」丹尼說。「竊聽器藏在我身上？」

耶格爾緩緩搖頭。「別鬧了。反正重點是，他想去亞斯本跟人見面。我們研判，對方是販毒集團高層。」

「在亞斯本？」

「週末去滑雪可能只是個幌子。他們對地點和場合極度謹慎。他們看上亞斯本，是因為他們知道不會被人監視到。遠遠就看得到有沒有人跟蹤。跟蹤者很容易露馬腳。在這方面，亞斯本的地形很合適。」

「那你幹嘛不自己飛去那裡跟蹤他？用不著我代勞。」

「沒那麼簡單。派你去，你能貼身監視他。我們想瞭解他和誰見面。知道對方身分，對我們是一份大獎。三年來，我們一直苦心想證明蓋爾文和販毒集團之間的關聯，對方身分是個關鍵。」

「你還是不懂，對不對？這週末是闔家滑雪度假，不是鐵約翰[8]入會大考驗。蓋爾文和我又不會光著屁股坐在雪地，和別人圍成一圈打打鼓，對著月亮學狼叫。」

耶格爾微笑。「他信得過你。」

「我不幹。我拷貝他的黑莓機差點被抓包。我能活到現在是奇蹟一樁。我不打算再合作了。」

耶格爾雙手在桌上一攤，左手摸到黏物後縮回。「丹尼，你很緊張，我理解。我能體會。不過，要是他真的對你起疑心，他不會邀請你去和他們家人度假。」

「除非他另有盤算。」

「別鬧了。你心神不勝負荷，我看得出來。我徹底同情你。和我合作過的每一位密報員，全都經歷過心神危機。告訴你好了，丹尼，你不是單槍匹馬上陣。你背後有美國政府在全力撐腰。」

「我聽了就應該安心嗎？事實是，這種事我做愈多，被逮到的機率就愈大。我幫你弄到黑莓機裡的聯絡簿了。我任務達成了。合作結束了。」

丹尼起身。店內持續有客人進進出出，有的想補吃早餐，有的提早吃午餐。麻省理工男孩走了，附近有一對四十五歲左右的男女坐下，兩人都頂著怒髮衝冠髮型。

「坐下，拜託。」

[8] Iron John，男人心靈啟蒙故事，源於格林童話。

「我和你們合作已經超出合理的限度了。說句老實話，超出安全的限度了。」

「結束要等我們說合作結束才算數，」耶格爾說，語氣輕柔但字裡含鋼鐵。隨即，他改以較為緩和的口吻：「你簽署同意書了。如果毀約，我們談妥的條件也不成立，協議無效，你將來會被起訴，也不可能借力使力。」

「等一等——」

「你會陷入萬劫不復的情境。你不只會被起訴，販毒集團更會——他們更會查出你跟政府合作過。到時候，我們也幫不了你。一點忙也幫不上。不能實施證人保護方案。完全零保障。你運氣好的話，下半輩子能在牢裡度過。不過更有可能的情況是，你會遇害。你真的想走上這條路嗎？」

「我不是已經幫你弄到資訊了嗎？不算數嗎？」

「你再去讀一讀你簽的那份協議書。在證據足以申請逮捕令之前，你仍受協議書約束，不得在完事之前一走了之。假如你現在洗手不幹，等於是根本沒和我們合作過。你也書面同意要作證。」

丹尼坐回原位。「作證？我出庭作證會遇到什麼結果，你有概念嗎？我能不能活到那階段還是個問題咧。我女兒連父親也沒了。」

「憑我這麼多年的經驗，從來沒有密報員遇害過。一次也沒有。」

「不是沒發生過。你最清楚。」

「聽我講，丹尼。我們正處於蒐證的過程，證據如果夠力，蓋爾文自知無法狡辯，打不贏官司，他別無選擇，只好認罪了事。這些販毒集團分子，他們絕對不肯接受審判。一旦你幫我們找齊證據——一旦我們握有合理根據，我們能聲請逮捕令，捉拿那混帳。我們能掌握足夠的證據，逼他坐牢。證據夠力的話，我們八成用不著叫你作證。我們才不會置你於險境。唉，講難聽一點：你死了，對我們也沒好處。」

「嘴巴真甜。」

「反過來說，如果你現在退出，等於是自殺。」

「因為你們會走漏我合作的消息，對不對？」

「不對。你退出的話，我們逼不得已，只好起訴你。起訴書會完整列出你合作的事項。對了，起訴書屬於公開文件。就像在你胸膛畫個標靶。」

「如果我在亞斯本合作呢？以後呢？合作結束嗎？」

「絕對是。」

「我怎麼知道你們會不會起訴我？」

「我們對你沒興趣。你不只是小魚一尾，簡直是浮游生物啊，拜託。」

「書面聲明才算。我要一封豁免信。」

「人都還沒被起訴，我們沒辦法幫你取得豁免信。」

「聯邦檢察官就可以。」

「你憑什麼確定？」

丹尼搖搖雙手。「因特網太神奇了。」

「好吧，我可以向你保證，絕不會起訴你。在電視上也許會發生，現實絕對不會。你只能相信我說的話。你只能信任我們。」

丹尼再度起身。「哼，我不信。」

「這事是不會善了的。」

「我想碰碰運氣。」丹尼語畢轉身離去，不再回頭。

38

來到加州奧克蘭市商務套房旅館，孟度沙醫師進入大廳，酒吧交誼廳設在一旁，氣氛低迷不振，長而窄的半月形吧檯面鋪著人造花崗岩，有幾名客人悶悶坐著。一對年近七旬的男女，兩張臉紅通通，看樣子是彼此厭倦的老夫妻。三名三十來歲的上班族，想必是來此地參加年會，全盯著高掛牆上的電視播放美式足球賽，目光呆滯，各個顯得流離失所，寂寞無聊。

孟度沙醫師在吧檯找位子坐下，鄰座是個像上班族的中年人，苦著臉，駝背，穿著海軍藍高爾夫球衫和卡其長褲，獨自喝著蘇格蘭蘇打調酒，兩眼無神。

「球賽進行得怎樣？」孟度沙醫師說，擺頭指向電視上的美式足球賽。

中年人轉向他，聳聳肩。「我對美式足球沒興趣。」

「我也是，」孟度沙醫師暗暗鬆了一口氣，因為他對美式足球幾乎一無所知，也沒興趣學習。「我投資工作太忙，要是有空看球賽就好了。」

他讓這句話沉澱幾秒，才聽見鄰座中年人回應。孟度沙知道他會回應。「什麼樣的投資？」中年人問，語氣儘量隨性。

「喔，多半是我個人和家族的投資。」他若無其事說，抬頭望一下電視，彷彿忽然懂得欣賞美式足球。

兩人閒聊片刻。孟度沙醫師持續含糊帶過自己家財萬貫一事，引中年男子入甕。醫師表示自己對加州灣區的房地產較感興趣。中年人聊天聊起勁了。在他眼中，原本討人厭的孟度沙醫師成了潛在客戶。當然，中年人避提自己投宿這家旅館的原因，孟度沙醫師也小心不問。

中年人想上洗手間，從高腳凳下來，這時孟度沙醫師說：「請允許我請你喝一杯。」

「我今天喝夠多了吧，謝了。」

「再來一杯也不行嗎？我想再請教你這一帶的房地產行情。」

「嗯……再喝一杯應該可以吧。畢竟，我今天不必開車回家。」

幾分鐘後，中年人坐回原位，見眼前多了一杯酒。「誠摯感謝你。」他說著舉杯敬孟度沙醫師。

「祝您長命百歲。」孟度沙醫師說。

兩人各自喝一口酒。一會兒後，中年人說：「你的口音，我聽不出是哪裡人……」

「阿根廷，」孟度沙醫師展露笑顏說。「在灣區波托拉谷生活這麼多年，我以為口音消失了呢。」

「我就知道是西班牙或墨西哥之類的地方。」中年人嚥酒時微微苦著臉，孟度沙醫師擔心那杯調酒無法充分掩蓋苦味。幸好，中年人隨即再啜飲一口，孟度沙醫師才鬆懈下來。「阿根廷人也講西班牙文，對吧？」

「的確，」孟度沙醫師說。「和西班牙當地人的講法當然也有差別。即使在墨西哥，各州的人講法也有差異，比如瓦哈卡州和……嗯……」——他故意停頓語氣，以加強句尾的餘音——「錫納羅亞。」

中年社長聽了一怔，不出孟度沙醫師所料。販毒集團的內部檔案顯示，這中年人生性暴躁，平日服用心臟病藥物。以他暴躁的脾氣而言，緝毒署不需對他施壓太久，他就投降了。他抖著手，放下酒杯。

然而，入喉的藥物分量已綽綽有餘。

驚恐之下，中年人問：「你到底是什麼人？」

「我是慈悲天使，托斯先生。」

托斯閉眼片刻。「親愛的天主啊。不管你聽到什麼，我真的沒對任何人洩密。」

孟度沙醫師耐心點點頭。「當然。」

「你是——你是怎麼找到這裡的？」

孟度沙醫師聳聳肩。全怪托斯自己行事變得馬馬虎虎。緝毒署用假名為他開房間，方便他藏匿，結果他一時不察，刷信用卡向華人餐館訂外送。

「我早告訴他們，再怎麼藏我也沒用。我告訴他們，不管躲到哪裡，你們那種人都能查到我下落。可是，你非瞭解一件事不可。」他揮舞著食指鄭重說。「我沒有洩密。一個字也沒講。你懂嗎？」

孟度沙醫師聳聳肩。

「你剛自稱『慈悲天使』——」

「你快溺死了，而我是你的救生筏。」

「我一個字也沒講，真的——媽的，一個字也沒講！」

「當然。」

「是他們找上我的！」

「當然是。」

孟度沙醫師表情淡然，漠不關心，比出言恫嚇更能震撼托斯的心。「沒有——我從來沒給他們——一個字也沒講！是他們安排我住進這裡的。」他四下望一眼，神態嫌惡。「他們說我需要保護。我從來沒有——從沒合作——我沒——一個字也沒講！你一定要——相信我！」

「我相信你沒講。」

「以後，我也不會——洩密。」他以鋼鐵般的強調語氣掩飾哀求。

「我相信你。」

「你——你的僱主幫我賺大錢，我——我幹嘛跑去投靠緝毒署嘛！何必呢？」

「也許是，你怕我們，但你更怕他們。」孟度沙醫師輕聲提示。

「我又不是白痴！」托斯開始集中理智，口氣變得忿忿不平。「我知道你們能追到天涯海角找到我。今天我住在這裡是事實，但不能代表什麼。是他們威脅我的。他們對我掌握多少，我不清楚，不過，我一句話也沒對他們透露。我幹嘛洩密？瘋了不成？」

「的確。」

「你為什麼——為什麼來這裡？」

孟度沙醫師再一次聳聳肩。「聊個天，交交朋友而已。」

「好，我明明白白講給你的——」托斯忽然想起一件事。他露出微笑，抬頭，眼神充滿情急的熱度。「這是個轉機，我希望你考慮過。我希望你的……你的僱主懂得善用這危機。可以用來混淆視聽。用來誤導緝毒署——你懂不懂？這可能是高招。緝毒署會以為已經找到一個肯合作的被告，結果卻沒料到……」托斯閉上眼皮。「我不躺一下不行……大概喝太多……蘇格蘭蘇打。頭有點暈……」

「那是因為你血壓下降中，」孟度沙醫師解釋。「你平常服用血管舒張劑治療心臟病，對不對？」

托斯顯得詫異。「這跟頭暈有什麼關係……？」

「服用血管舒張劑的病人，千萬不宜同時服用威而鋼，」孟度沙醫師解釋。「兩藥併用相當危險。你的血壓會劇降到零。」

托斯幾乎撐不開眼皮。「威而鋼？我從來沒吞過——」酒杯從他手中砰然墜落吧檯上。

他低頭看，頓時明瞭。

「這過程不會痛的，一點也不痛，」孟度沙醫師說。「過程會相當平和。」孟度沙醫師走下高腳凳，一手放在托斯肩膀上。「我告訴過你，我是慈悲天使。」

飲用三十毫升的西地那非懸浮液混合威士忌能致死，但比這更痛苦幾百倍的死法多的是。即使托斯喝下不到半杯，也足以藥到命除。沒有人會認定有他殺嫌疑。表面上看，法醫會判定他傻傻取得威而鋼想助性，不明白藥物交互作用的危險性多高。

這手段其實相當高明。

「晚安。」孟度沙醫師說。他頭也不回離開酒吧。他沒必要回頭。他聽見托斯喪失意識的同時癱向地板。

能在無痛的情形下離世，的確是蒙受天恩。特別是在別種死法不堪設想時。

39

湯姆．蓋爾文的私人飛機由龐巴迪公司生產，機型是挑戰者300，外表雪白亮麗，在麻州貝德佛的漢斯康起降場豔陽下閃閃發光。

丹尼開著本田雅哥，載露西和艾比前來，上午八點三十分在停車場停好車，把行李送進總航廈，等候蓋爾文家人抵達。

九點整，蓋爾文家人來了。透過航廈的玻璃帷幕窗，丹尼看著邁巴赫豪華禮車直接駛向飛機旁。湯姆、瑟琳娜、珍娜下車，司機迪亞戈為他們卸下行李。飛機放下一道短梯，三人走上去，像在搭乘交通車似的。丹尼注意到，蓋爾文家人不帶任何滑雪用具。想必是留在亞斯本的別墅裡吧。丹尼、露西、艾比全打算在當地租用。

瑟琳娜轉身，揮手要他們跟進。

「我們不必通過……安檢嗎？」艾比問。

「大概是吧。」露西說。

沒機票，不必排隊接受安檢，免脫鞋，無須用夾鏈袋集中液態用品。

身為蓋爾文真好。

登機後，丹尼介紹露西給蓋爾文家認識。瑟琳娜歡迎他，親露西臉頰一下。珍娜帶艾比去參觀機艙。

　　客艙寬敞，高度超過六英尺，寬約七英尺，前半段有四張米黃色皮面大俱樂部椅，兩椅面對兩椅。客艙後半段有一張長沙發，面對兩張俱樂部椅。沒有空服員。

「還可以。」丹尼說，儘量不流露欽佩狀。

「勝過捷運綠線啦，」蓋爾文哈哈一笑說。他轉身，看見兩個女孩佔據前艙的俱樂部椅。「欸，閃啦，這裡的位子給大人坐！」

「這能直飛亞斯本，中途不必加油嗎？」

「一路飛去歐洲都不必加油。」

「太厲害了。」艾比說，笑容燦爛。她懶得強裝平常心。「乘客要不要關手機之類的呢？」

「要才怪，」蓋爾文回應。「騙誰啊，對不對？」他微笑呼喚丹尼：「問題只有一個，就是機上不准我抽雪茄。」

「想不想看個電影？」珍娜問。

「妳不是有作業要寫嗎？」瑟琳娜說。

「學校規定連續假期不准派作業。」珍娜回答。

「妳不是有一個偏見報告要寫嗎？」

「是《傲慢與偏見》啦，媽，下禮拜二才交作業。」

「我要妳至少寫報告一個鐘頭，」瑟琳娜說。她搖一搖食指。「寫完一個鐘頭，妳才可以看片子。」她轉向露西。「這兩個女孩子，臉前非要有個螢幕不可，不然會無聊到抓狂。」

「既然提到螢幕，」蓋爾文說。「機上能無線上網，廚房有咖啡機。」他指向後艙。

「我不用，」丹尼說。「很遺憾你兒子不能一起來。」

「對，嗯，布蘭登要考試，萊恩和女朋友忙著……管他們的。」

「湯瑪斯。」瑟琳娜語帶警示意味。

「他們八成忙著愛愛。」珍娜說。

「喂！」瑟琳娜說。「我不想聽妳嘴巴吐出那種話！」

「對不起。」珍娜趕緊說。

「好了，」蓋爾文宣布。「大家快繫好安全帶，我們要上路了。」他和丹尼坐進前艙兩張相鄰的座椅，瑟琳娜和露西坐他們對面。露西從包包取出一本埃及豔后新傳記，放在大腿上。機長用麥克風廣播安全叮嚀之後幾分鐘，飛機升空了。

丹尼坐過最舒適的客機座椅，也難以和這白皮椅的舒適度一概而論。搞不好，他這輩子坐過的椅子全都比不上這一張，無誤。蓋爾文攤開一張收放式的桌子，用來打筆電，丹尼也已經把筆電放上桌子，但他情緒過於緊繃，無心思考正事。

他滿腦子是緝毒署的事。調查員放的狠話有幾分真實性？有幾分純屬恫嚇？他無從得知。他不能找人討論。

一陣焦慮在他心中低鳴著，令胃腸糾結，他無法擺脫，心情像剛狂灌十杯濃咖啡似的。

他想終止和緝毒組的合作關係，但如何結束呢？他苦思不得其解。耶格爾曾說，如果你現在退出，等於是自殺。等於是在自己胸膛上畫一個標靶。他和緝毒署聯手擒拿毒梟的風聲一走漏出去，他的死期也指日可待。

為什麼？因為停止合作的丹尼會遭起訴，而起訴書詳細說明他和緝毒署合作追緝蓋爾文的經過，販毒集團讀了起訴書將明白真相。

或者是，緝毒署故意如此嚇唬他。

也許，緝毒署放的狠話是假的。也許。

昨天深夜，丹尼上網搜尋數小時，對緝毒署的說法興起幾個問號。

其中之一是，聯邦起訴書可不對外公開，細節不一定會外漏。

再怎麼說，在蓋爾文罪證確鑿之前，緝毒署不會轉過來對付丹尼。丹尼遍讀聯邦起訴案件的報導，漸漸摸清政府起訴重大販毒案的一般步驟。

政府想抓重量級大咖，而非大咖的蠅量級小兄弟。政府怕搞砸辦案，不會走漏風聲給蓋爾文和毒梟。打草驚蛇的作法是蠢到沒話說。

此外，另一件事實是，如今丹尼坐在蓋爾文的私人飛機裡。假使蓋爾文果真是錫納羅亞販毒集團成員，假使蓋爾文有任何理由相信丹尼為緝毒署臥底……丹尼和蓋爾文的妻女不可能一同搭機。道理不言自明。

前提必須是，丹尼的推論無誤。

他考慮是否應該再去找波斯坎澤，儘量探討出一條出路。找別的律師也行。聽聽另一位律師的見解。

他抬頭，注意到蓋爾文正在觀察他，一隻恐懼蟲在他腹部蠕動起來。

「不錯嘛，」丹尼說，雙手向兩旁一揮，意指這一架飛機。「這架是你的嗎，方便我問嗎？」

「才不，是包機。我不是說過嗎，他們不准我在這裡抽雪茄。自己買一架飛機多麻煩啊。不但要全薪聘飛行員，還要租停機棚，麻煩死了。我搭機還沒頻繁到搞那種飛機。」

丹尼點點頭。露西和瑟琳娜聊得好起勁，互動的情形恰似一見如故。

「更何況，每次我們飛去亞斯本，我都堅持他們派一個經驗最老到的機長給我。」蓋爾文說。

「為什麼？」

「飛機升降亞斯本的難度高得嚇人，因為亞斯本在群山之間，跑道只五千英尺長，稍微出一點差錯就不得了。誤判情勢的話，一頭就可能撞山。」

「原來如此。」丹尼說。搭機時，空難並非他最心儀的話題。

「雲幕不到一千英尺時，飛行員看不見跑道，飛行時速又高達四百英里，而且——」

「瞭解了。」他快口說。

蓋爾文沉嗓子說：「你女朋友不錯嘛。滿隨和的。」

「對，謝謝。」

「她們兩個看起來頂投合的。」升空一小時至今，露西和瑟琳娜不曾歇口片刻。「她跟艾比相處怎樣？辛苦她了吧？」

「呃，其實我比她辛苦。」蓋爾文有此一問，令丹尼訝異。多數男人不會留意到這方面的問題，更不會出言關切。

「你太太——她過世了，對吧？」

「去年。那時候已經離婚了。」

「乳癌嗎？」

丹尼敢確定自己不曾詳細說明莎拉去世的往事。也許蓋爾文聽過艾比提起。丹尼鮮少談及莎拉罹癌與病逝前後的苦日子。他沒料到蓋爾文會觸及如此私密的話題。

丹尼點一點頭。

「艾比真可憐，對吧？」

「這兩年辛苦她了。」他感懷說。

「也苦了你，我敢說。」

丹尼看著他。「對。」

兩人相視無語半晌，任這段情緒自行消散。蓋爾文看著筆電螢幕。丹尼不確定蓋爾文的心早已飛回筆電上的工作，或只因不願探人隱私而沉默下來。

後來，蓋爾文以乾脆的口吻說：「方便我問你一件事嗎？」

丹尼看著他，瞥見他臉上凝重的神態，胃又緊縮起來。「可以……」

蓋爾文望向對面的兩位女士，見她們仍聊得忘我。他把視線兜回丹尼。

「我的保全人員在我的黑莓機上查到一個東西。」灰色的眼珠扣住丹尼的雙目。

「保全人員？」丹尼的臉皮發燙。他懷疑自己的臉是否紅通通。希望不是。

艾比和珍娜又大笑起來，瑟琳娜離開座位，走向女生看電影的地方。

「我的客戶——我告訴過你，他們是鉅富家族，對不對？他們嘛，行事很隱密，幾乎到了疑神疑鬼的地步。我跟他們談好的條件之一是，我答應定期接受安全檢查，安裝入侵偵測系統，維護通訊安全，這方面的措施全要。要求真的很多，多到爆。」

「嗯……？」丹尼聳聳肩，手心攤向上，一臉疑問：這跟我有啥關係？

「他們查到有人企圖接觸我的黑莓機。」

蓋爾文稍停語氣，丹尼不確定蓋爾文是否等著他接話。於是丹尼說：「喔。」他的喉嚨完全乾澀。他乾嚥幾口。「奇怪。」

「所以我非問你一件事不可。」

丹尼清一清嗓子，嚥一下。「問吧。」

「我的黑莓機，我從來不離手，被瑟琳娜糗說是我的電子奶嘴。我隨身帶得緊緊的。上床、大小便都帶著。我一直回想有哪一次黑莓機不在手上。我終於想到了。」他停頓一會兒。「就是在兩天前，我們打壁球的那次。」

「在普林頓俱樂部？」

蓋爾文點頭。

「我不記得了，」丹尼語調平穩說。「你確定沒帶手機進球場嗎？」

他緩緩搖一搖頭，動作慎重。「俱樂部不許會員帶手機進壁球場。」

丹尼聳聳肩。一股恐慌的浪濤愈盪愈高。現在，他的嘴乾到連乾嚥都成問題。他心跳如鼓。他盡可能裝得若無其事，也許甚至裝無聊，但他自知演技不夠逼真。

「然後呢……我知道你聽了會覺得很扯，不過，打完球，我回到置物櫃的時候，發現手機擺錯口袋了。」

丹尼笑一聲，笑得不自然而高亢。

「我知道，我知道——強迫症患者才有的反應，對吧？可是，這跟我習慣有關係。我是右撇子，所以黑莓機習慣擺進左內袋。」他碰一碰左胸，亦即西裝左胸袋的位置。「就像水牛比爾總把槍套掛在左腰之類的。一拿就有。」

蓋爾文隨便笑笑，但視線對準丹尼的眼睛。

丹尼暗罵：去你的，有話直說吧，不要再耍我了。直接指控我，講個明白，好讓我能隨口否認一聲，擺平整件事。不要自我辯護。不要裝作生氣。要裝的話，就假裝悶得發慌。清清白白的人遇到狂言指控，是不會當真的。

丹尼打破沉默。「你認為，那幾個眼睛長在頭頂的會員可能是企業間諜？該不會是穿埃克塞特學院T恤的那傢伙吧？」

蓋爾文已收起笑臉。「保全人員說，對我黑莓機動手腳的期間，嗯，差不多在我和你打壁球的時候。」

「怪事。」丹尼開始覺得頭暈。

「你幫幫我。」蓋爾文說。他不再直視丹尼。他凝望丹尼右肩後方的窗戶。

「好。」

「那天我在球場上的時候，你進更衣室去。」

「有嗎？」

「你去找水喝。拿到兩瓶水。」

「我稍微有點印象。」

我假裝「不慎」拿走他的置物櫃鑰匙。他當時似乎沒留意。

「記得那小伙子嗎？那個中南美裔的小子。名叫荷西。更衣室裡的那個。」

「跟你用西班牙文交談的那個嗎？」

「對。他。你沒看見他接近我置物櫃吧？」

丹尼乾眨眼幾下，拿不定主意。是繼續裝悶，或表演成拚命回想的模樣？這細節如此小，如此模糊，要人記得是強人所難。

他選擇瞇眼皺眉頭。一副絞盡腦汁回憶的神態。

努力不流露如釋重負的鬆懈感。

下一步怎麼走？一口咬定更衣室小弟在蓋爾文置物櫃附近徘徊不去，或者咬定他偷偷打開蓋爾文的置物櫃？無辜的小弟。他的下場會和司機艾斯特班一樣嗎？會不會也被千刀萬剮，被扔進垃圾子母車？反過來說，更衣室小弟偷蓋爾文黑莓機做什麼？說不通嘛。

說得通嗎？說不定荷西有亂翻會員置物櫃的惡習，常偷零錢，也基於不明原因，他拿起蓋爾文的黑莓機打一通電話，或者只拿出來看一看？這是普通人都有的好奇心。不盡然不合理。

如此解釋合情合理。但丹尼知道，假如順著這謊言扯下去，毒梟會認定更衣室小弟有意擅入蓋爾文的黑莓機……

小弟真會因而被碎屍萬段嗎？

蓋爾文祟動著。他長長吸一口氣。

隨即，丹尼興起一念頭。「每個置物櫃的鑰匙，更衣室服務員都有吧，我敢說。」

「嗯。」蓋爾文半信半疑說。

「話說回來……不會吧，他像是個好孩子。」

「看表面不準。人總有看走眼的時候……」

「不然，另外有誰能開你的置物櫃？」

「我不知道該相信什麼。老實告訴你好了，真相是什麼，我才不在乎。不過我的客戶——哇，他們在乎得半死。」

他想接著再說，但這時瑟琳娜出現在他背後。「湯姆，你知道兩個女孩子正在看《好孕臨門》嗎？我剛告訴珍娜，小孩不准看這電影。我禁止她今天再看電影或電視。」

蓋爾文聳聳肩。「哎呀，瑟琳娜，她這週末有客人要招待。饒了她吧。」

「不行，」瑟琳娜嚴厲說。「她不學不行。違反規則的後果要自己承擔。」

幾小時後，飛機降落在亞斯本機場，另有一位司機前來接機，開著黑色雪佛蘭Suburban大型休旅車。

這一輛也有防彈設備。

40

若非丹尼知道這房子是私人住家，他必定會以為車子開到豪華滑雪度假村了。蓋爾文的別墅屬當代建築，佔地遼闊，格局參差不齊，有點日式風格，以岩石和原木打造，地點在市區以北不遠處的紅山區。屋頂的曲線和尖峰佈滿鬆軟似糖粉的積雪。

屋內的地板以金黃木鋪設，以粗鑿岩石和玻璃為牆。大多是玻璃。這裡有大教堂似的天花板，有一座岩砌大壁爐，觀景落地窗瞭望山腰的峭壁，窗景壯麗。

司機是個表情哀怨、胸圍雄壯、年約四十的男人，幫大家提行李入內。他戴著五顏六色的木珠項鍊，似乎不通英語，只用西班牙文和瑟琳娜交談。

「我帶兩位去妳們的房間，」瑟琳娜說著，挽起露西手肘。「珍娜，艾比可以睡妳房間，好嗎？可別讓我逮到妳們看片子喔！要讀書！書是什麼，記得嗎？」

珍娜翻翻白眼。「我想帶她去峽谷滑雪。」

「峽谷！艾比，親愛的，妳的段數高嗎？」

「是啊。」艾比說。

「別聽她的，」丹尼插嘴。「她段數不高。」

「爸！」

「妳三年沒滑雪了。」丹尼說。

「滑雪就像騎單車，」艾比說。「又不是說忘就忘。」

「妳們兩個去奶酪山那一區滑雪。」瑟琳娜搖一搖手指。

「奶酪山是給小貝比滑的耶！」珍娜抗議。

「別跟我爭，」瑟琳娜嚴格說。「亞勒漢卓可以載妳們去。不要再辯了。」她指向客廳旁的一條走廊。「走吧。」

「我也有公事要忙，」蓋爾文對丹尼說。「你們兩位去熟悉環境吧，可以休息一下，可以放輕鬆，隨便都行。」

「不行，」瑟琳娜說。「我想帶露西去別墅後面越野滑雪。丹尼，我傍晚可以借你那漂亮的女友一下嗎？等你們休息一小陣子之後？」

「好棒，」露西說。「哪裡可以租滑雪用品？」

「不用租。我們別墅後面的玄關裡有滑雪用品，給大家使用，」瑟琳娜說。「用得到的東西全都有。」

丹尼的iPhone發出接到簡訊的訊號，他看一眼，得知發信者是「匿訊〇〇七」，趕緊收進口袋。

他和露西進房間。瑟琳娜走後，露西倒向大床，躺在金條紋青苔綠的棉被上，深深長嘆一聲。

「妳跟瑟琳娜聊得很開心吧？」

「我跟她好投合，」露西說。「她住郊區，當個三從四德的媽媽，一定很寂寞。」

「她又不必工作。」

「回波士頓以後，她約我一起吃午餐。」

「妳想去？」

「想啊。她想多瞭解一下遊民中心。」

「妳打算向她募捐？」

「不是沒考慮過。」

「不太好吧。」

她以好奇的表情看丹尼。「為什麼不好？」

「蓋爾文借我那麼多錢，情況已經夠彆扭了。」

「就是說嘛，和五千元的義大利旅行比較起來，遊民不值得救。」

「露西。不公道吧。那件事不能相提並論，妳最清楚不過了。」

「抱歉。口不擇言。可是，我又沒強迫她。是她自己一直問我工作上的事，想進一步認識，說她有意深入瞭解。」

「和蓋爾文家的往來還不夠深入嗎？」

「他，站在蓋爾文的亞斯本別墅裡，如是說。」露西逗他。

丹尼吐一口氣。她說的當然對。「這……一言難盡。再深入，我們只會對他們虧欠更多。」

「可以換個話題嗎？」她扯一扯丹尼的皮帶。「過來陪我躺一躺嘛，當我的愛人。」

他微笑，轉向大窗戶，外面是美不勝收的亞斯本山景。窗戶不見窗簾，也沒有百葉窗。

「不會被人偷窺吧？」她說。

「有望遠鏡才看得見，」丹尼說。「要是有人那麼決心偷窺我們做愛，那就免費給他們看個夠。」

她呵呵一笑，丹尼終於心癢起來。

赤裸躺在床上的露西說：「她的婚姻生活好像不是很美滿。」

「為什麼這麼認為？」

「只聽她提起湯姆時的語調判斷而已。總覺得不太對勁。」

「他們結婚多久了？」

「不只是結婚多年常見的壓力和操煩，另外有別的因素。我跟她才剛認識，她就對我傾吐心事。她娘家是墨西哥財閥。」

「財閥？家族很有錢？」

露西點點頭。「我本來直覺認定，蓋爾文家的錢是丈夫投資賺的。」

「她親口告訴妳，她的娘家是超級鉅富？」

「當然不是，她沒親口說，是我自己推敲的。她說她父親當過墨西哥某一州的州長，維拉克魯斯州吧，好像是。她童年去巴黎修道院學校讀書，常常旅行，家裡有傭人，也經常騎馬玩，生活多采多姿。」

「是她告訴妳的？」

露西點點頭。「對了，蓋爾文的錢是怎麼賺的，你有概念嗎？」

「只知道他幫某個鉅富家族搞投資。」

「哪個家族，給你猜三次。」

丹尼微笑說：「媽呀，原來他的老闆是親家啊。」

有人敲門。

「露西，我是瑟琳娜。妳想去滑雪了嗎？」

「我馬上就出去。」她說。

晚餐在一家名為「小吃燒烤店」的餐廳，招牌菜是漢堡，是高檔滑雪度假村的概念，裡面的木製餐桌充滿鄉村情趣，地上撒滿刨木屑和鋸木屑，可愛的霓虹燈字樣高掛。這餐廳的供應商是本地一家小肉店，肉牛以青草餵養，精選牛小排肉剁碎後混以骨髓，摻加豬肩肉，漢堡包可選擇本店特製蝴蝶餅麵包，或本店特製英式瑪芬。馬鈴薯泥採用育空金馬鈴薯，美其名為「雲泥」。薯條也不是一般炸薯條，而是烤蒜泥蛋黃醬的松露捲薯條。

等漢堡等半天不來。連灌兩杯健怡可樂的丹尼去上廁所。洗手間位於餐廳深處。

丹尼站在小便斗前，聽見門閂滑動一下，門被鎖住了。緊接著，他正後方傳來熟悉的男音，像金屬摩擦聲。

「你該不會真的以為能一走了之吧？」

41

丹尼解完內急，拉好拉鍊，轉頭面對緝毒署調查員菲利普·斯洛肯。

丹尼心跳加速但語音沉穩。「你不是一路跟蹤過來的，」他說。「從蓋爾文家出發以後，我一直在觀察，一路上不見車子尾隨過來。」他徐徐轉身。洗手間裡只有他和斯洛肯兩人。門閂緊扣。

「哇，變成反偵蒐專家啦？」

「你在蓋爾文的休旅車上安裝追蹤器？」

「有什麼差別呢？我們能重逢就好了吧？」斯洛肯斜眼含笑。

「抱歉，你這趟是白跑了。反正來了就來了，不如去練一練滑雪。」

斯洛肯的烏黑頭髮側分，顯露出一道白皙的頭皮。他的目光深邃無情。

「乾脆我們一起出去，跟湯姆·蓋爾文打聲招呼吧？」斯洛肯說。「讓他知道你我是老朋友，說我們已經合作幾個禮拜了。我可以遞一張名片給他。」

「你想搞砸案子嗎？我很懷疑。」

「對啊，讓他以為緝毒署盯上他了，那怎麼行呢？」斯洛肯冷笑說。「我相信他從來沒想到過。」

「你要我怎樣？」

「拍照。和蓋爾文見面的人，一律拍下來。」

門外有人想開門，轉一轉門把，然後悶悶說：「對不起。」

「連拍照也找我？高級長鏡頭的預算，緝毒署都撥不出來嗎？」

「我們不清楚他見面的時間和地點。你呢，你整個週末跟他在一起。」

「他又沒被狗繩拴著。你想叫我跟蹤他嗎？當他的跟屁蟲？」

「差不多是。」

「呃，除非你要我用iPhone拍照，否則恐怕我幫不上忙。」

「我明早調個相機給你。」

「怎麼給？你想直接殺進蓋爾文家嗎？」

「不對。你明天一大早進市區見我。七點。南葛連納街上有家咖啡店，名叫『甜牙』。你習慣早起，非喝咖啡不行。」

「我沒車。」

「不用開車。走路就能進市區。」

「要是別墅男主人或女主人起床說，咖啡正在煮，你想去哪裡。那我怎麼辦？」

「你可以說，謝了，我想出去醒醒腦，對創作有幫助。你不是很會寫東西嗎？胡謅一個理由嘛。就說，你喜歡散步。進市區不到兩英里。以你腳程，不會超過半小時。如果半小時還走不到，那你體力太爛了，多多運動對你身體有益。」

42

孟度沙醫師感到困惑。

血是止住了，但他仍找不出溢血的原因。

除掉社長托斯是必要的緊急措施，當然。假如托斯真的洩密，後果將不堪設想。販毒集團即將遭逢天翻地覆的災難。

但是，孟度沙醫師的僱主另有更大的隱憂：緝毒署怎可能查到托斯的頭上？顯然有內賊向緝毒署密報。

一個線民。一個抓耙仔，也就是緝毒署口中的「密報員」。

到底是誰？

販毒集團在美國有一位投資者，名叫湯姆．蓋爾文，肯定是蓋爾文身邊人在搞鬼。也許是公司裡的員工。也許是傭人。某個能自由進出他家的人。

無可奈何的是，集團為堵漏，不惜祭出慣用的毒手。集團誤判內賊身分，逕行出動殺手，帶屠刀和開山刀去辦事。

但集團猜錯人了。

孟度沙醫師懂得如何查明內賊身分。也許洩密者是波士頓人，也許不是。但是，洩密者的姓名鐵定留在華盛頓特區，在緝毒署的大本營。

如同所有公家機關，緝毒署鉅細靡遺瘋狂保留紀錄，滿坑滿谷是文書。即使是最高機密的線民，緝毒署照樣保留筆記、報告、文件。不消說，這些資料被封存並上鎖，但檔案常需更新、整理、存取。這是官僚作業的本質，是生存命脈。而這些工作總需低階的檔案室職員進行。

而緝毒署的弱點就在這裡。問題總出在人為因素。

買通低階職員是易如反掌的事。

他有必要搭機前往華盛頓特區。

有印象以來，他幾乎無時無刻不為錫納羅亞販毒集團效勞。那一年，他還不到十三歲，某個烈日當空的下午，母親在加油站雜貨店裡擔任收銀員，一輛黑色林肯大轎車開過來，暑氣從柏油路面飄搖上升。小孟度沙衝向加油機，問客人想加什麼油。男駕駛講西班牙語。在聖地牙哥這一帶，人人都講西班牙語。

「就這樣，小鬼，」駕駛說著給他一張二十美元鈔票。「再買一包溫斯頓、兩包無濾嘴駱駝、兩罐百事可樂，和今天的報紙。」

「你有兩毛五嗎？」阿曼多．孟度沙問。

「我不是給你二十元嗎，小鬼？」

「對，可是，二十元不夠。」

駕駛面露疑色。「啐，你怎麼知道？」

孟度沙聳聳肩。算術這麼簡單，能怎麼解釋呢？「呃，加油十六元九毛，三包菸一元八毛九，外加百事和報紙，總共二十元兩毛四。所以，呃，你給的錢算很接近了，可是——」

「你是數學天才嗎？」

「我只是全部加起來而已。」

「心算嗎？」

孟度沙點頭。他當然是在獻寶。

駕駛對副駕駛座的男子說，「看見沒？」然後他把手肘伸出車窗外，挨近小男孩，摘掉鏡面太陽眼鏡。「兩百三十九加八百六十八加一百零二，總共多少？」

「太簡單了。」

「多少，快講啊？算不出來吧？」

「一千兩百零九。」

「等一等，等一等。」駕駛轉向身旁人。「你手錶有計算功能，對不對？好，小鬼，七千五百六十六加八千零六十九是多少？快算。」

孟度沙微笑。他沉默幾秒。「一萬五千六百三十五。」

「對嗎，卡洛斯？」

「錯。」另一人說。

「值得掌聲鼓勵鼓勵，小鬼，」駕駛說。「差點唬住我們了。」

「等一等，等一等，」另一人說。「一萬五千六百三十五。他答對了。」

「我就說嘛。」孟度沙抗議。

「天啊，小鬼。」

小孟度沙坐進林肯車後座。母親事後聽到大為光火，因為才在幾個月前，紐約市有個小孩失蹤了，大頭照出現在牛奶盒上的尋人啟事上。她把兒童失蹤的新聞告訴兒子，彷彿對他打預防針，防止獨生子遭遇不測。

但是在那一天，林肯車只是載他去見老大，讓他大顯心算身手一番。老大是赫赫有名的艾克托・路易斯・帕瑪・薩拉札，號稱「金毛」。老大讚賞他，和他談條件。集團可以救他脫離西語區貧民窟，甚至能送他去讀大學，訓練他成為會計，然後進集團工作。

然而，即使才十三歲，阿曼多・孟度沙就立志當醫生。他真正想從事的是外科。不是會計。金毛不和他爭。集團也需要醫藥方面的人才。金毛具有遠見，組織能力高超，把錫納羅亞集團壯大成史上最強的走私毒品組織。金毛需要一個徹底可靠的幫手，代為執法、取得答案、進行孟度沙最近改稱的「面談」，手段不計。另外，他也在必要時執行正義，用的是手術刀，而非AK-47。

孟度沙年紀還太小，但集團寄望將來。集團能送他去瓜達拉哈拉讀醫學院，在他擔任外科住院醫師時給予生活津貼，日後他以效忠集團作為報答，能在必要時提供外科服務。當上外科醫師之後，他請集團資助古利亞坎市這家診所。集團的任務多數不人道，如果他為集團效命，他另外也想做做善事。

集團的任務非關外科，他視為特殊工作，從中無法獲得快感。有一種惡棍是虐待狂，為集團辦事時能樂在其中，但孟度沙不屬於這一型。他只相信，任務最好是做得妥妥當當，總勝過亂做一通。任務交到他手中，他總是適切處理。

他在診所和私立醫院救治過無數人，多於他奪走的生命，這也是事實。由他消除的病痛，至少和他造成的痛苦一樣多。

孟度沙醫師覺得有必要提醒自己這一點，因為他確信，在不久的將來，他即將對某人帶來極大的痛苦。

43

翌晨六點，丹尼的 iPhone 鬧鐘鈴響。臥房裡黑漆漆，有點太熱，一時之間，沒睡飽的丹尼差點不敵睡蟲而倒頭再睡。

但他想起來了。

露西喃喃說：「這麼早起床做什麼？」

「寫寫東西。」丹尼說。

「現在幾點？」

「六點。波士頓時區是八點。」

她嘟噥說：「這裡又不是波士頓。」語畢翻身繼續睡。

沒人起床，丹尼鬆一口氣。昨晚，在成年人回臥房前，蓋爾文高聲說，他和瑟琳娜不是早起的滑雪族，請大家想睡多晚就睡多晚。但現在，丹尼做好心理準備，以防見到蓋爾文夫妻已經起床。他知道兩家的女兒不會早起。他擔心蓋爾文夫妻會請他喝咖啡，想知道他為何這麼早出門。他準備推說，寫書中的他想為下一章思考出一個大綱，新鮮空氣總是有助於吹出一條明晰的思路。誰會質疑他呢？反正對多數人而言，文字工作是個謎。

丹尼打開前門時，門發出叮鈴聲，但不是警報。天仍未亮，戶外冷颼颼，積雪受鞋底碾壓，唧嘎作響。他步上路肩前進，寒氣刺痛臉頰和耳垂。

路上人車稀少，只見一輛吉普車經過，他耳際響起一段缺乏韻律的嘻哈歌。大概是一頭熱的滑雪客，急著去品味剛被機器爬梳過的楞條紋雪道。

他步行二十幾分鐘進市區，天空逐漸露白。

甜牙咖啡廳正如丹尼所料，是一家兼賣糕餅的潮店，菜單上有印度香料奶茶、無麩質布朗尼、少量手工烘焙的公平貿易有機咖啡。擴音器播放著雷．拉蒙田的一首歌，曲風舒緩。客人零星幾個。有一個小爸爸滿臉倦意，哇哇哭鬧的嬰兒睡在娃娃車裡。另有一人獨坐老舊的皮沙發上。是菲利普．斯洛肯。

丹尼點一小杯黑咖啡，失血四美元。他走向斯洛肯坐的位子。

丹尼突然想起一個點子。他掏出iPhone。

「等我一下。」丹尼說，佯裝心煩，宛如想解決一件無聊的小任務。

偷拍斯洛肯並不容易。丹尼先讓手機靜音，然後垂直舉起，像是他想看清螢幕上的東西。然後按快門鍵。沒聲響，沒閃光。只對斯洛肯的臉孔拍一張勉強可以、焦點清晰的快照。

「有沒有人看見你離開別墅？」斯洛肯問。

「不太可能。大家都還在睡。為什麼？」

沙發上有個黑色小尼龍包，被斯洛肯推向丹尼。「因為你離開別墅時沒帶這東西，回去最好不要亮出來給人看。」

丹尼拉開尼龍包的拉鍊，裡面有一支黑色的小圓筒，看似單眼相機的鏡頭。但他仔細再看，才明白這東西是一部五臟俱全的相機，機身的分量遠不及鏡頭。

「他約人在哪裡見面？」

「我們不清楚，只知道在相當偏僻的地點。他們擔心追蹤器和跟監。」

「我不是告訴你了，我沒車可開。」

「你用不著開車去。蓋爾文也不開車。太容易被追蹤了。」

「也說不定他們約在別墅見。」

「不太可能。」

「那……怎樣？他走路去嗎？」

嬰兒發出一陣能刺破耳鼓膜的尖叫。丹尼有時懷念照顧幼兒的老日子，因為兒時的艾比萌勁能融化人心，但他絕對不想重溫哺育小嬰兒的時光。

「最有可能的是，地點會選在車子開不進去的地方，廂型車沒辦法停，不能用拋物面反射式麥克風收音，手機也收訊不良，甚至斷訊，隱藏式發報器也失靈。他們會選在四面八方都沒障礙物的地點，一有人接近，馬上看得到。」

「也看得到我，」丹尼說。「狙擊手拿步槍一射就中。」

「不會，」斯洛肯耐心說。「你是朋友。在他別墅作客。如果你不巧被看見，蓋爾文會跳出來為你擔保。」

「約在什麼時候見面？」

斯洛肯聳聳肩。「這週末。今天或明天。我們只掌握這麼多。」

「地點也不確定。只要是不開車就能到的地方就有可能。」

「對。所以，儘量別離開他身邊。」

斯洛肯下完指令後，丹尼從沙發上站起來。

「喂，」斯洛肯說。「買幾個瑪芬糕和斯康帶回去請蓋爾文家人吃嘛。要懂得作客的道理。」

穿羽絨雪衣的丹尼將相機包塞進外口袋。他去買幾種斯康和瑪芬糕，裝進白紙袋提著，正面印著「甜牙」，一如「死之華」樂團舊專輯用的字體。丹尼走出店門。

他立刻注意到一輛黑色休旅車。

一名男子站在店門外幾英尺，邊抽著菸，邊看著店門。他是蓋爾文的司機。

44

丹尼步行回別墅途中，休旅車從他身邊駛回去。

他以為，司機亞勒漢卓可能會靠邊停車，讓他搭便車。剛才在店門外，兩人無疑認出彼此的長相，但司機太急著轉移視線。

當然也可能，司機是真心沒有認出他長相。然而，假如司機認得他，假如司機目擊他和斯洛肯之間的交易，假如司機看見他拿起相機……

丹尼回到別墅，見黑車停在門前，冷卻中的引擎叮叮嘎嘎。他四下張望。不見亞勒漢卓。隔著正門的玻璃，丹尼看見一盞昨天沒開的燈現在還亮著。他在踏腳墊上蹬乾淨靴底，鬆綁鞋帶，脫掉靴子進門。穿著襪子的他循燈光進入廚房。

蓋爾文穿著白浴袍，背對著丹尼，坐在高腳椅上，面對著長形的花崗岩獨立流理台。咖啡剛煮好。

丹尼為省事，舉高「甜牙」的紙袋以代替解釋。「早安。」

「早安，」蓋爾文開懷說。他哈哈一笑，指向咖啡機旁一模一樣的紙袋。「亞勒漢卓剛從那家店回來。」

司機在丹尼走後才進店嗎？

「有志一同。」他說。

「你一路走進市區去買咖啡啊？」蓋爾文語帶叱責。「我不是說了嗎？請你們把這裡當自己家。我家就是你家。」

「我猜我時差還沒調過來吧。」他把紙袋擱在流理台上。「潮到破表的咖啡師說，本店肉桂小麵包不嚐一口罔來世上一遭。」

「算了，被強迫再吃一個，也沒人會發牢騷吧。」

「景觀好美，」丹尼指著大窗戶說。「大概你已經看習慣了。」

蓋爾文推開椅子，站起來。「當初我們來看房子，就是看上這景觀。另一個優點是，有一條越野滑雪道的入口在這附近。想滑雪，我們穿上越野滑雪板，從後院就能出發。住市區是方便多了，想去哪裡，差不多走路就能到，不過，住市區沒景觀可看。」

「這裡能看到什麼？」丹尼靠近觀景窗，蓋爾文跟進。

「白雪。」蓋爾文說。

「幫倒忙。」哥兒倆互相消遣著。「那座是亞斯本山嗎？」

「亞斯本高原峽谷。」他指著說。「司帝普切斯區。那座是上城堡溪谷。」

「好美。」

嚴格說來，這別墅沒後院，因為欠缺一道界定範圍的圍牆，只有幾株樺樹在雪地昂然挺立，也有幾道矮松。白雪覆地，一望無垠，遍地不見其他屋舍。

「只要我們不住這裡，歡迎你們隨時過來住。不然，空著也是空著。」

丹尼點點頭。「謝謝。」兩人一同站著欣賞美景。

「我們住這裡的時候也歡迎，當然。瑟琳娜和你的，呃，女友，看起來好像一拍即合。艾比和珍娜成了連體嬰。而你，你也不賴。」蓋爾文伸手摟一摟他肩膀。「說真格的，我第一次見你就認得你。」

「認得我？」

「瞭解你。一看就曉得，你和我臭味相投，不像萊曼那些假仙，下巴抬得老高。」

「我也不太能融入那裡。」丹尼說。

「我和你一樣。」

「差別在於你是——」

「有錢人？」

「可以這麼說，對。只要你錢多多，丁絲莉．松頓不會在乎你出身多低。」

「拉莉才對吧。拜託。」揶揄一笑。「丹尼，你講錯了。她知道我是誰，知道我的出身。對她而言，對校方所有人而言，我永遠是個南區藍領階級小孩，運氣比別人好而已。在他們眼裡，和一個剛中三十萬美金彩券、在加油站上班的驢蛋相比，我沒有強到哪裡去。」說著，他翹起小指，模仿貴族飲茶的姿態。「以他們的說法，我永遠『不夠格』。他們是很樂意收我錢啦，不過，他們閉門開董事會議時講我什麼壞話，我用頭髮猜就知道。」

丹尼聳聳肩，奸笑著。「『驢蛋』。我爸最愛這樣侮辱人。」

「你家鄉在鱈角，對吧？」

「對。在威弗理。」

「不是土豪滿街跑的那一區吧，我敢打賭。」

「差遠了。」

「忘了你好像講過，他跟我爸一樣是水管工，對不對？」

「承包工。主要是木工，是他最愛的工作。」

「我敢打賭，他一定很在行。」

「他是很厲害。匠心獨具。手法縝密。可惜沒生意頭腦。」

「我爸有生意頭腦，可惜手法稱不上縝密。」他笑一笑。「不過大家都很愛他。你有沒有提過，你爸過世了？」

「還沒，爸媽都還健在。」

「命真好。我爸媽都走了。爸媽老了，親子關係變化很奇妙。兒子開始教他們做事。他們甚至偶爾聽得進去。父母需要兒子幫忙，兒子再也不需要他們了。」

丹尼點頭。

蓋爾文繼續。「無論兒子受過爸媽多大的怨氣，年紀一大把，就不再計較了。兒子回頭照顧他們，盡盡本分。」

丹尼點點頭。「我爸他快不行了，所以可能不久後，我們不得已會送他進安養院住。到時候，他一定抵死不從。」

「從你看艾比的眼神看得出來，你願意犧牲一切保護她。」

丹尼覺得淚水湧進眼眶。「你知道。」

「我嘛，我不惜開殺戒也要保護家人。我敢打賭，你也一樣。」

丹尼點頭，不確定蓋爾文話鋒往哪裡轉。他看著蓋爾文的臉，這時聽見瑟琳娜說：「你們兩個在動什麼歪腦筋？」

「早，老婆。」蓋爾文說著和她親吻。

「早安。」丹尼說。

蓋爾文的言語在他腦裡縈繞。為保護家人，他不惜開殺戒。同一句話出自別人嘴裡，肯定是比喻的說法。

然而，出自蓋爾文口中，聽起來像極了恫嚇。

45

早餐，瑟琳娜煎法式吐司和培根，搭配咖啡店買來的糕餅。飯後，大家穿上滑雪裝，六人一同搭乘銀色皇后號纜車，高升亞斯本山頂。陽光下晶瑩閃耀的是滑雪道和冰封樹木，山下的蒼松排列有序，狀似一把毛刷上的粗毛。

蓋爾文家三人全身是名牌滑雪服飾。珍娜穿金色羽絨夾克，滑雪褲的布料看似藍色丹寧布卻不是。母親穿銀色長大衣，附有絨毛衣領，太時尚了，滑雪時不太實用。湯姆．蓋爾文穿鮮黃色Salomon牌連帽夾克，看似高領雨衣。他戴著一頂黃綠條紋針織帽，色澤鮮豔，上面有個小毛球。丹尼暗喜，遠遠一眼就很容易認出他。

兩個女孩坐在面對大人的長椅上，一路不停交談。艾比穿桃紅色Helly Hansen滑雪裝，是莎拉兩三年前送她的，有點舊，比現在的她小一號。

露西握著丹尼一手，湊近以氣音說：「她看起來好快樂，對不對？」

丹尼點點頭。在豔陽下，他看得見露西鼻梁有幾顆淡淡的雀斑。她討厭雀斑，常化妝粉飾。丹尼覺得雀斑可愛。露西今天穿淺藍色羽絨夾克加藍圍巾，白長褲讓她的美腿顯得更出色。

艾比講到一半停下，看著他們。她的聽覺敏銳如蝙蝠。至少在她成為話題的時候。

「我們沒一起滑雪過，對吧？」露西說。

「這是頭一次。」

「你知道我滑雪很厲害，對吧？」

「不意外。妳對多數運動都很拿手。」

「希望你可別覺得沒面子。」

「哪一方面？」

「我滑雪比你強太多了。」她嬌羞含笑，近似調情。

「沒面子，怎麼會？我比較可能被激勵。妳推動我改進。」

「那還用說嘛。」露西呵呵一笑。

但丹尼腦中容不下滑雪。

他忙著思索退路。緝毒署逼得他進退兩難了，這是事實，但他不會因此而無計可施。如果真能拍到一張蓋爾文密會某人的相片，丹尼便掌握到緝毒署的至寶。

相片要不要？先幫我弄一封豁免信吧？上面有緝毒署和司法部簽名，隨便誰簽名都行，只要穩穩當當就可以。有必要的話，找總統簽名。只要能保證不會被蓋爾文牽連，不會被起訴。

如此一來，籠罩丹尼頭頂的威脅雲才會飄走，調查員不會一再找上他。被當成傀儡耍弄再耍弄，丹尼受夠了。唯一能切斷傀儡線的方式是不擇手段。

然而，跟蹤蓋爾文，安全性多高？假如蓋爾文真的和毒梟有約，他必定會採取反跟蹤措施。丹尼靠爬格子為生，不是間諜，不是一個訓練有素的情治人員。對於偵蒐工作，他連皮毛也不懂。他不得不承認，他對偵蒐的認識多數來自偵探驚悚小說，憑這點知識，他知道秘密跟蹤的技巧屬於專業範疇，需要長年琢磨才可養成。他自知沒這方面的本事。完全沒有。

除非他把自己扣在蓋爾文滑雪靴上，否則絕無法確定今天下午不跟丟。蓋爾文可以滑雪下山去，遁入亞斯本市街，可能去咖啡廳、餐館、酒吧密會，丹尼絕對找不到。沒辦法，丹尼只能盯緊蓋爾文，儘量不要跟丟。也只能期望幸運之神眷顧。

來到山頭，大家走下纜車，穿上滑雪板，共同研商行程。

「這裡沒有綠色滑雪道啊？」艾比問，口氣盡可能隨意。她猛嚥一口。

「只有中級和高級滑雪道，」丹尼說。「妳可以先大內八，滑一陣子，習慣了再正常滑。妳的滑雪知識不可能全忘光的。妳不是說滑雪像騎單車嗎？」

「藍色滑雪道其實沒那麼恐怖啦。」珍娜說。

兩個女孩不想跟老人一起滑雪，誰能怪她們呢？艾比戴好護目罩，和珍娜開始一同順著下坡滑動。這條滑雪道名為「安樂椅」，其實看起來並不特別輕鬆。

瑟琳娜說：「各位：一點半在『陽台』會合吃午餐，好嗎？」她指向後方的建築。「女孩們？聽見沒？」

珍娜向母親揮揮手，表示聽見了，動作不耐煩，隨即和艾比一起滑走。就算艾比憂心滑雪身手生鏽了，外表也看不出。

過了約莫一分鐘，成人們讓兩個女孩子把距離拉遠後，也循同一條滑雪道滑下去。蓋爾文身手靈巧優雅，顯然是專家。露西有過之無不及。瑟琳娜的技巧還好，和丹尼差不多。

不久，四人來到路口，見到一條黑菱形滑雪道。

「怎樣，丹尼？」露西說。「繼續滑藍色嗎？」

蓋爾文說：「我今天大概多半只滑黑色，跟不上我也沒關係。」

丹尼無法向露西解釋他為何想緊跟著蓋爾文不放。他遲疑一會兒，然後對蓋爾文說：「我還可以。」語畢追隨蓋爾文滑進高階滑雪道，扔下露西和瑟琳娜。

黑色滑雪道不容易滑，有些路段險峻，坡度陡峭驚人，但丹尼勉強跟得上蓋爾文，大致滑了大約兩小時，只滑高難度的黑菱形滑雪道，不滑「限專家」的雙菱形滑雪道。他幾度摔跤，僅僅傷及尊嚴。他擔心照相機被摔壞，暗暗期許羽絨襯裡能防撞。

有幾次，他瞧見艾比和珍娜坐在吊椅纜車上，或慢慢滑下山。艾比的表現似乎還可以。兩度，他和蓋爾文在影山吊椅排隊時遇到露西和瑟琳娜。假如露西氣男友投奔蓋爾文而甩掉她，怒火也沒有溢於言表。

一點三十幾分，兩對成人全集合在「陽台」餐廳後面的野餐桌，等待女兒出現。他們把滑雪板堆放在架子上。蓋爾文點燃一支雪茄，拿著對丹尼揮一揮，面帶疑問。

丹尼搖搖頭。「不用了，謝謝。」

附近野餐桌有幾名食客，紛紛對蓋爾文投以惡毒的目光，但他似乎沒留意到。就算注意到了，他也不在乎。

蓋爾文的神色似乎變了，變得比平常更心事重重，陷入沉思。也許是工作的關係吧，投資失利，賠掉兩億美元。也許他剛和瑟琳娜吵了一架。

也許沒什麼大不了。

再怎麼說，他對蓋爾文的認識又有多深？兩人只禮貌性閒聊過兩三次，交情建立在相似的背景上。男人不習慣促膝長談心事。男人喜歡一起從事活動，不會互相抱頭痛哭，不愛聊八卦。男人愛看電視轉播美式足球賽，有時打打撲克牌。男人喜歡一起喝酒，互相挖苦。

也許蓋爾文心事重重。或者，也許他真的和錫納羅亞販毒集團人員有約。

「喂，」露西對丹尼說。「你拍拍屁股就滑走了。」

「不好意思。我猜我只是想逞逞能。是我不對。」

「男人啊，好勝心作祟。」她搖搖頭說，啼笑皆非。

丹尼去洗手間，一路上滑雪靴砰砰響，像科學怪人走路。

回來時，湯姆．蓋爾文不見了。

「湯姆又去滑雪了，」瑟琳娜說。「他說他不餓。」瑟琳娜語氣有異，視線不願和丹尼相接，令丹尼微微起疑心。

「他往哪個方向走？」丹尼說。「我想一起去。我午餐沒吃也沒關係。」

「我看見他往那邊走，」艾比說。她籠統指向後山未開發區，遠離藍色和黑色滑雪道，在纜車站另一側。

「哎唷，陪我們吃午餐嘛。」露西說。

「我懂我爸，」珍娜說。「他一定是跑去滑雙菱形滑雪道。」

「我自己也想試試幾條雙菱形。」丹尼說。

「湯姆可能只想自己滑個夠吧，我想。」瑟琳娜說，語氣高亢，匆匆瞪丹尼一眼，目光尖銳。

丹尼假裝沒聽見，朝向未開發區走去。

「你不留下來吃午餐啊？」露西說。「確定嗎？」

「不用了。」他說。

說完，他動身前去搜尋湯姆．蓋爾文。

46

在山的這一面，圍欄外高高立著黃色警示牌，註明「滑雪界線」，以螢光粉紅繩封鎖，黃色菱形標語警告著：「危險——不准越界滑雪。」另一標語：「未標示處危機四伏——小心滑雪。」更遠處另有一面紅色標語，以繩索吊著，宣稱：「此處為決定點。山岳滑雪風險高，可能致死。」

這裡沒有滑雪道的標示。四處不見一條滑雪道。此地屬於非滑雪區域，積雪未經機器梳整，僅限於最愛冒險犯難的專家級滑雪客，僅限於死忠派粉雪控、自由式滑雪狂，僅限於追風族和飆速浪子。

丹尼見到少少幾條滑雪板痕和踏雪鞋足跡，也看見Sno-Cat四履帶車輾壓出的平行齒紋。四履帶車能翻山越嶺。一般而論，地形如此險惡，沒有人敢單槍匹馬來滑雪。冒險客通常結伴前來，有嚮導開四履帶車帶頭走。

蓋爾文真的從山的這一面滑下去了嗎？感覺不太可能。

蓋爾文往這邊滑的機率似乎趨近零。艾比一定是搞錯了。

隨即，在前方幾步的雪地上，他注意到一個黑黑的東西，表面不平整，散發臭味：被丟棄的雪茄菸屁股，像小型犬拉的屎。

他往山腰望下去，盼能在樹縫之間看見蓋爾文黃夾克的身影。什麼也沒看見。但這不表示蓋爾文不是從這裡滑下去。他有可能滑進山溝，也可能被雪堆遮住，從丹尼這裡正好看不見。

雪地反射的陽光照得丹尼目眩。他戴上護目罩，深吸一口氣，站上一座雪檐邊緣。

積雪看起來深不可測。從樹幹愈高愈細的直徑研判，有些地方積雪深達六英尺，不是他習慣滑雪的地形。這種雪地無人跡，也未經梳整過，積雪又如此之深，唯有山岳滑雪健將能克服。

他無能為力。

要不要來個絕地大奮戰呢？他短暫斟酌一陣。可以戒慎向下滑滑看，採取「之」字形戰術，向左滑一長段距離，再往右滑，放慢速度，漸次下陡坡。但是，站在雪檐邊緣的他往下望才發現，從這一側滑下去太異想天開了。他踩著滑雪板轉身，雪檐從腳下崩塌了。

忽然間，他成了自由落體，順著陡坡俯衝直下，頭身穿越一英尺深的粉雪而過，積雪不如山的另一邊那麼堅實，不曾日復一日被數百數千滑雪客壓扁過。此處的積雪軟綿綿，比空氣更輕，丹尼感覺自己宛如穿雲而過。

然而，原本開闊的峽谷迅速轉變為樹林較濃密的山區，高聳的松樹散見於山腰上。現在，他不由自主在林木之間穿梭，速度加快。一棵棵松樹在他前方冒出來，如同電玩裡逐漸變大的障礙物。他向一旁急轉彎，再朝反方向急轉彎，在間距小的樹幹之間進行障礙滑雪，在雪地刻劃出深痕。他遙想起記憶深處的絕招：穿梭樹林時，念頭最好專注在樹幹之間，謹慎對準空白處。

俯衝，劃破雪地而過，在重力加速度和衝力的雙重作用下，愈來愈快。他試著減速。但是，想減速，他只能不斷滑「之」字形，重心頻頻換邊。無奈他無法連續調整重心，因為他俯衝向下的速度飛快，樹幹之間的空地狹隘，不容他向左向右多偏幾度。滑雪板抖動著。長久沒鍛鍊過的小腿和大腿的肌肉痠痛起來。樹幹之間的地形也大不相同，有些地方雪深而鬆軟，有些地方則是冰面光滑，有幾次甚至觸及岩面。臉皮被凍僵了。他彈跳的速度愈來愈快，時時警覺著：再小的失算也能導致迎頭撞樹幹。

忽然，滑雪板壓到硬硬的東西，赫然發現是雪檐、峭壁，他來不及反應。

騰躍半空中的他產生時間變慢的錯覺。他看得見懸崖陡坡，見到正下方的岩石溝，心知如果陡然落地撞擊岩石，必定瞬間斃命。

他明白，他無法掌控自己命運了。他無法改變地心引力，變不了下降的軌跡。他墜入的這條冰道深達二十英尺，一面是垂直的岩壁，而他腳下只配備兩支滑溜溜的長板子，沒有煞車。

儘管如此，極其短暫的一剎那，他也感到亢奮。整個身體凌空了。升天了，自由下墜，一枚人體飛彈。感覺很刺激。是前所未有的體驗。風在耳際呼呼響。

再過短短幾秒，只要他稍微出差錯，就有可能一命嗚呼。

在他最深層的意識中，他領悟到恐懼和死亡之間的距離何其細微。現在的他感受到極端、非凡、活力暴增的恐懼。這一生中，他首度體會到冒險家的心態，無論是追求刺激的狂熱分子、極地滑雪人、百岳征服者、滑翔翼玩家、高空跳傘挑戰者，或走鋼索的人，他全懂了。他終於體會到違逆保命本能、挑釁死神的飄飄欲仙感受。

這份領悟來得急，接踵而至的是另一份頓悟。他明瞭到，正下方的岩石極可能是為他而開的鬼門關。

這時候，保命的天性覺醒了。

這些念頭可能拖了兩秒。不可能更久。他屈膝，採取蹲姿，拱肩縮頸防備——

——重重觸底，以蹲姿緩衝，撼動全身上下。他向前彈射。喪失控制。

右滑雪板鉤到異物，他向前翻跟斗，以背部狠狠著地，一時之間萬籟俱寂。他全身驟然靜止了。

他嚐到血腥味。

他扭身，四肢劇痛蔓延至全身，如閃電觸角不均勻延展。

冰雪螫痛他耳朵、眼瞼、頸背。他再試試看能不能動作，挪一挪，發現手腳仍聽使喚。他覺得渾身是瘀傷，幸好似乎沒有骨折現象。接著，他記得該如何穿滑雪板站起來。他縮腳至臀部，跪地向左側翻，這才發現，兩支滑雪板全丟了。他慢動作，小心翼翼翻身，下背部隱隱痛一下，神經末梢如琴弦，被鬼神撥弄。肌腱斷了嗎？或是肌肉拉傷？希望傷勢不要更嚴重才好。他想休息一陣子，於是放鬆身子往下沉，臉埋進雪堆，感覺是異樣的溫暖，接著轉為冰冷。

然後，他以手肘撐起上身，一用力，臂膀頓時痛如刀割。他不顧痛楚，奮力跪起來，再度嚐到血腥味。他用舌頭在口中左探右探，發現是墜地時咬破下唇。

他跌跌撞撞起身，看見兩三百英尺外有個東西。好像是一座木造舊茅屋。規模小，長寬約十英尺，低矮堅固老舊，屋頂鋪著屋瓦，看起來像工寮，可能是十九世紀末期採銀熱潮遺留下的古蹟。丹尼知道，亞斯本曾蔚為全美首要採銀重鎮，後來國會推翻《薛曼銀礦收購法》，銀失去貨幣地位，亞斯本淪落為鬼城，但許多舊建築殘存在山腰。

工寮這一面有一小扇窗戶，丹尼能見屋內有一盞琥珀色燈火搖曳著。也有動來動去的幾個人影。他直覺一屁股坐向雪地。他伸手進口袋摸索，找到裹著相機的尼龍包。

他扯開魔鬼氈，「唰」一聲在沉靜的環境格外響亮。

他手持高倍數鏡頭，對準窗內，調整焦距，直到一張人臉清晰入鏡。

是蓋爾文。

即使隔這麼遠，丹尼照樣能嗅到他的雪茄臭。

蓋爾文似乎前後搖擺著。不對，他正在踱步。他背後有個男人，或許有兩個，都穿深色外套。其中一人禿頭。丹尼對準禿頭男聚焦。圓滾滾的滿月臉，山羊鬍，雙下巴，眉毛濃密，滿面鬍碴。他聽見樹枝斷裂聲，轉頭看。

衝刺而來的男人身穿黑色雪衣，戴著滑雪面罩，丹尼來不及站起來，頭的一邊被東西撞到，激起一股難以想像的劇痛，眼前冒出一陣白光，覆蓋視野全部，口中的血味酸苦，宛如嚐到銅板，緊接著，四下變得鴉雀無聲。

47

事後，救護人員告訴丹尼，他可能只喪失意識不超過二、三十秒。但是，甦醒後的一小時，無論發生什麼事，他完全沒有印象。後來，有人告訴他，那一小時裡，他不停反覆問：「我在哪裡？」「出了什麼事？」他僅有的記憶支離破碎，飄忽不定，宛如雞蛋打得不夠徹底，蛋黃被打成螺旋狀。

他記得，本來他透過鏡頭，凝視老木屋，轉瞬間卻躺平，置身於穀倉似的大房間，四處是三合板裝潢。他不明白身在何方。一張張人臉在他視野裡飄進飄出。有一張臉倒立在他正上方，豎琴般的嘴巴開開合合，吐出無意義的言語。

依照抑揚頓挫來判斷，這人講的是問句，但丹尼怎麼聽也聽不出含義。

他想四處看看，但頭幾乎無法動彈。房間太熱了。熱到快窒息了。他覺得汗水淋漓。

他再試一次，想轉頭看看置身何處，理解為何自己被變來這地方，但頭不聽使喚，脖子不能轉。他一時心慌，想抬起上半身，發現整個身體動彈不得。雙腿、雙臂、雙手、雙腳，全數凍結，無法動作。

他赫然想通了：糟糕，我癱瘓了。我四肢癱瘓了。

「……是誰？」有人說。

「什麼？」丹尼說。我手腳都不能動，連頭也動不了。我被凍結了，被鎖死了。我癱瘓了。

「現任美國總統是誰？」豎琴、倒立臉問著，男音沙啞。

丹尼注視著他，眼神不敢置信。我都四肢癱瘓了，你還在浪費時間，問這種無聊問題？

「柯立芝。」丹尼說。[9]

倒立臉飄出丹尼視野。有人嘿嘿笑說：「就愛耍小聰明。」

「還好，幽默感還在。」蓋爾文說。

一幅影像重回丹尼的腦海。蓋爾文和某人在小木屋窗內，對方是丹尼從未見過的人，圓臉，頭呈正圓形，正中央是山羊鬍，雙下巴，濃眉。

多久以前的事了？幾小時了吧？蓋爾文和不知名人士在山腰舊工寮會面。如今，他和蓋爾文置身此地。

「我在哪裡？」丹尼說。

「一九二五年的美國，差不多啦，我猜。」又是蓋爾文。

「我沒辦法動。」丹尼說。

「欸，寶貝。」露西的臉湊近過來，兩眼圓睜，害怕的神情流露。

「是妳啊。妳來告訴我，這裡是哪裡？」他放鬆心情微笑，滿懷感激和愛意。

「滑雪巡邏隊棚屋，在山腳。親愛的，你記得跌倒撞到頭嗎？」

「不……不太記得。」

「記得跑去沒開發的區域滑雪嗎？」

「是不小心的。我不是故意的。」

「你的頭怎樣？痛不痛？會不會頭暈，或……？」

「各位，沒必要對他五花大綁吧？」露西說。「別這樣嘛，太整人了。」

「我沒辦法動。」

「我被綁住了？這是我近年來聽過最棒的消息了。」

剛問他美國總統是誰的同一男人沙啞說：「我堅持送他去亞斯本谷醫院，做斷層掃描。」

丹尼聽得見對話聲、扣環開關聲以及物體互相摩擦聲。手腕被束緊，一陣劇痛。隨後，他雙手恢復知覺了，刺刺麻麻的，沉甸甸。手能動了。

接著，腳踝和腳丫也一樣，因血液恢復循環而酥麻一陣。他蠕動手指，發現機能尚可。腳趾頭亦然。一條束帶從胸部鬆綁，兩隻手伸過來扶他坐直。

是露西的手。她靠過來吻他。愛的溫馨盈滿丹尼全身。「頭痛不痛？」她再一次問。

他小心翼翼左右擺一擺頭，不回應。

頭的前半部，特別是太陽穴，開始噗噗痛起來，劇痛。實情是，丹尼頭疼欲裂，猶如腦漿在頭殼內盪來晃去，痛感似乎集中在眼窩，噗噗作痛著，配合心跳節奏。他但願能摳開太陽穴，一把抓起腦袋瓜的前半部，說不定能切除頭痛根源，雙手捧出血淋淋、噗噗跳的病灶。

「照實講出來。」露西說。

「對，有點痛。」他說。

---

❾ Calvin Coolidge，1872-1933，美國第三十九任總統。

四處光線明亮，色彩豔麗眩目。丹尼看見幾個男人，紅黑色夾克上面印有象徵急救的白十字圖案，顯然是亞斯本山滑雪巡邏隊員。丹尼另外看見幾個他認不出來的人，四處走動著。蓋爾文站在他們後方，鮮黃色羽絨夾克拉鍊開著。

蓋爾文身邊有人穿著黑雪衣站著，拉鍊開一半。是蓋爾文的司機，亞勒漢卓。他長相奇特，頭形異常寬，臉卻窄小，五官簇擁成一團，上唇有色澤較淡的一道痕跡，看似舊傷疤。他戴著一串綠色和黑色的珠珠項鍊，掛著一枚遠看像聖母瑪利亞的墜子。

但是，那件黑雪衣為丹尼勾起一份印象。

丹尼注意到，自己的滑雪靴被脫掉了，腳丫只被襪子裹住。

紅黑夾克的男人之一彎腰對他說：「你瞳孔看來正常，生命跡象似乎也無大礙，」嗓音沙啞的男人說。他似乎是主管。「你通過所有的認知測試。只答錯總統那一題。」

「事實上，你撞昏頭了，可能失去意識只幾秒鐘，不過甦醒後，你神智迷惘好一陣子，這種現象不容輕忽。」

丹尼謹慎點點頭。頭動一下就痛。

「你命大。出事的時候，你這位朋友碰巧看見你，趕緊呼叫我們。」他瞥向蓋爾文。「要不是他求救，你可能早被凍死在荒郊。」

「要謝就謝亞勒漢卓，別謝我，」蓋爾文說。「發現你的人是他。」

丹尼轉頭看蓋爾文，然後看亞勒漢卓，再轉回蓋爾文。他記得黑雪衣和黑色滑雪面罩。蓋爾文對司機講一句話，司機轉身離開。

黑雪衣激發一段支離破碎而朦朧的回憶。

滑雪巡邏隊說：「我們打算送你去醫院。你可能有顱骨挫傷或內出血，所以至少該接受斷層掃描。」

「我應該沒事了。我討厭醫院。」

「腦部受傷，最好不要等閒視之。」

「我瞭解。不過，我過陣子應該就沒事了。謝謝你們大家勞心了。」他望向露西。「艾比呢？」

「兩個女生正在和瑟琳娜滑雪中，」露西說。「我來扶你。」她伸手握住丹尼手肘。

「真的，」丹尼說。「我還好。」

蓋爾文說：「我叫亞勒漢卓去開車子過來。我想帶丹尼回去別墅。飯店門口見。」語畢，蓋爾文匆匆揮一揮手離去。

「對不起。」露西對巡邏隊說。

即使丹尼不需攙扶，他仍握住露西的手，讓露西扶他穿上他的運動鞋。可能是她或別人剛去用品租借處，帶鞋子來給他穿。

走出門後，露西說：「你臉色不太好。」她接著問：「你全身都痛嗎，親愛的？」

丹尼微笑。「只有頭在痛。」

「我知道你討厭醫院，不過你最好去一趟。如果你一出現講話顛三倒四的現象，我馬上帶你去。不准爭論。」

「確定嗎？」

「確定什麼？」

「我講話顛三倒四，妳確定妳能分辨嗎？比我平常更嚴重的時候。」

「也對。你是什麼時候昏倒的，知不知道？」

「我真的沒概念，小露。我不太記得事發的經過。」

但丹尼的確記得，只是不願透露實情。他不是滑雪摔倒，而是被人擊昏。對方穿黑雪衣，戴黑色滑雪面罩。

肯定是蓋爾文的司機亞勒漢卓。

丹尼不坐下不行。眼窩又開始噗噗痛了。走路時如果能穩住頭部，他覺得能稍減痛感，不至於覺得腦子在頭殼裡橫衝直撞。

「會昏昏欲睡嗎？」

「不會，只是……嗯，難受。」

黑休旅車停在小妮爾飯店門前，怠速中。蓋爾文從副駕駛座下車，打開中間車門，露西走來丹尼和車子之間，攙扶他上車。「我還好，真的。」他請她放心。

他坐好後，露西正想上車，蓋爾文卻伸手輕輕放在她肩膀上，制止她。「可以麻煩妳留下來，陪兩個女孩子嗎？」

「我覺得我應該守在丹尼身邊。」

「瑟琳娜跟一個朋友籌辦一場募款會，今天想找她喝咖啡商量事情。她不太放心讓兩家女兒自己去滑雪。妳別擔心這個大孩子了。我直接載他回別墅。一切包在我身上。」

她獻給丹尼一記貼唇吻，比平常多逗留幾秒，和他相接的目光流露幾許憂慮。「好吧。」她說完不情願地揮別。

車子駛離飯店門口，丹尼沉默不語良久，只聽見三百二十馬力、V8引擎的運轉聲。最後他說：「你我都清楚事情發生的經過。」

蓋爾文不回應。丹尼懷疑他是否聽見了。也許沒聽見。

丹尼正想再講一遍，蓋爾文這時轉頭，直視丹尼眼睛。「你我講明白的時候到了。」

48

蓋爾文斜眼瞄司機，亞勒漢卓幾乎不動聲色點點頭。

丹尼的額頭噗噗發疼，節奏和力道猛烈如心跳。

「你說得對，」丹尼說。「是時候了。」

兩人再度無語許久。車子駛進加油站停車場，路過加油機不停，然後一百八十度調頭，沒人開口。過了一陣子，丹尼注意到地形改變，深入不熟悉的領域。「我們不回別墅嗎？」

「暫時先不回去，」蓋爾文說。「後座的收納箱裡有美林止痛藥，你也該喝點水，會比較舒服一點。」

「我休息一下就沒事。」

「首先，我們先去開車兜兜風。」蓋爾文說。

丹尼胃腸翻攪起來。他正想抗議，想想卻又在座椅上坐好。

他聽見自動變速箱的換檔聲。

車子在八十二號公路上，往西北行駛，丹尼注意到。蓋爾文不語。沒有人吭聲。

最後，沉默延續夠久了，丹尼說：「我們要去哪裡？」

「去一個可以私下談談的地方。」

「想談，現在談就行。靠邊停車。」

停頓好幾拍之後，蓋爾文才說：「我想帶你去看一個地方。」

「改天再去。」

他懷疑，蓋爾文是想溝通，或是另有策劃。一股恐慌感直竄心頭，丹尼盡力壓制。他考慮對斯洛肯和耶格爾發簡訊，告知被擊昏等等事件……

想到這裡，丹尼回憶起斯洛肯給他的相機。他相當確定，今天沒偷拍到蓋爾文密會的對象，連按快門的機會也沒有，就被某人擊昏——真的是被司機亞勒漢卓突襲嗎？這表示，相機仍在他口袋中。他拍一拍羽絨夾克口袋，伸手進拉鍊口摸索。相機不在口袋裡。或者是，在被擊昏的前一刻，相機握在手中？八成是。

如此推斷，相機最有可能在歹徒手裡——會是亞勒漢卓嗎？

蓋爾文轉頭看丹尼。「我想跟你私下談談，」他說。他的目光流轉向司機，再轉回丹尼。蓋爾文意思是，談話內容不願讓司機知道？「我們去散散步。」

車子繼續行駛一路段。憑直覺，丹尼不知車子開了多遠。沉穩的車程使得丹尼昏昏欲睡，但他憂慮心太重，擊垮瞌睡蟲。路上有幾輛車，不多。接著，車子亮起左側方向燈，轉進一條土路。路上不只有沙土，也遍布大小石頭，因此車子搖搖擺擺，不時側滑、頓地、顫抖。路邊出現一面黃色菱形警語牌：

限四驅車前進

再往前，又有一面警語，這面比剛才大，呈長方形，措辭更迫切：

駕駛請注意
前方路段極顛簸不利行車
限經驗豐富駕駛
限窄軸距四驅車

「你有什麼打算？」丹尼忐忑不安。

「到時候就知道。」蓋爾文說。

不久，路愈來愈窄，樹木和雜亂的灌木叢夾道，其中有厚雪覆蓋的紡錘形雲杉和冷杉，有光禿禿的山楊密林，有被山風颳成畸形的柳樹和扭曲的樹枝，有雪花點綴的矮橡和松樹。

另一面警語逐漸映入眼簾：

前方數英里路窄坡陡，
無法迴轉或會車。
若您不是徒步、騎單車、駕駛全地形車，
必須在此調頭往回走。

再往前大約五百英尺，有一面「道路封閉」招牌，貼著橙色反光條紋，以兩根鐵柱固定在地上，擋住前進路線，看起來不像暫時禁止通行，比較像因冬季將至而封道。

蓋爾文想帶他去散什麼步？現在丹尼大致明瞭了。丹尼覺得呼吸困難。

四下不見人蹤，叫救命也不會有人聽見。方圓幾英里可能無人煙。

唯一目擊蓋爾文載走丹尼的人是露西。而就露西所知，蓋爾文想送丹尼回別墅。丹尼這時候回想著，蓋爾文當時曾刻意強調過。

車子駛向路邊停靠，旁邊有一棵傾倒的紙樺。

湯姆．蓋爾文快口對司機講一句西班牙語。

「湯姆。」丹尼說。

但亞勒漢卓已經熄火下車，繞過來打開中間門，兩手伸向丹尼。

49

見司機亞勒漢卓板著臉，態度堅定，識相的丹尼連掙扎的舉動都省了。他下車問：「怎麼一回事？」

「我告訴過你了。我想帶你去散散步。」

「湯姆，我不太想去。」

「我想帶你去看一樣東西。」

亞勒漢卓走向副駕駛座，開車門讓蓋爾文下車。

蓋爾文繞過車頭，一手搭在丹尼肩膀上，帶他走向「道路封閉」的標示。

「你想幹什麼，湯姆？」

來到路障前，蓋爾文超前他一步，站進一支圍牆柱和一捲封街用的橙色塑膠網之間。塑膠網看似被人棄置在野地。丹尼回頭，看見亞勒漢卓站在車子一旁等候。

不情願之下，丹尼跟隨蓋爾文走。

在不遠的前方，他看見山路出現一道急轉彎。

「我想帶你去參觀上帝的奇蹟。」蓋爾文說。他彎腰撿起一顆石子，往山下扔。

丹尼沒聽見石子落地聲。

來到急轉彎處，他才明白為何沒聽見。路不是路了，而是窄窄一道凸岩，連接在亂岩嶙峋的峽谷峭壁上。

懸崖底深不可測。

下方的峽谷岩壁陡峭，近乎垂直，看起來像岩壁被炸開形成的一小座岩架。路窄成單行道，即使是四輪傳動的小車，要四個輪子同時擠上路也難。迎面來的車輛也不太可能通過。

這裡沒有護欄。隨地有塊狀的冰雪。

丹尼的心跳開始加速。

蓋爾文穿的是Timberland皮靴，丹尼穿的是運動鞋，踏上冰雪或碎石遍布的凸岩，一不留神便可能失足墜落一千英尺，葬身河谷。

大概直到春天，屍首才可能尋回。警方必定會研判：外地獨行俠，經驗不足。一場令人惋惜的意外。

丹尼理解，*他想要我的命*。

天衣無縫。

蓋爾文示意要他跟進，臉色陰沉。「我們走吧。來嘛。」

「其實我站這裡，就看得很清楚了。」

「來嘛。我不會讓你掉下去的。」

「我站這裡就能看個夠了。」

「全世界我最愛的地方就是這裡。」

「對，好美。」

「你錯了，丹尼。不只是『美』。過來這裡。難道要我叫亞勒漢卓扛你過來嗎？」

丹尼遲疑著，但只猶豫幾秒。在凸岩上扭打，蓋爾文有風險，但風險不如丹尼高。反過來說，丹尼到時候決心奮力一搏，就算打不贏蓋爾文，他也要拖蓋爾文一起墜崖。

他想起恐怖大師希區考克的黑白片。女主角瓊·芳登見男主角卡萊·葛倫端一杯牛奶來，深信他想要她的命。想必是導演在杯底多加一顆有電池的小燈泡，讓牛奶散發不祥的光輝，把令人寬心的牛奶變成驚悚危機。

也許是女主角多心了，但導演執意要觀眾跟著她一同陷入疑雲。[10]

峽谷的景色確實壯觀，白捲雲的眉角點綴著湛藍的天空，整齊直豎的松林覆蓋山腰的皺摺、波紋、深溝，遙遠的深處是清澈的瀑布激盪出的嘩嘩滾水。

刺骨的勁風呼號著。

「這底下是惡魔谷。那座是地垛山。這裡怎麼開車，很難想像吧？」

丹尼沉默片刻才說：「一定好好玩，我敢打賭。」

蓋爾文又笑了，尖聲呋笑一次。「這條是馬車古道，用來連接兩三個採礦小鎮。一百多年前炸山腰開鑿出來的。我開過這條路。告訴你，開得我屁眼緊縮唷。」

兩人佇立著，無言半晌。蓋爾文站在懸崖邊緣，丹尼則停在十或二十英尺外，還不夠遠。

「不要做傻事，湯姆。」

蓋爾文不回應。語塞好長一陣子。也許只一分鐘，但感覺像四、五分鐘。

終於，蓋爾文說：「我知道你去過後山，看見我不是在滑雪。你看見我跟別人在一起。」

「我頭被撞昏了。什麼都不記得。」

蓋爾文吸氣，吐氣。「印度帕西族，你聽過嗎？他們有一種喪葬習俗。」

丹尼搖搖頭。

「帕西人相信，水、火、土是神聖元素，絕對不容褻瀆，所以禁止火葬和土葬。」

「不然怎麼葬？」

「他們把親屬的屍體運到一個稱為『寧靜塔』的地方，放到一塊大理石板子上，等著兀鷹過來吃。過兩三個鐘頭，兀鷹吃飽了，滿意了，屍肉全不見了。」

「只留下骨頭。」

「才拿去滋養土壤吧，我猜。我忘了。管它的。前一陣子，印度兀鷹開始集體暴斃，原來是印度醫院開止痛藥給病患，而止痛藥對兀鷹而言是劇毒，所以人類的痛是止了，兀鷹的命也沒了。」他停頓一下。「不過，印度沒兀鷹不行。」

「生命輪迴。」

「有點像這條路。就算是天底下最厲害的職業駕駛，只要稍微打滑，就翻下山去。或者遇到墜岩。或是被一塊大山岩砸中。或煞車濕了。各方面都顧到了，卻總是偏偏有個因素在人的掌握之外。」

---

❿希區考克一九四一年電影《深閨疑雲》（Suspicion）。

「重點是什麼，湯姆？」

「我想跟你坦白一件事，」蓋爾文說。「我麻煩大了。」

50

「什麼樣的麻煩？」丹尼問。他覺得身體逐漸鬆綁。

「你有沒有考慮過，呃，人間蒸發？我的意思是，走進不用電的世界，脫網求生。」

丹尼點點頭，不知如何回應。

「人間蒸發，永遠找不到，」蓋爾文繼續。「甩開一切。擺脫俗世。清除自己的數位足跡，躲去貝里斯或馬達加斯加或紐西蘭，重新來過。」

「想啊，」丹尼慢條斯理說，「有時候想。」但他直覺到，蓋爾文的說法並非假設句。「當然了，這年代所有東西都上網，一個人不太可能說消失就消失……」

「市面上買得到這方面的教戰手冊。專精的人很多。我最近常考慮。假如我駕船出海，不小心摔一跤，掉進海裡，遺體一直沒打撈到。」

「人卻在馬達加斯加，活得好好的。」

「大致是這樣。」

「幻想一下可以，不過你辦不到。你有妻子和小孩。我們不能走，因為有人依賴我們過日子。」

丹尼轉頭看，蓋爾文似乎正凝視著深淵。丹尼輕聲說：「湯姆。」停頓幾秒後，丹尼再說：「聽你口氣，你好像打算自我了斷。」

「我不是說過嗎，我不過是走狗運而已，記得嗎？」

蓋爾文嘴唇飄蕩出一抹笑意，但並非歡樂的微笑。丹尼看著，等著。蓋爾文仍凝望著腳下那道闊嘴深淵。「你去翻字典，查『天時地利』，一定會看到我的玉照，對不對？哼，我的運氣終於用光了。」

丹尼點頭。「你的運氣……哪一方面？——錢嗎？生意上嗎？」

他搖搖頭。山風咆哮著，刺痛丹尼的臉頰和耳朵。

丹尼緊急動腦筋。蓋爾文是想胡謅一套精心策劃的謊言，用來解釋丹尼目擊的事實？丹尼其實只看到兩個男人在滑雪場旁的工寮見面而已。只不過，蓋爾文愁眉苦臉，似乎為了什麼心事天人交戰中。

「差不多二十年前，」蓋爾文說。「我去墨西哥坎昆出差。卡曼灘那裡有投資機會，我想去評估看看。當地有兩個墨西哥生意人籌劃在圖盧姆附近的馬雅沿岸興建高檔豪華度假村，營運計畫書寫得不錯，地點也完美。帶頭的合夥人名叫溫貝多·帕拉·費南迪斯·葛瑞洛。」蓋爾文把西班牙文姓名講得琅琅上口，發音直逼母語人士。他語塞許久。「費南迪斯好像錢多多。有人告訴我，他做過米卻肯州長，後來離開政壇經商。我猜，在墨西哥，賺大錢的一個管道是競選公職，然後到處談生意。」

丹尼點點頭。

「費南迪斯和合夥人請我大吃大喝，讓我玩得盡興。他們知道，我上班的普特南共同基金公司規模名列前茅，所以我經手一千億資產。他們好像真的希望我挪一部分投資度假村。」

「瞭解。」

「我回國，告訴主管說，出差這一趟可能挖到寶了。我說服主管出手投資。一個月後，我再去卡曼灘，生意成交了。」他停頓一會兒。「墨西哥人很重視家庭，你知道吧？費南迪斯邀我去他家，和他妻子和女兒一起吃晚餐。他的女兒是美人胚子。」

丹尼微笑。「是瑟琳娜。」

「我約她隔天一起去吃晚餐，兩個人完全是，你知道，一拍即合。神魂顛倒。我在墨西哥多住一陣子，開始和她交往。真的談起戀愛了。我剛認識她時，只懂一點高中程度的西班牙文，不過啊，交往以後，西班牙文進步神速。」他黯然一笑。「回波士頓後，我開始亂掰藉口飛回墨西哥，非見她不可。滿腦子都是她。有幾次她飛來波士頓，也有幾次，我們約在亞斯本相聚，不然就是去紐約玩一個週末。過了四個月，我們結婚了。

「我猜嘛，她爸爸大概是看上我的什麼優點。我成了一家人，不過那還不是主要因素。他發現我的生意頭腦很靈通。那時候，我會賺錢又有上進心，他看了很中意。他給我一筆錢，叫我自己拿去投資，不要透過公司去投資。他給我五十萬美金。我嘛，績效還可以。不只是還可以。時機抓準了，選股也選對了，等等的。五個月的時間，漲了一倍多。所以，他再給我一筆錢。」蓋爾文聳聳肩，轉身面對丹尼。「怎麼說呢？手氣正夯，擋也擋不了。後來這筆錢，不再是五個月漲一倍了，不過我輕鬆贏過大盤。他說，墨西哥沒有人績效拚得過我的尾數。不久以後，他成了我最大戶的私人客戶。

「後來有一天，我告訴他，我考慮辭掉公司工作，跳出來創業，自己開一家投資管理公司，他說他可以開條件給我考慮看看。他叫我幫他投資一億美元。」

「天啊。」

蓋爾文慢慢點頭，彷彿憶起自己當時的驚喜。「他說他給我一年，看績效怎樣，如果表現和之前一樣好，他願意再加碼。比以前更多。」

「不得了。所以說，他不只是有錢，他是超級大富翁。」

蓋爾文的頭動一動，姿態怪異，像點頭也像歪頭，佐以聳肩的舉動。「我當時跟你有同感。不過，他的投資附帶一個條件。他規定我只收他這一個客戶。他要我同意，不能為其他客戶投資。這個決定很重大。要不要辭掉公司工作，靠單一客戶起家創業呢？而這客戶正好是我岳父，可行嗎？」他緩緩轉身說：「我們走一走吧？」

丹尼跟隨蓋爾文，走在路中間，路面向懸崖傾斜，覆蓋著沙土和鬆散的小石子，也有一塊塊冰雪，散見碎岩的碎屑。

蓋爾文指著說：「往那邊看，你可以看見採礦時代的古鎮。現在沒居民了。」

「你真的開車走這條路？」

「對。」

「不是開那輛休旅車吧……？軸距太寬。」

「對，我開以前那輛 Land Rover Defender 90。」

「喜歡那種越野吉普車。」

「我很懷念。」

「可是，我倒不認為這條算馬路。」

「這裡不算。叫做步道，還勉強講得通。觀光客太常出事，森林局想封閉這條路。」他踹一顆石頭墜崖，石頭亂滾一陣下山，速度愈來愈快，然後彈向半空中，朝溪流下降。

丹尼聽不見石頭觸底聲。太遙遠了。

「所以，顯然你接受他開的條件了。」丹尼提示。

「我算給你聽。我在公司上班五年了，年薪大約三十萬，頂多三十五萬。我當時算一算，哼，老子幫公司賣命，賺這點芝麻小錢，乾脆跳出來賺點實在的大錢吧？」

「對。」丹尼暗暗蹙眉頭。對丹尼而言，年薪三十五萬美元哪算芝麻小錢？但丹尼不予置評。

「一直當小螺絲，一直在巨大的公司體制之下，為一群白痴賣命，我厭煩了。繼續待在公司的理由只一個：工作有保障。可是，人想追求保障，乾脆去郵局上班算了。」

「對。」

「我終於等到一個能證明自己真的有本事的良機了。每天能親自衝鋒陷陣。我加減乘除過。我當時算，如果我創業，我可以賺兩趴加二十趴，管理費收百分之二，賺收益的百分之二十，對不對？前提是，賺了這二十趴，不能拿去揮霍，搞一間奢華辦公室，等等的，這樣一來，我可以進帳五百萬。一年啊，丹尼。我第一年就能賺五百萬美金。」

「南區出身的水管工兒子，不賴嘛。」

「另外，在最壞的情況，假如我投資失利，賠了錢，我照樣有一百萬元可領！叫我怎麼拒絕呢？」

「沒辦法拒絕。」

「沒辦法。連想都不用想。」

「可是，你給我的印象是，你向來不忘先查證事實。」

蓋爾文看著他，訝異於丹尼竟能搶先他一步。蓋爾文對他露出狡猾的微笑。「你真的是個腦袋靈光的混帳啊。不過，我先把現實講清楚：有人丟一億美元給你玩，讓你有機會自己創業，你會真的去清查對方的底細嗎？你以為，普特南或富達會問每個投資人錢從哪裡來嗎？會嗎？」

「當然不會問。」

「言歸正傳。頭一年，我績效超過標準普爾指數八個百分點。金主很滿意。他的幾位合夥人也滿意。」

「合夥人？」

「我後來發現，我的老丈人不是普普通通的實業家。」他停頓一拍。他看著丹尼，再多拖延幾秒。

也許他是在賣關子。或者是，也許他知道，一旦向丹尼透露真相，現狀將一去不復返。

蓋爾文吐出一口氣。「我發現，新東家竟然是墨西哥販毒集團。」他說。

第四篇

51

事實終於吐露時，丹尼訝異的是，蓋爾文的口氣未免太理所當然了。絲毫沒有戲劇性。真相總算獲得證實，丹尼鬆一口氣。

「嘩。」丹尼輕聲說。

這驚呼的說服力夠嗎？丹尼但願如此。畢竟，這驚呼不盡然虛偽。蓋爾文自揭的內幕如此勁爆，如此凶險，令丹尼震驚。同樣令丹尼震驚的是，蓋爾文信得過他，能對他吐實。

然而，懸而未決的疑問仍在：蓋爾文為什麼自曝秘辛？

「在錫納羅亞販毒集團裡，瑟琳娜她爸是所謂的pez gordo，意思是大魚。是主管。我猜他的地位有點像集團的財務長。」

「你到那階段才知道的嗎？」

「我本來就有點懷疑有些地方不太光明正大。可是，我剛講過，我沒有深入研究。搞不好，那時我自己也不太想知道。」蓋爾文蹙緊眉頭，臭著臉說，彷彿講話會心痛似的。

「你想講的是，你在幫販毒集團……洗錢？」

「不對，」蓋爾文鄭重說，幾乎帶有反感。「我才不洗錢。」

遠處傳來一陣引擎運轉的巨響，音量大，呼呼猛催油，距離遙遠，但聽起來像來自剛才停車的地方。蓋爾文轉身。引擎聲一點也不像休旅車。也許是路過的卡車聲。

蓋爾文看丹尼一眼，神情困惑，隨即繼續往前走在路中間，丹尼跟上，和他並肩前進。

「反正集團用不著我洗錢。有大銀行幫他們。」

「在墨西哥？」

「在美國。在英國。世界各地都行。你可以用Google搜尋倫敦的滙豐和美國的美聯銀行。案子鬧得很大。」

「不然，集團要你做什麼？」

「幫他們理財。投資專員。」

「販毒集團找你做這個？」

蓋爾文點頭。「瑟琳娜她老爸很懂得打算盤。他看集團賺那麼多錢，一年好幾十億，多數堆進倉庫或鎖在行李箱裡，幹嘛不拿出來活用？可以投資房地產、連鎖餐廳，或股市。錢滾錢嘛，對不對？集團要我的目的就是這個。」

「你為什麼告訴我這些事？」

他繼續再走幾步，彷彿沒聽見。

「湯姆，」丹尼說。

蓋爾文終於止步。他靠近丹尼站著。「我在別墅講話沒有隱私。他們在別墅裝了竊聽器。在波士頓家裡也是。他們監聽我的電話，讀我的電郵。這裡沒有手機訊號，所以沒法子竊聽。」

「『他們』指的是販毒集團？他們監聽你，是因為他們不信任你？」

「哎唷，這不是我個人問題。他們是誰也信不過。他們想確定我沒有和FBI或緝毒署合作，不會出賣他們。我幫他們理財二十億元，他們不小心一點不行。」

「我倒認為，真正該擔心的一方是你。你可能會坐牢。」

蓋爾文的表情莫測高深。

「你的車……安全嗎？我意思是，講話會被竊聽嗎？」

「在波士頓會。這一輛只是租的車子，他們來不及裝竊聽器。不過，司機他會旁聽。」

「你的司機……？」

「是他們的部下，不是我的。他不只是個保鑣，他也負責看守。金手銬啊，丹尼。一副金手銬。」

「可是……我還是不懂，你為什麼對我講這些。」

「因為我知道你見到一些東西，不希望你管閒事，亂問一些問題。對我有好處，對你個人也有好處。你在滑雪場旁邊看見我了。你另外看見什麼，我不清楚，不過我想保護你。」他歇口，欣賞一隻尾翼有白條紋的黃嘴黑鷹隨風翱翔、側轉、俯衝、尋覓獵物。「另外也有一個因素。我對你老實講算了，我現在怕得半死，不知道該找誰吐苦水才好。」

錯愕的丹尼看著他。蓋爾文臉皮糾結、憋緊。

「怕什麼？」丹尼說。

「你絕不能講出去，懂嗎？這一點我強調再強調。為了你好。也為了艾比好。」

丹尼點頭。一提起艾比，丹尼五臟六腑立刻緊縮。

「在美國執法機關裡，集團埋有暗樁，講給你聽，你也不相信。特別是緝毒署，那地方到處是線民。兩三個禮拜前，集團取得緝毒署內部報告說，緝毒署新找來一個線民，那線民能提供錫納羅亞販毒集團的最高機密，例如在美國的人馬、手機號碼、電郵帳號、我協助成立的一家物流公司名稱。那家公司是個幌子，多半用來移轉現金。他們研判，洩漏這方面情資的人只可能有一個，就是我。」

丹尼猛嚥口水，嚐到金屬血腥味。

「所以他們進我辦公室搜。也進我家、我的車子，甚至飛機。全搜遍了。」

「結果呢？」

「起先，他們以為，線民絕對是我的司機艾斯特班。」

「艾斯特班？為什麼？」

「我不是很清楚。不過他們一口咬定，線民是能進出我居家工作室的人。不是我在鬧區的辦公室。我的員工將近一百個，不過他們全以為效勞的對象是個家族企業。明白真相的人只有我一個。只有我能聯絡集團領導人。只有我知道他們的電郵和手機號碼。所以，線民一定是能接觸到我家電腦或黑莓機的人。」

「所以你開除他？」

「丹尼，我講實話好了。開除他的人不是我。我講過，他的老闆不是我，而是集團。那天他……突然不見了。我敢說，是被他們宰了。」

丹尼閉上眼睛。艾斯特班遭分屍的慘狀浮現腦海中。「哇。」他最後說。

「集團能提供什麼樣的退休方案，你知道嗎？單程旅行，免費送你進碎木機。懂吧？可是，司機送走了，破口照樣堵不住，機密持續外流。」他停下來，半晌不吭聲。「現在，他們把箭頭轉到我頭上。」

「你是說，你自己的老丈人會找嘍囉幹掉你？」

他搖搖頭。「誰知道呢？要是他還活著，可能吧。可惜他已經走了好久。十年前或十二年前中風。」

「所以，你沒有靠山了。」

蓋爾文點點頭。

「但是，你總不可能跟緝毒署合作吧？」

蓋爾文沉默許久。他滿臉不自在，彷彿有件心事含在嘴裡，難以啟齒。過了幾秒，他聳一聳肩膀。「那是他們的推論。他們認定我跟緝毒署談好條件，配合辦案就不必坐牢。他們以為，我為了自保而出賣集團。」

「不過……這明顯太扯了吧。」丹尼搖搖頭。

丹尼是卯足了全身戲胞硬撐，內心卻充滿歉疚。丹尼明知，自己才是緝毒署線民，不料新線民存在的消息外露，觸發毒梟高層的警報。蓋爾文挖心掏肺，傾吐畢生最深沉、最黑暗的秘密，丹尼卻無法說出隻字片語。

居然陷朋友全家於不義。

湯姆．蓋爾文是他的朋友。這算誇大其詞嗎？就算起初兩人稱不上朋友，但近日以來，兩人漸漸培養出友誼，以這年齡的男人而言，能培養出這段交情算不容易了。丹尼不坐下不行。隨便找個地方坐一下。心臟在他胸腔裡亂捶亂打。

他在內心興起論戰。他告訴自己，和緝毒署合作是身不由己的下策。他受到緝毒署脅迫，被逼上梁山了。在當時，他甚至不曾考量到蓋爾文的安全。當時他和蓋爾文的交情太淺薄了。但如此辯解，心情不見得舒坦多少。

「不算太扯吧？」蓋爾文說。「我踏上這條路好久了，緝毒署一查就能深探我的犯行，對我設陷阱，逼我叛逃。這樣的後續發展，也不算太驚人吧？」

「對，」丹尼承認。「可是，洩密的人又不是你。」

「當然不是。不過，為了這事，他們約我來亞斯本見面。是他們下的命令。他們幾乎從不約我見面，因為風險太高了。在滑雪場，你來找我，當時我見的對象正是集團的人，北美安全主任。」

「他能入境美國？」

「他申請到美國公民了。」

「他們沒殺掉你還好，只找你談談事情，這算好事吧，對不對？」

「這有兩種可能。一種是，相互矛盾的資訊太多，他們不敢確定線民是不是我；另一種可能是，他們要我再多活一些時日。我覺得第二種比較可能。他們要我轉移資產，提供財務檔案。現在的我太寶貴，他們還捨不得丟棄。等我一辦完事，才送我進碎木機。」

「天啊，湯姆，我……」丹尼內心掙扎中。他無法再撒謊下去。他無法對朋友做這種事。

「我和他見面的時候，亞勒漢卓負責去小屋的北區巡邏，所以他才——嗯，顯然他沒認出是你。接下來，你應該記得吧？」

丹尼點頭。蓋爾文以為他見到亞勒漢卓的臉。如今他沒必要裝傻。

「我很對不起你，」蓋爾文說。「錯得太離譜了。我一見到你的臉，馬上告訴他們，你是跟著我下來後山，不是壞人。後來也發現，這是事實。」

他停頓一下。丹尼點點頭。

「基本上，我為你人格擔保，他們也聽信了。目前是啦。不過在那時候，事情談到一半，我們不得不喊停。救命要緊。」

「我大概是挑錯時機，去錯地點吧。」丹尼說。

「結局也有可能完全不一樣。幸好不是。」

丹尼不安地點點頭。「幸好。」

「丹尼……我想要求你一件事。這——這對我真的很重要。」

丹尼轉頭，看見蓋爾文表情變了，變得——內心煎熬嗎？以前沒見過蓋爾文這神態的丹尼一時無從辨識。蓋爾文情緒難以自扼。「當然可以——什麼事？」

「聽著，萬一我出了事，萬一我和瑟琳娜出事了……」他欲言又止。

丹尼點頭，鼓勵他說下去。

「你能答應我嗎？答應我，你願意幫我照顧小孩。尤其是珍娜。」

「呃，我——喔，當然——」

「丹尼，我非知道不可，一定要。我走投無路了。」

52

兩人在曲折的山徑上回頭走，丹尼覺得頭重腳輕，暈暈沉沉。往左望，底下是深淵，山壁的岩面崢嶸，有幾處結冰，有些部分覆蓋著糖粉似的積雪，愈看愈頭昏眼花想吐。

「好。」丹尼說，因為他不知還能怎麼說。他點點頭。蓋爾文受困了，和受困中的丹尼一樣。

「兄弟？」

丹尼轉頭。蓋爾文往下看。

「丹尼，我對你的信賴超過這一生對所有人的信賴。能跟你談心事，我輕鬆多了。終於找到一個我信得過的人。」

蓋爾文這句話戳進他的心。內疚幾乎淹沒丹尼。他嘴巴只擠得出：「當然。」

車子停在原處，但司機不在駕駛座上。蓋爾文走到大約十英尺外，四下張望，以策安全。

「怎麼搞的？」他嘟噥著。

車子還在，司機卻跑了。

「可能去小便吧？」

蓋爾文一臉驚愕，搖搖頭。

丹尼往前走兩三步，看著地上。車子前方的地面黑了一大片，大致呈橢圓形，像油漬，積雪和結冰的輪痕則被染成紅色，散落雪地上的是酒紅色的物體，有的呈塊狀，有的成串，另有一條條令人作嘔的黃色物體，油膩膩，交纏不清。

看起來像工業屠宰場撲殺室的地板。

丹尼悄聲說：「不會吧。」走近一看，發現地上一團血肉，不是人類，因為體型太小。一隻慘遭毒手的動物。可能是狗或狐狸？

蓋爾文走在丹尼後面，繞向車頭。想必是司機在等待時移動過車子。蓋爾文看了滿頭霧水。「搞什麼？」

更怪的是，屍體似乎被不鏽鋼索纏住，鋼索另一端有個鍍鋅鉤，固定在車頭擋泥板後面的拖車鉤上。

屍體動一動。還活著。

丹尼看著蓋爾文。蓋爾文陡然向前衝，吐得唏哩嘩啦。

「天啊！」丹尼說，再往前走一步。從陽光照得到的角度看，那團血肉的輪廓清晰可辨。的確是小到不可能是人類，頂多只可能是半個人。近看之下，丹尼終於明白原因。

那團東西「噗」一下，急喘一口氣，接著悲鳴一聲，發出動物的呻吟。

丹尼立時知道，眼前的景象，他將永遠忘不了。

附著在那團血肉的某種東西，正在泥血地上搔刮著，他這時看清楚，居然是幾根手指頭，是人類的手指，正在抽動蠕動。

「哇，上帝老天爺啊！」蓋爾文低聲說。他衝向駕駛座車門，彎下腰，然後吃力抓住門把，穩住身子。

丹尼也吐了。悲鳴聲不絕於耳。他茫然凝視著螃蟹走路似的手指。

蓋爾文扯開車門，同時不斷喘息、乾嘔、嗚咽。「我的天啊，我的天啊！」他反覆說著。

蓋爾文繞到車頭，手上多了一把手槍。他用拇指解除保險，拉動槍機拉柄的手法如經驗老到的獵人，然後扣扳機，一槍射穿司機頭顱。最後，謝天謝地，死命刨地的手指終於靜止。

53

現在，丹尼知道發生什麼事了。

領悟一波接一波而來。原本毫不相關的細節如今靠攏對齊，隨即重組，排成新隊伍，宛如轉動中的萬花筒世界。

車頭十英尺外的地上有兩道深輪痕，體型比這輛大車更龐大。丹尼推測，來路不明的大車停在這裡，用後擋泥板延伸出的鋼索綁住亞勒漢卓的雙腿，然後猛踩油門往前衝。亞勒漢卓的嘴巴一定是被堵住，以免求救聲被丹尼或蓋爾文聽見。

上網查過資料的丹尼知道，這是墨西哥毒梟在某種狀況下常用的處決法。這是中世紀最狠毒的索命刑之一，只用來對付叛國賊，毒梟知道嗎？丹尼曾讀過，法國亨利四世國王的刺客拉瓦萊克也受過這種酷刑伺候。刺客在格列夫廣場被處決前，手腳分別以繩索束緊，被綁在四匹馬身上，然後一鞭揮下，四馬各朝不同方向奔跑，刺客手腳應聲迸裂，因此有四馬分屍之稱。

然而，墨西哥販毒集團追求效率，只動用兩輛大車往反方向撕扯。毒梟找不到休旅車的鑰匙，只得踩自己的油門動刑。

卻也能達成同樣效果。

「我們非處理掉屍體不可，」蓋爾文說。「沒有選擇餘地。」他舉槍，慌忙四下張望。「不能讓警察介入。」丹尼也左看右看。兇手可能仍在附近埋伏。丹尼看不見任何人影。

蓋爾文示意要他過來。丹尼走路像在夢遊，彷彿被催眠了，步伐遲緩如在池塘中涉水前行。在同一條路的不遠處，亞勒漢卓的下半身被棄置雪堆上。蓋爾文揮手要丹尼過去看。屍體下身和雙腿流瀉出寬寬一道血跡，丹尼循血前進。

屍體的腳和腳踝被鋼索纏住，鋼索另一端是車子的鍍鋅鉤。兩腳穿著黑皮靴，兩腿穿著西裝褲，腰帶以上是散落一地的腸子和內臟，血光淋漓。

他說：「喔，親愛的上帝啊。」語畢又吐了。

「你有手套嗎？」

丹尼搖搖頭。

「我也沒有。直接——」蓋爾文彎腰抓起血跡斑斑的鍍鋅鋼鉤子。殘缺的屍體太重，他抱不動，只好鼓足氣力，把遺體當成縱切成的半邊牛，拖向懸崖，咬緊牙關板著臉。

「想往下丟嗎？」丹尼問。

見蓋爾文不應，丹尼再說：「為什麼？」

「給可惡的兀鷹吃。」蓋爾文說。

丹尼看著他。他咬牙使勁拖著。「起碼能拖延驗明身分的時間。」

「血流了一地，一定會被人看見……然後報警。」

「幸好，天正在飄雪。說不定能掩蓋血跡，幫我們爭取一點時間。你去拖另外那——」蓋爾文以下巴指向車頭那一邊，地上是亞勒漢卓的上半身。從近似木頭人的狀態，蓋爾文搖身一變，成了意志力堅定的男子漢。

在其他情況下，丹尼鐵定會拒絕。湮滅罪證相當於共犯。但在目前的情況下，丹尼默許了。他走向車頭，彎腰向擋泥板，解下鍍鋅鉤。

「哇，老天爺啊，」蓋爾文說，視線從屍體上身移開。「他被留下一個Z字。」

「一個Z？什麼——代表什麼？」

蓋爾文只搖頭不語。

山影愈來愈長，明暗更形顯著，地形折縫處和凹處陷入深靛色，凸岩和山岬沐浴在琥珀色斜陽中。太陽低垂，在色澤漸深的藍天是一大顆橙色球狀體，上方有羽狀、條狀、螺旋形的雲朵，有白有炭灰色，似乎從雲心透光。太陽對面有窄窄一抹粉紅的晚霞，在山巔閃耀。

變冷了。

「我們不快滾不行。我的意思是，趕快離開亞斯本。」

「誰？全部走嗎？」

「全部走，對。回波士頓去。」

「你認為——女人也有危險？」

「也會吧。有可能。」

「我們怎麼向她們解釋？你太太她……？她當然知道。」

「就告訴她們，波士頓剛出一個緊急狀況，我趕著搭機回去。既然飛機要載我走，其他人只好跟著回去。度假才一半就回家很失望，不過她們總會接受。」

丹尼點點頭。「女兒一定不高興。」

「打給你女朋友，叫她收拾行李，」蓋爾文說。「也收拾你和艾比的東西。告訴她們，我們馬上要啟程。」

54

車頭擋泥板和格柵上有濺血痕跡，蓋爾文注意到。他掏出手帕擦拭卻擦不掉。濺到金屬上的血被凍結了。

「可惡，」他說。「只能用水或什麼沖沖看了。我不能被這血跡拖累。」

「經過卡本代爾的路上，我看到一家洗車店，」丹尼說。「我們有時間去洗車嗎？」

蓋爾文苦笑著。「沒時間，不過也沒別的辦法。」

上車後，蓋爾文在駕駛座上坐定，扯開雪衣左口袋的魔鬼氈，取出黑莓機。

「科迪斯，」他說。「行程改了。你趕快去加油，準備一小時之後起飛。辦得到嗎？」停頓一下。「也提報飛行計畫。九十分鐘，好吧。可以。謝了。」他不看手機就結束通話。

蓋爾文抓狂似地開著車，緊握方向盤，緊到指關節泛白。在迂迴的窄路上，他幾度險些撞上護欄。

「天啊，湯姆——開慢一點。」

蓋爾文只喃喃自語一句。車子偏離路面，壓到一堆雪，陡然兜回路面。丹尼喘夠氣了，抓緊門把穩住身體。

「我的媽呀！全身而退不是比較好嗎？」

蓋爾文哼一聲。「『全身』？措辭不看狀況嗎？」他氣得嘆息。「我們急著趕回別墅，確定她們沒事，叫她們動作快一點。」

丹尼等蓋爾文開車少一分狂亂，才打手機通知露西。

「你怎麼了？」她說。「跑哪裡去了？」

「和湯姆一起開車兜風——聽著，湯姆急著馬上回波士頓，這表示我們得和他一起飛回去。」

「什麼？出了什麼事嗎？」

「剛發生一件急事，他趕著回去開會。」

「其他人不能留下來嗎？」

「他要搭自己的飛機回去。」

「喔，對。唉，好可惜。寶貝，你確定你自己還好嗎？你的口氣——好像變了，不曉得為什麼。你頭受傷以後——」

「收訊不良而已。我沒事。我們馬上回別墅，再過半小時吧。妳們——趕快就是了。」說完掛電話。

「有了。」蓋爾文指向前方右邊的洗車店。輪胎在地面摩擦出唧聲，車頭轉進去，洗車店營業中，別無客人。

過了大約一分鐘，車子蹦上輸送帶，穿越透明塑膠板，進入洗車隧道，丹尼和蓋爾文坐在車上。

沉默緊繃一陣子後，丹尼破冰。「剛才是怎麼一回事，湯姆？你的司機又中鏢了，這是我所知的第二個。」

蓋爾文不搭腔，一副若有所思的模樣，但也有可能只是被嚇傻了。一會兒後，他說：「我告訴過你，他們不只是司機。他們是保母，是集團安置的看守員，監視我，也幫我留心狀況。順理，他們也成了標靶。」

洗車隧道垂掛著幾條長布，在車子行進期間拍打車身，來回扭動刷洗。前進的速度如蝸牛，慢得折騰人心。

「是誰下的手？是你的上級嗎？是錫納羅亞毒梟？」

「不是……記得那個Z字嗎？劃在他的……腹部。一看就知道是塞塔幫。」

「塞塔幫？什麼——？」

「另一個販毒集團，」蓋爾文說。「販毒集團主要有七個，最大的是我們錫納羅亞和塞塔幫。有人認為，塞塔幫是最高竿、最凶險的一個。兩輛車分屍的作法，就是塞塔幫的招牌手段。」

「可是，打對台的集團為什麼對你司機下毒手？」

他搖搖頭。他聳一聳肩膀。「我想破頭也不明白原因。」他看著丹尼說，眼神流露畏懼。

丹尼想起，今早走出咖啡店時，曾被亞勒漢卓看見。丹尼和緝毒署的斯洛肯會面，被亞勒漢卓目擊。不消說，丹尼不便向蓋爾文透露此事，但丹尼不禁納悶：亞勒漢卓遇害一事是否和目擊丹尼有關。

蓋爾文的黑莓機響起〈阿拉巴馬好故鄉〉。

「甜心，」蓋爾文接聽，接著改用西班牙文。「親愛的，」語氣急促，丹尼只聽得懂幾個類似英文的單字，例如「即刻」和「保護」。他也懂「peligro」，意思是「危險」。蓋爾文可能正在說明剛才的狀況，告訴她非趕快動身的理由。

高壓噴嘴對準車窗和車體激射，感覺像行駛在史上最強風雨中。

蓋爾文結束通話，久久無語，呆望著熱風從左右邊吹襲車子，宛如十幾支整髮吹風機同時啟動，驅散水珠。

「期限到了，」他終於說。「我該消失了。」

「消失？」

「只有你和我老婆能知道。」

55

在維吉尼亞州阿靈頓市，葛蘿雪拉．阿列加在緝毒署總部上班，年資將近十八年。她在檔案管理科擔任管理員。同事在她背後冷嘲熱諷，她知道。同事嫌她缺乏幽默感，個性放不開，行事僵化，固守成規。不近人情。她的綽號是「掃興婆」。

其實，這些形容詞不是她的本性。她只想做好分內的事，把公事做對，不要強出頭，以賺錢養家為重，希望別人不要礙到她。

以她GS-6級的薪等，外加一筆微不足道的軍眷遺族津貼，她要養一個女兒和一個孫子。她的丈夫路易斯是越戰退伍軍人，十幾年前過世了。

女兒瑪麗亞．艾蓮娜在專賣過季服飾的Marshalls擔任客服，地點在斯諾登廣場購物中心，薪水勉強能應付兩歲兒子傑登的托兒所費用，剩下的錢只夠衣食。

因此，艾蓮娜帶著兒子，住在母親葛蘿雪拉家的客房。葛蘿雪拉住在馬里蘭州哥倫比亞崗，公寓位於哥倫比亞路上，是一棟醜陋的土色磚造樓房。一家三口住四樓。葛蘿雪拉的兒子拉武爾因偷竊一輛共享汽車Zipcar，在哈格斯鎮的監獄服刑中。

以葛蘿雪拉的個性，會危及飯碗的事她絕不做。反過來說，她的財務危機多得數不清。另外還有家鄉的蒂亞．尤蘭達，還有尤蘭達的九個兒女和二十四個孫子。葛蘿雪拉能撥多少錢寄回去，對他們都有幫助。

生命中，並非每個人都有條條大路等著你選擇。

她穿著一件蓬蓬的炭灰色羽絨外套，下襬很長，下身是灰色長褲和式樣簡單的黑鞋。她登上四樓，用鑰匙打開上鎖和下鎖，然後打開警鎖。她顴骨突出，戴端莊的黑框眼鏡，姿色曾經還算不俗，如今是被公認有婆婆媽媽的味道。

她的貓名叫貓先生，見她進門，喵喵大叫起來，對著她小腿磨蹭，行為反常。大部分日子，他賴在沙發上，懶得起身打招呼。

葛蘿雪拉嗅一嗅氣味。貓便盒該換沙了。她把外套掛上壁鉤，旁邊掛著孫子的雪褲。用過的餐具還在洗碗槽裡，她見了心中不滿。她總是叮嚀女兒早餐後別忘洗餐具。

接著，她點燃瓦斯爐燒開水，想泡一杯茶。她從碗櫥選她最愛的馬克杯，杯身印著：「世上最優母親」。

「多泡一杯，不介意的話。」

一陣男音冒出來，音量小，嚇她一跳。她旋身，看見客廳暗處有個人影。

「妳知道我是誰，對吧？」

她無言點點頭。馬克杯從她的手脫落，摔到小廚房的油氈地板上，蹦了一下，沒碎。

「希望妳能交給我一個東西。」男子說。

56

「你儘管吩咐，」丹尼說。「包在我身上。」

「將來需要你為我擔保。」

丹尼以狐疑的目光看著蓋爾文。「為你擔保？什麼意思？」

「這嘛，兄弟，我就不拐彎抹角了：在我消失之後，我要你對警方撒謊。為我編一個不在場證明。以後，如果FBI找上你，相信我，一定會，到時候，你只要說，我告訴過你，我想飛去墨西哥談生意。」

「你其實會去哪裡？」

「你最好不要知道。先是貝里斯。然後去別的國家。古巴、委內瑞拉。說不定去哈薩克、克羅埃西亞或杜拜。」現在，蓋爾文的行車穩定多了，但速度依然飛快。「我和瑟琳娜在紐西蘭度蜜月時，發現一個偏僻的漁村……被時空遺忘的小地方。在南島西岸，位置很偏遠，景物簡直是《魔戒》翻版。可能有十幾棟岩造的古屋，綿延起伏的綠野上有綿羊點綴。海邊有間小店賣炸魚薯條，滋味全世界沒人比得上，遊人能坐下來，邊吃邊看海豚戲水，看漁船浮在你一輩子見過最藍的海面上。」

丹尼點頭。「你要開你的飛機去？」

「對。可是我講過，飛機是包機，不是我的，換言之我該提報飛行計畫。我會虛報一份假的。我會向包機公司指定一位飛行員，保證他會配合我。只要我開口，無論天涯海角，他都願意送我去。代價是一皮箱的鈔票。」

「照這麼說，你要美國警方以為，你去見毒梟高層，結果被綁架。差不多是這回事？」

蓋爾文點頭。

「那——那你的計劃是什麼？隨便找一天，說走就走？」

「差不多是。」

「你有一本假護照之類的嗎？」

「沒有。我用真護照。」

「我不懂。」

「只要你找對人，捧的錢也夠多，就能買一本百分百如假包換的美國護照，改個姓名而已。」

「天啊，湯姆。你確定是真護照嗎？不是仿冒品嗎？不怕被海關識破——被逮捕嗎？」

「絕對是真護照。也貴到極點。」

丹尼沉默片刻。兩人都語塞。然後丹尼說：「你是想丟下妻小嗎？」

他點頭。「是為了他們的安全起見。」

「你打算……」丹尼先用假設句說，然後改成未來式。「你會……告訴他們嗎？」

「只對瑟琳娜。她知道這一天可能遲早會來。至於兩個兒子和珍娜，知道真相只會增加心理負擔。等時機成熟，我會跟他們道別，裝作是我出差一個禮拜。」

「然後人間蒸發。」

「對。」

再沉默半晌。「我不懂。」

「哪裡不懂？」

「不懂你怎麼做得出這種事。你那麼愛兒女……那麼愛瑟琳娜……怎能忍心決定跟他們永別？」

蓋爾文徐徐吐氣。他回答的語氣遲疑而吞吐。「我不能——嗯，我——不然我能怎樣？想想看！叫他們看爸爸下半輩子坐牢嗎？叫他們看爸爸被販毒集團殺掉？也害他們受威脅？」

「人間蒸發，有比較好嗎，湯姆？讓你兒女以為你離家出走？讓他們以為你被綁架殺害？讓他們永遠不明白真相？」

蓋爾文的口氣疲憊，甚至有認輸的意味。「他們早晚會發現我身不由己，非走不可。他們會恨我也說不定。不過，他們會明白，想保護他們，我只有這條路可走。再怎麼說，他們全有信託基金照顧他們。」

照顧。丹尼心裡想著。講得多好聽。蓋爾文的兒女最得不到的正是照顧。原本就有錢的他們依然有錢，但父親突然不告而別，情何以堪？艾比的母親被癌魔奪走，世上比這更苦的事不多，然而，不明不白痛失父母勢必更加苦不堪言。

「哼，」丹尼輕聲說。「我只是無法想像。」

「這事，我考慮了二十多年。只不過，考慮再久，也不見得更容易做這種事。」

丹尼看蓋爾文放在座椅間置物箱上的槍。這支手槍是磨砂黑色，握柄上有「貝瑞塔」的戳印。他拿起槍，感覺出奇冰冷而沉重。

他不特別喜歡槍，因為槍令他緊張。他本身沒有槍。但在鱈角，父親曾帶他去諾賽特槍械社打靶，練習手槍和獵槍。必要時，他懂得射擊要領。

「當心點，」蓋爾文說。「那支有子彈。」

丹尼點點頭。「保險栓鎖著。」

「你對槍不陌生？」

「還可以。你有另一把嗎？」

原本直視路面的蓋爾文轉向丹尼，瞥他一眼，探尋他的心意，然後將目光轉回前方。「你座椅下面還有一把。逼不得已的時候，你會扣扳機嗎？我指的是，你敢不敢對人開槍？」

丹尼沉默五、六秒。「敢，」他回應。他猛嚥一口。「不敢也得敢。」

57

丹尼伸向自己座椅下，摸索到平坦的硬物。一片金屬蓋。他拉開蓋子，伸手進去，摸索到光滑冰涼的槍身，旁邊有個紙盒。他把槍和盒子拉出來。款式相同的貝瑞塔。紙盒裡裝著寇邦高速空尖彈，手感沉重。

他檢查彈匣，裡面一顆不缺。子彈上膛了。

「毒梟如果派一票人，舉著AK-47追殺過來，我們怎麼辦？」丹尼說。「手槍不怎麼管用吧。」

「要是集團派人追殺我，不會派一個fusilado，比較可能派tiro de gracia。」

「翻譯一下吧？」

「單一的槍手。不會出動整個射擊隊。會不會派人來還是個問題。他們不可能派一大票流氓帶衝鋒槍追殺我。在這裡不會。在波士頓也不會。」

「為什麼不會？他們人手充足，對吧？」

「他們人馬眾多。不過，只對付一個人，他們沒必要勞師動眾。而且，他們有客觀環境的侷限。在這一帶，大車子上坐滿墨西哥刺青男，帶著烏茲衝鋒槍，很難混入人群。更何況，就算他們想殺我，也不會現在就動手。」

蓋爾文停頓一下，丹尼看著他。他聳聳肩說：「我不懂。」

蓋爾文以食指敲一敲腦袋一邊。「這裡面有太多他們求之不得的東西。例如銀行戶頭的密碼等等的。」

「意思是，他們會先對你刑求。」

蓋爾文點頭。

丹尼忽然想吐。他曾上網搜索到砍頭、去勢的影片，他極力不讓那些可惡的影片在他腦海重播。

「唉，天啊。」丹尼說。

蓋爾文說：「我可不打算給他們刑求的機會。」

丹尼點點頭。

「現階段，我只需要你在別墅站崗。我們該把女人平平安安載到機場，送她們上飛機。別讓艾比和露西覺得哪裡不對勁，好嗎？」

「我盡力而為就是了，不過——」

「你這朋友夠義氣。你跟這事沒瓜葛，大可一走了之，你卻留下來，對我實在太夠義氣了。」

你只是不懂我的苦衷而已。丹尼想著，只聳肩以對。

回到別墅，車子駛進門前長長的車道，蓋爾文說：「車庫上面的窗戶，看到沒？」

丹尼點頭。

「幫我一個忙。在大家收拾行李時，你進那房間站崗。那裡可能是整棟別墅最理想的制高點。你如果見人拔槍，儘管開火。」

「瞭解。」

進別墅後，蓋爾文拍拍手，以小學體育老師的口吻說：「動作快點，妳們兩個女生。我們趕著半小時後出門去機場。能提早走就提早走。大家一定要快。」

兩個女孩站在樓梯歇腳處，仍穿著滑雪裝，臉蛋因滑雪數小時而瑰麗。

「連沖個澡的時間都不給我們？」

「對。」

「那個叫什麼名字的……亞勒漢卓，他會上樓幫我們提行李嗎？還是要我們自己拿？」

「亞勒漢卓今晚不上班，」蓋爾文口氣不停頓說。「自己的東西自己提下樓來，我幫妳們搬行李上車。」

「妳根本還沒開始打包，對不對？」瑟琳娜問女兒。「上樓去打包。快去。」

「她們還沒整理好行李？」丹尼說。「艾比，別再拖了，動作快！」

兩個女孩重重踏樓梯上去。瑟琳娜在大客廳裡，忙著收拾女孩子隨便亂擺的零星物品，例如珍娜的iPad、一條手機充電線、一支唇蜜。瑟琳娜不看丈夫。她不是沒塗口紅，就是口紅脫色了，眼影也糊了，血絲佈滿眼球。她剛哭過。

露西不在客廳。八成是在樓上打包。

「快點啊。」蓋爾文趕著女兒上樓。樓上的長走廊通往丹尼和露西睡的客房，但在走廊開頭有一房間，蓋爾文在門前停下，開燈。這房間剛鋪地毯不久，微微有一股溶劑味，比客房小多了，傢俱只見一張鋪著雪尼爾織床罩的雙人床、兩座床頭櫃、一只抽屜櫃。蓋爾文指向窗戶。

「從這角度，你應該能好好側面防守，不至於和對方正面衝擊。如果非從窗口開槍不可，你儘管開槍。」

「知道了。」丹尼說。

蓋爾文迅速轉身離去，不關門。

車道盡頭連接一條馬路，來去的車燈時強時弱，每分鐘平均大約有一輛車路過。他以三七步站著，不時改變重心，情緒緊張。

「丹尼？」

是露西。他轉身，看見露西站在走廊，天花板燈照得金髮閃耀。

手槍握在他手中。

「丹尼，你在幹什麼？」

58

貝瑞塔收在羽絨雪衣口袋裡，跟隨丹尼登機。

蓋爾文曾向他保證，不必接受安檢，果然沒遇到金屬探測器和偵測棒搜身。他直接走上飛機，登機情形一如在波士頓。蓋爾文叫他把槍帶在身上。

回程的坐法稍微有異動。

瑟琳娜坐在丈夫身旁，夫妻倆沉聲交談，時而西班牙文，時而英文，幾乎沒停嘴過。丹尼聽不見內容，只看到瑟琳娜滿臉憂愁難過，蓋爾文似乎極力安撫著她。

兩家女兒同坐後艙的沙發上，和去程一樣。珍娜正在讀艾比剛讀完的《生命中的美好缺憾》，作者約翰．葛林。艾比自己正在讀茱迪．皮考特的小說。

丹尼在露西附近坐下，但她沒有陪聊的意思。前來機場的車上，她不發一語，飛機一起飛，她立刻埋首於埃及豔后傳記。丹尼兩度以視線勾住她，或握握小手，卻碰了軟釘子。她轉移視線，小手乏力。

她心中醞釀著怒火。丹尼從未見過她發如此大的脾氣。仔細想想，丹尼幾乎想不出她生氣的例子。頂多是心情煩躁，過一陣子就好。但這次不同。她在生氣，而且感到惶恐。

她目睹丹尼持槍。丹尼怕被旁聽，一直苦無機會解釋。見丹尼握著槍，她心頭必定是亂了方寸。

「欸，」他輕輕說。

露西拱起一邊眉毛，翻頁。「嗯？」

「想跟妳講幾句話。很重要。」

她合上書，以食指充當書籤，彷彿意指：給你一分鐘，再長，甭談。「重要到扯得上我嗎？扯得上你女兒嗎？」

她語調高亢，緊繃。忿忿不平。微微顫抖著。

她看著他，眼皮半閉，敵意沖沖，意思若非我不太在乎，就是不管你怎麼說，我一律不信。

「什麼事？」

「在這裡不方便講。等我們回家再談。我現在只想道個歉。」

她聳聳肩，繼續看書。

這天下午，丹尼在山徑受到驚嚇後，情勢徹底改觀。

他隱瞞事實，不敢面對心愛的女人，逃避太久太久了。

對她吐實的時刻到了。

第五篇

59

回家後，他等艾比就寢。

以前，艾比上床時間到了，他會去幫女兒蓋被子，讀書給她聽，陪她談心，最後才熄燈離開。通常，他會在女兒睡著前打瞌睡，最後才昏沉沉踉蹌離開。如今，艾比就寢的習慣是關好臥房門，戴上耳機聽音樂，和臉友「聊天」。

丹尼壓低嗓門，以防萬一艾比不戴耳機，耳貼牆壁偷聽。

「寶貝，今天下午出了一件事，」丹尼說著。「不過事情的開端還要再往前推。」

他先從蓋爾文借他錢說起，進而提及緝毒署約見。他告訴露西，他在波士頓學院獎章暗藏竊聽器卻被發現。他告訴她，艾斯特班被分屍。他告訴她，他曾在普林頓俱樂部拷貝蓋爾文的黑莓機。最後，他提到下午的那一場惡夢。發現保鑣身體斷成兩半到現在，才只過了幾小時嗎？感覺像幾天前的事。

多數時候，露西聆聽著。聽了頭幾分鐘後，她不再插嘴發問。有幾次，她嘴巴微張，可想而知是大受震驚。前後兩任司機兼保鑣的下場多慘，她聽得倒抽一口氣。

丹尼講完，她沉默許久無言。

她淚水盈眶，腮幫子緊繃。

「所以，你基本上是決定私底下配合緝毒署，槓上墨西哥毒梟，」她說。「置個人生命於險境。也危害到你女兒和我。」她語調冷硬，充滿怨氣，令丹尼訝異。

「事情經過不是那樣，露西。我告訴過妳了。」

一則加密簡訊進他手機，發出聲響，丹尼置若罔聞。他知道是誰，知道緝毒署想要蓋爾文在滑雪場密會對象的相片。哼，再等吧。

露西在床上坐得直挺挺。「你錯了，是就是。一開始，你不敢告訴我，是怕我反對。你知道我會有什麼反應。」

他搖搖頭。「別這樣嘛。」但他明白，可能被露西說中了。

「因為，瞞著我，壞人就不會找上門，差不多是這樣吧？你本來是不是這樣想？你知道嗎，這種心態，心理學上的用語是『奇幻思維』。」

「露西。」

「因為你當初不希望吵架，像現在這樣吵。」

「我是想保妳平安。保護妳和艾比。」

她慢慢搖頭。

她穿著一件比特大號還大一號的T恤，正面印著：「保持冷靜，繼續卡萊葛倫」（Keep Calm and Cary Grant）的無厘頭笑話，典故來自英國戰時海報上的口號：「保持冷靜，繼續前進。」這句口號的翻版如今隨處可見。T恤上也印卡萊葛倫在《北西北》裡逃命的身影，背後有一架噴灑農藥的小飛機緊追。是不是丹尼送的？他自己也不清楚。她愛希區考克的經典片。她堅稱，現代電影再也捧不出卡萊．葛倫、史賓塞．屈賽、葛雷哥萊．畢克那種巨星。

「我的想法是，妳或艾比涉入程度愈淺愈好。不告訴妳們，對妳們比較保險。」

「照你這麼說，有一天，湯姆．蓋爾文會被逮捕，墨西哥毒梟會放我們所有人一條生路，毒梟會嘟噥說：『太倒楣了，我們只好上訴看看嘍』？然後說：『對緝毒署輸送機密的那傢伙，害我們損失幾十億美金的那傢伙，我們看在司法體系的漏洞上，乾脆放他一馬』？差不多是這樣？」

「沒必要大小聲吧。」

她從棉被底下抽腿而出，坐在床緣。「你未免太糊塗了吧？以為毒梟會不吭聲走人？因為他們常常不吭聲就走人，對不對？拍拍屁股，雙手往上甩一甩。他們那種人對付仇敵的方式是砍頭、分屍啊，而且……你以為你能和那些冷血殺手打對台，以為他們會放你和你女兒一條生路？」

丹尼掌心向下，做出壓空氣的手勢，試圖穩定她情緒，讓她壓低嗓門。「妳真的以為，我會故意危害到妳或艾比？」

她雙手叉胸。「那天你不准她再去蓋爾文家，我問你是不是他們家哪一點讓你看不順眼，你回答沒有……？」

「對，騙妳的。」

「你不准她坐蓋爾文家司機開的車，你說你覺得心裡不舒服──」

「也是騙妳的。」

「有個老朋友想出書，想聽你建議，然後你去衛斯理學院查古爾德書信──」

「是的，我一而再、再而三欺騙妳。我對自己的行為深深感到可恥。不過，我所做的一切完全是為了保護妳和艾比。露西，拜託，小聲一點——不然會被艾比聽見。」

「全都因為你不願面對衝突。」她氣得臉頰緋紅。「哼，這一點，我想改進也無能為力。我對你實在失望透頂了，真的。」

露西彷彿變了一個人，臉上褪去震怒的表情，殘留的是一張陌生的臉孔，陌生得嚇人。這女人看著他，把他當成陌生人似的。這女人凝視著他，神態是異樣的不慍不火，無動於衷。

「一開始，你不想吵這一架，所以認定自己的想法最高明。」

「我沒——」他語塞。他不知該如何回應，因為被她說中了。

她沉默下來，丹尼亦然。兩人之間能說的，似乎已經說完了。

她下床。丹尼見她兩眼閃現淚光。她開口時語音薄弱，丹尼幾乎聽不見。「你好好照顧艾比，告訴她，我很愛她，改天再跟她道別。現在我沒辦法。」

「露西。」他說。

她離去，帶上臥房門。

丹尼躺在床上，感覺像數小時無法成眠。

他哭了。

凌晨四點，天空烏黑無生機，破曉時分仍遙不可及，他想到一個辦法。

他拿起 iPhone，打開保密交談軟體，發簡訊給緝毒署調查員：「有事急見。」

「今天還要上學，討厭死了，」艾比早晨說。「本來應該待在亞斯本的。」

「就是嘛。人生太苦了。」

她似乎少了一分鬱悶。「對啊。珍娜說，這是先進國家的民眾才有的困擾。露西已經出門了？」

「她有事提早出門。」

愣一下。「你們兩個昨晚吵過架。」

「我們是在溝通。沒吵醒妳吧？」

艾比搖搖頭，然後聳聳肩。

長褲口袋裡的 iPhone 震動一下，發出加密簡訊的獨特三連音。

「是你的手機嗎？」

他點頭，掏出 iPhone，輸入密碼。簡訊寫著：「正忙另一案。晚上或明天才能見。」

「是露西嗎？」

「公事。乏味。」

「你改了簡訊音啊？聲音變了。」

「不知道。妳想不想喝咖啡？」

她瞥父親一眼，面露驚喜。「想，請給我。」她微笑看著他。

「下不為例，」丹尼補充說。他站起來，從碗櫥取來小熊維尼馬克杯，倒給她四分之三杯。

「想加牛奶和糖，妳自己加。」

「好。」她倒一些乳糖酶酵素牛奶，咖啡被沖淡成咖啡冰淇淋的色調，接著舀三勺砂糖進杯攪拌。「你跟她真的沒吵架？」

「我們沒事啦，」丹尼說，想等心痛稍減才告訴她。「別拖時間。遲到就糟了。」

十五分鐘後，丹尼高呼：「該出門了。」

他搖一搖汽車鑰匙。艾比仍在浴室，不知道在忙什麼。十幾歲的少女早晨總賴在浴室不出來。

「哺哺，快滾出來。」

浴室門打開。艾比神態有異，臉皮扭曲，乍看像深感好奇的表情，但另有其他情緒，丹尼不禁再看一眼。是在生氣嗎？

「她的牙刷哪裡去了？」艾比說。

「妳在講什——？」

「露西。露西的牙刷。她的化妝品。不見了。全不見了。」

丹尼詞窮，只說：「是嗎？」

「你們分手了。」語帶指責意味。

丹尼嘆氣。「現在不要談這個，行不行？妳上學快遲到了。」

「你騙我。」

「這不關妳的事。」

「不關我的事？你一直叫我把她當一家人看待，老是說：『艾比，她愛妳。她和我們是一家人，應該把她當成自家人。』現在你竟然騙我？」

「艾比。哺哺。以後再談。現在沒空。」

「不要！」艾比拿起小東西砸向他，硬物一個。是梳子。偏了兩英尺，沒打中。

「喂！」他大罵。「艾比，胡鬧什麼？」

「騙我。儘管再用媽生病那時候的方式再騙啊。」

「什麼？」

「你說她受感染了。感染。」艾比哭了起來，臉紅而扭曲。

「艾比——」

「你叫我去參加夏令營！」

「是妳自己想去夏令營的。媽咪要妳去參加夏令營。」

「媽咪都快死了，我卻去泛舟游泳。天啊。」她拉高嗓子，語音尖細緊繃。

「寶貝。」丹尼說。他過去抱女兒，被推拒。他渾身麻木。

淚水從艾比臉頰往下滴，鼻水直流，丹尼看得心如刀割。「媽咪得乳癌，怎麼不關我的事？怕我聽見事實受不了嗎？」

丹尼也跟著哭了。他說：「艾比，甜心，完全不是這原因。媽咪的心願是要妳能多快樂幾天。」

艾比回應一句，但丹尼聽不出她的意思，只聽見「快樂？」

「蜜糖，」他說。「我順著媽咪的心意才騙妳的。」

脫口而出了。

把責任推諉到亡妻頭上，他想著。怪罪她。反正死無對證。是事實又有什麼差別呢？

這一次，丹尼出手想再抱她，她不再抗拒，也稱不上回抱，只順其自然被抱很長一段時間，涕淚流得丹尼上衣濕熱。

過了十分鐘，他打給刑事辯護律師朋友波斯坎澤。

「我想找你幫個小忙。」丹尼說。

「什麼事？」

「和我最近交涉過的緝毒署調查員有關。」

「糟糕。」

「對。我想打退堂鼓。」

60

丹尼在亞斯本山腰目睹的慘狀，至今仍緊緊扣住他的心。

司機遭酷刑慘死的確切原因不得而知，但對丹尼而言，歹徒可能藉此對他釋放訊號。警訊。讓他預見自己的下場。

然而，艾比的熱淚令他終於痛下決心：他非打退堂鼓不可。唯有被逼到慘死的地步，緝毒署調查員才肯放過他。在調查員眼中，犧牲他一個也沒差別，他只是一場浴血苦戰中陣亡的小卒子。

他能預料調查員的反應：現在回頭也來不及了。擠出來的牙膏縮不回去了。硬撐下去吧，要有信心。我們會照顧你的。

調查員會照樣脅迫他，逼他繼續掀湯姆．蓋爾文的底細，再採集對蓋爾文不利的證據。但丹尼不願意，也下不了手了。他不能陷害蓋爾文坐牢。蓋爾文比較可能的遭遇是被謀殺。

蓋爾文是個慈愛的父親，膝下有三子女，不曾傷丹尼皮毛，甚至救過他，而蓋爾文本身也和丹尼一樣坐困愁城。露西說得對。他是鑄下大錯了。

如今，他必須撥亂反正。

他必須逼退緝毒署，手段不計。

因此，他進波斯坎澤辦公室，坐在辦公桌前，提出凌晨構思出的計謀，聽聽大律師的意見。

波斯坎澤有一支迷你球棒，是紅襪隊紀念品，他拿在手上把玩著。他坐在外觀高貴的辦公椅上，背向後靠。「你想打退堂鼓，什麼意思？」

「我不想再配合他們了。」

波斯坎澤眼睛瞇成一條線。他戴著細框眼鏡，鏡片像佈滿指紋而模糊不清，毛燥的捲髮紅中帶灰白，在太陽穴縮成尖尖的羊角狀。「你簽下協議書了，受法律約束。」

「對。嗯，不管了，我想退出。我想毀約。我不想再跟緝毒署合作。就這麼簡單。」

陽光穿透玻璃帷幕，照得辦公室通體明亮，玻璃桌面也反光。「老兄，這事可沒那麼簡單。」

「要是簡單，我就不必對你下聘書了。」

「要開始論鐘點計費嗎？」

「我待會兒再告訴你。」

波斯坎澤聳聳肩。「基於什麼理由，你想毀約？」

「對方瀆職。」

波斯坎澤緊張地嘿嘿笑。「什麼意思？」

「對方威脅我，如果不從，就洩漏我合作的事實給錫納羅亞販毒集團。」

「他們不會——你該不會真的聽信他們的說法吧？」

丹尼點點頭。「信啊。身分被洩漏，我也不意外。我相信他們。」

當然，緝毒署只需對丹尼採集證詞，傳喚他出庭作證，毒梟便會針對丹尼發出奪魂令。恫嚇丹尼是多此一舉，但調查員確實曾出言恫嚇他。

「你有證據嗎？電郵，有嗎？」

丹尼搖頭。

「留言？紙條？什麼都可以。」

丹尼再度搖搖頭。

「他們叫什麼名字來著？」

丹尼告訴他。波斯坎澤寫下來。「所以是，你和聯邦調查員雙方各有各的說詞。」

「有他們講話的錄音，就沒這問題了。」

「等一等。」波斯坎澤高舉一手，動作像交通警察。「希望你不是想自己去偷錄音吧。」

「為什麼不行？」

「原因之一是不合法。在麻州，雙方都要同意才可錄音。」

「呃，他們八成不會同意。」

「對。我也不能建議你犯法，不能違反麻州律師規範。」

「我又沒問你這方面的意見，有嗎？」丹尼微笑說。「我們談的是錫納羅亞販毒集團，調查的大案子事關好幾十億美元。我不惜觸法，私下錄音，政府又能怎樣？小罰我一頓算了。媽的，跟超速罰單差不多。」

波斯坎澤聳聳肩。「我……我不同意。」

「瞭解。我知道了。好，我們談證據。如果證據到手了，我下一步該怎麼走？」

「你帶證據去找司法部職業責任處。我查查看。」辦公椅上的律師轉半圈，敲鍵盤。「有了，這是他們的官網。好……上面寫著……你聽著：管轄範圍……雜七雜八的……執法人員被控瀆職之調查。有了，你去找這單位。」

「我如果去申訴，這單位真的會去調查兩個緝毒署調查員嗎？不會官官相護嗎？」

波斯坎澤長吐一口氣，聽起來像氣得沒力。「我解釋一下。這單位的職責是調查公務員有無疏失。不過，除非這單位認為能辦成，否則不會立案調查下去。所以，癥結又回到證據上。你一個證據也提不出來。」

「目前還沒有，」丹尼說著起身。「不過，就快有了。」

緝毒署調查員對他連發三則加密簡訊，要求見面。他們不知丹尼在亞斯本沒拍到相片，想向他索討。丹尼原本不理會他們的簡訊。

但是，現在他準備見調查員了。

61

在漢卡克大廈前，丹尼攔下計程車，前往中心廣場一號。

他仍未回覆調查員的簡訊。他想去突襲他們。讓他們不知所措。有必要時觸怒他們，讓他們再放狠話。什麼手段都行。

積雪不敵午後豔陽，漸漸融化，到處似乎都在滴水。一輛鏟雪車行經劍橋街，來到中央廣場一號前，鏟到一大灘雪泥，泥水飛濺四面八方，十英尺內的萬物無一倖免，包括丹尼的鞋襪在內。他大聲咒罵。

站在醜陋的政府大樓前，丹尼掏出iPhone，點選錄音APP，試錄一段，播放聽聽看，似乎運作正常。

接著，他重新再錄，這次說：「我姓名是丹尼爾．古德曼，現住麻州波士頓市馬爾波洛街三〇五號。」他報上日期和時間，然後將錄音中的手機放進長褲的前袋。波斯坎澤曾告訴他，錄音必須從頭錄到尾，不得中斷，否則不具證據效力。

丹尼搭電梯上二樓。手機鈴響。來電顯示是「巴登謝特」。是波斯坎澤的事務所名稱。他猶豫是否該接聽，想想之後作罷。剛才在iPhone上按錄音鍵後，他已報姓名和時日。等對付完緝毒署再和波斯坎澤通話也不遲。

他找到三二二室，認出地毯上的污漬痕跡。絕對沒找錯地方。

他轉門把，拉開門，往左看。怪事，櫃檯小姐不在。L形桃花心木表皮的櫃檯仍在，但整個接待區見不到其他辦公室用品。成排的椅子也不見了。地上有個空紙箱。緝毒署官徽原本大剌剌掛在牆上，如今也消失。通緝要犯海報亦然。

慘了。

「哈囉？」丹尼喊。

他再往前走幾步，拉開通往內部走廊的門，走向他和調查員約見的會議室。

走廊也沒人影。

走廊上到處是積雪似的保麗龍豆。又有一個空紙箱。也有一疊Staples印表紙的包裝紙。一個人也沒有。

原本隱隱聽得見辦公室雜音，現在完全無聲。這單位解散了，像一場戲公演結束，舞台佈景全拆了。

丹尼呆立著，左看右看。手機再次響起。又是同一間事務所。他接聽。

不須波斯坎澤開口，他就知道了。

「喂，怎麼搞的？」波斯坎澤語帶怒意。「我在聯邦檢察署有個朋友，我跟他打聽，他說緝毒署現職特別調查員名單上，沒有一個姓斯洛肯或耶格爾。兩三年前，他們還在緝毒署上班，現在沒了。」

62

一股寒意像觸角，逐漸在丹尼體內延展，凍結，觸及內臟。

耶格爾和斯洛肯如果不是緝毒署調查員，他們到底是誰？

也許是名正言順的調查員，只是用假名掩飾身分。絕對有這可能。丹尼曾偷拍到斯洛肯的長相。他這時傳給波斯坎澤，請他轉傳給緝毒署。正牌的緝毒署。

二十分鐘後，波斯坎澤回電。「越來越精采了，」他說。「這兩個傢伙本來在墨西哥的緝毒署上班，在新拉雷多市，後來誤中圈套，被判營私舞弊罪，十七個月前被開除了。他們是害群之馬。」

「假扮調查員倒是挺逼真的。」

「演技好，大概是練夠久了。問題是，他們打什麼主意？他們想搞什麼鬼？有什麼圖謀？」

丹尼不回應。他不知道。

但他可以去查清楚。

手機發出加密簡訊音。丹尼說：「稍候。」手機從他耳朵移向眼前。

他讀著匿訊〇〇七發的簡訊：「晚間六點南灣Home Depot停車場。」

南灣購物中心位於波士頓南端和多徹斯特之間，在東南高速公路旁。

「斯洛肯」和「耶格爾」準備見他了。

63

華勒斯．杜伊的膝蓋痛死了。

有人按門鈴，沙發上的他站起來，拖著笨重的身體走向前門。費了大約整整一分鐘。他暗暗喊痛。再四個月就退休了，他想等退休後再去接受膝關節置換手術，但現在他不確定能否撐那麼久。軟護膝一點屁用也沒有，打類固醇針也枉然。他把美林止痛藥當爆米花吃。醫生告訴他，如果能減重三、四十磅，可望稍減疼痛，但他知道沒用。問題出在半世紀前的畢勒里卡紀念中學，他入選印地安人隊踢美式足球，四年期間飽受運動傷害，種下老年的苦果。其他因素只是雪上加霜而已。

「杜伊調查員？」

門外的客人身形高瘦，表面上看是拉美裔。

杜伊用手肘撐開防風門。「對，對，」他喃喃說。「進來吧。你姓赫南迪斯，對吧？」

「感謝你見我。」

「會不會害你白跑一趟，我不太清楚，不過見個面也好。」他攤開手，向客廳一揮。「我可以煮咖啡請你，不過，相信我，喝不到我的咖啡是你的福氣。你的胃會感激我。」

「喔，那完全沒關係，」訪客說。「我猜，與其喝咖啡，你喝這瓶可能更暢快。」

他交給杜伊一只精美的盒子，裡面是一瓶高級威士忌。

「『李伯大夢』啊？」杜伊合不攏嘴。

「希望我的情資無誤才好。聽說你愛喝波本威士忌。」

「沒錯。」

「這是限量版的波本——」

「老子當然聽過『李伯大夢』波本嘍，只是沒喝過而已。這裡買不到。你太大方了。我第一次喝到。」

「二十年版缺貨了，不過十五年版應該也挺順口。」

「感謝你了，赫南迪斯調查員。」

「請稱呼我大衛就好。」

「好吧，大衛。你請坐，我去拿兩個酒杯。」

杜伊拆開波本酒瓶上的封口膜，對著兩只高飛球杯各倒兩指幅，然後跛腳回客廳，遞一杯給客人。「不攙水，可以嗎？」

「喝法僅此一種。」

杜伊調查員現年五十七，但外形少說也更衰老十年，白髮偏黃，臉大，肥油垂掛下巴，臉頰油亮緊繃而深紅，顯示酒糟性皮膚炎嚴重，長年酗酒可能也灌爆不少微血管。

平板大電視播放著實境節目，刻劃著兩男在亞馬遜叢林刻苦求生的日子。

「怎麼著？」杜伊邊說邊坐進他最愛的椅子，同時深深嘆一口氣。他伸手拿有線電視遙控器，按靜音。「為什麼這事不能等到明天？」

「很抱歉對你造成困擾，杜伊調查員。我明天一早趕著飛回舊金山。」

「對，對，你講過。」杜伊啜飲一口李伯大夢。「不錯嘛。實在好喝。」

「很高興你中意。我這麼急著見你，不好意思。」

「是啊，我的社交行程全被你搞亂了。」杜伊哈哈狂笑一陣，咳一咳。「要不要來一根？」

他舉一包駱駝淡菸敬客人。

「我不用了，謝謝你。」

「喝了這瓶，我八成不會回頭再喝『野火雞』波本了。」杜伊搖出一支菸，以嘴角叼著，從茶几取來紅色Zippo打火機，拇指往下一滑，點燃香菸頭，深深吸滿一肺，抽得菸草嗶剝響。

「我老婆楚蒂以前禁止我在家裡抽菸。現在，有機會享受一下小確幸的時候，我能盡情享受。」

「很遺憾你老婆過世了。」

「相信我，過世是恩典。最後那兩年苦了她了。即使是我的死對頭，我也不會詛咒他們得漸凍症。」他吐出一團白煙。「你嘛，單位在舊金山？」

訪客點點頭。

「外派墨西哥城那段日子，喜歡嗎？」

客人微笑說：「你查過我背景。墨西哥城的工作不是個涼缺。」

「好戲全集中在那裡。至少你會講西班牙文。我的西班牙文可爛了。」

客人聳聳肩，舉起高飛球杯，淺酌一小口。

「我不曉得能告訴你多少，」杜伊說。「線民檔案我全擺在辦公室。」

「你太謙虛了。你是分部保安官，隨時能掌握密報員的最新資料。」

「資料幾乎沒什麼新的。你有興趣的是哪一個線民？」

客人從外套口袋取出一小本活頁筆記簿，彷彿記不清楚，翻閱一下。「SCC-13-0011。」

「是我們的線民，沒錯。你說是第十一號，對不對？」

「是的。」

「你想查哪方面的背景？」

「例如前科，只要能判他不合格，輕重罪都可以。我們想派一組人來這裡，針對這線民來個聯合訊問，不過我講句老實話，我的副主任認為是浪費資源。」

杜伊灌一大口波本。「我能告訴你的，可能也起不了啥作用吧。」

「唔，我當然不會問線民的姓名，只求你大致對他下個評語，給幾個細節，比方說，他從事哪一行，住哪裡，聲譽怎樣，這方面的。」

杜伊再度吸一口菸，眯眼。然後，他噘著嘴，徐徐噴煙，細細一道鐘乳石似的白煙從唇縫逸出。「雷尼．哈勃曼最近好嗎？還愛惡作劇嗎？」

「他還好。對，還是辦公室裡的耍寶王。」

「幫我跟他問個好，行不行？調查員基本訓練時，我跟他同一梯。」

「我一定。」

「哼。雷尼．哈勃曼是我的骨外科醫生，不是緝毒署的人。」

無言許久。

「杜伊調查員，」孟度沙醫師感傷說。「我真但願你不要耍這種小聰明。」

64

年邁的杜伊奮力反抗，衝向前門旁邊的牆桌，想拿緝毒署配發的點四〇口徑格洛克二十三手槍。

奈何歲月不饒人，他的膝蓋脆弱如玻璃，入喉的波本也導致反射神經遲鈍。

他沒機會接近手槍，已經被孟度沙醫師制伏了。

現在，杜伊躺在電視機旁的地毯上。杜伊家的地板全面鋪地毯。他的手腕和腳踝全被塑膠束帶銬住，被水管膠布封口。他的眼眶與眉骨間剛才被孟度沙醫師拿皮面扁棍重擊，腫起一道淒慘的青紫。

纏鬥過程中，孟度沙醫師的假髮脫落，但他無須再假扮緝毒署舊金山調查處的赫南迪斯調查員。

求取資訊的上策是透過社交工程。孟度沙醫師向來不喜歡動粗，也認為動粗是自承失敗之舉。

但在必要時，他也擅長動粗。

他煞費苦心，把杜伊拖進最近一間臥室。這間顯然是閒置少用的客房，空間小，唯一傢俱是一座抽屜櫃、兩張式樣相異的小床頭櫃、一張雙人床，覆蓋著深藍色聚酯纖維混紡床罩。藍綠色地毯遍布全室地面，傢俱表面有一層薄塵。杜伊是獨居的鰥夫，可能沒請傭人，大概每兩星期用吸塵器隨便拖拖地而已。

由於杜伊扭身掙扎，想推他上床是難上加難，但並非辦不到，畢竟孟度沙醫師力氣很大。由於杜伊掙扎得厲害，孟度沙下手不得不粗蠻一些，不時使勁亂扯他手臂，弄痛他。

但和他即將嚐到的痛楚沒得比，如果他不從的話。

他把杜伊弄上床，用力一推，讓杜伊臉朝下趴著。杜伊再扭身抗拒幾次，心死了。他喊救命，可惜嘴被膠布封住，再喊也只能發出類似喉嚨被掐緊的嗚嗚聲，毫無意義。杜伊拒絕合作，令孟度沙醫師大失所望。

杜伊再掙扎幾下，試圖翻身，但被孟度沙以單膝壓制住。他手腳被銬牢，身體被五花大綁，孟度沙對他上下其手並非難事。

「杜伊調查員，你可別太為難自己，乾脆對我供出線民的真名吧。編號SCC-13-0011的線民。我別無所求。只要你提供姓名，我沒必要對你造成人身傷害。在我達成任務之前，我會留你在這裡，毫髮無傷。這是較合適的解決之道，我認為你能認同。只提供一個姓名就好。我別無所求。」

孟度沙醫師等他釋放同意訊號。點一點頭之類的。然而，臉壓床罩的杜伊以沉重的呼吸代答，空氣在鼻孔進進出出。孟度沙醫師決定給他一個同意的機會，對雙方都能省事。孟度沙一手抓住他後頸，謹慎撕開膠布的一側。

杜伊飆粗口。

孟度沙醫師笑一笑。罵髒話相當於無助的嬰兒鬧脾氣。「波士頓分處的現役線民的身分你全知道。舊金山辦事處昨天剛查詢過第十一號線民，你應該記憶猶新才對。」

「你不是赫南迪斯，你這個奸詐的小雜——」

孟度沙醫師雙手戴上乳膠手套，將膠布貼回原位，封住杜伊的嘴。他討厭髒話，任何情況下絕不以粗話做人身攻訐。

孟度沙醫師從外套口袋取出一個長方形的小旅行包，解開拉鍊，攤平在床頭櫃上。他撕開一塊消毒棉紗布，擠幾滴優碘塗在上面。慣性使然的他即使為販毒集團出任務，總不忘在動刀動針前進行消毒。他在杜伊頸背塗出一個橙色橢圓形。

杜伊掙扎得更厲害了，身體不停左扭右擺。杜伊明瞭大難將至。錫納羅亞毒梟旗下殺手做得出的壞事，杜伊非常熟悉。分屍、斬首是其中兩種。

然而，孟度沙醫師不動用鏈鋸。他的手法較精細，遠比一般殺手更具效率。血腥度大減。

杜伊繼續死命掙扎。看樣子，他不願輕易就範。孟度沙為他的堅持感到惋惜。好吧，順你心意。孟度沙事先做好萬全的準備。他從旅行包裡挑選一小瓶單劑量Amidate，二十毫克，俗名安得力多，謹慎拿著注射筒，焦點放在杜伊左頸的頸動脈。杜伊的驚吼被封口膠布阻截，但安得力多藥效快，不到一分鐘，趴在床上的他變得鎮靜，任人擺布。

現在，孟度沙醫師如常高度自我要求，好好進行任務。他為杜伊鬆綁，小心一顆顆解開扣領藍襯衫的鈕釦，脫掉，裸露杜伊的上身。

接著再打兩針。第一針需巧手施打。他使用三吋半的惠特克脊椎穿刺針頭，對準後頸頸椎C4，戳進三公分深，針頭刺穿硬膜時發出啪一聲，小而明顯。

緊接著，他壓針筒，注入局部麻醉劑若比定。

孟度沙醫師站起來，把針筒放回旅行包，從中挑選一直較傳統的注射針。這支幾乎適用於人體各部位。這次的下針處與安得力多相同，是同一條頸動脈。傷害已經造成了。這一針注射的是納洛酮，屬於類鴉片反激動劑，有時可在海洛因或嗎啡過量時當成解藥。納洛酮一進血管，恍神病患會從雲端墜地喊痛。對正常人而言，納洛酮能強化痛感。

納洛酮能讓杜伊墮入一場難醒的惡夢。

孟度沙醫師為他翻身，讓他仰躺。杜伊胸膛肥白，稀疏灰白的胸毛環繞乳頭。他眼皮動一動，納洛酮生效了，他睜開眼睛。孟度沙醫師撕開膠布，讓他能恢復言語。

「你想幹什麼——我不能——我不能——」

「你不能動，」孟度沙醫師柔聲說。「你全身麻痺了。」

「天啊。天啊。」

「你即將體驗到一生從沒嚐過的劇痛。正常而言，人一不留神，被磚頭砸到腳，或拇指不慎被鐵鎚敲中，當下會感到一陣劇痛，不過，痛一陣子就會慢慢減輕，因為人體能分泌腦內啡鎮痛，讓人挺得下去。但是，你現在體內多了一種藥物，能遏制腦內啡。待會兒，你會痛到正常人體不可能體驗到的痛感。」

他從尼龍旅行包取出一鋁箔袋，從中抽出一支十一號拋棄式手術刀，毫不遲疑，一刀劃破杜伊的乳暈和乳頭，將乳頭徹底分割成兩半，鮮血從傷口汩汩淌出。

杜伊瞪圓了雙眼，歪著嘴哀號。

孟度沙醫師再用膠布封口，但膠布沒黏穩，杜伊縱聲喊痛的聲音能撕裂耳膜。膠布黏性減弱了，於是孟度沙醫師再去撕來一段銀色的膠布，封住杜伊的嘴巴。

封嘴止不住慘叫聲，至少音量能劇減。

孟度沙醫師在嘴前豎起食指，發出「噓」聲。「痛不會愈來愈輕，對不對？很悲哀的是，只要納洛酮還在血管裡流竄，痛就會一直持續下去。」

膠布皺塌，鼓起，但仍黏在原處。

「如果我不再動作，你的痛會在五分鐘之內漸漸減輕。這五分鐘會非常難熬，不過脫離苦海的一刻一定會來。反過來說，如果我再注射一劑納洛酮，你將再度劇痛難耐，最後不是心臟衰竭，就是痛到發瘋。」

杜伊的臉漲成紫紅色，眼珠暴凸，鼻孔哼出長長一口氣。

「杜伊調查員，止痛的取決權在你手中。我只求一個姓名，代價好像不是高不可攀吧？」

杜伊再硬撐不到一分鐘。

65

丹尼無計可施。他非去見他們不可。

如果他不出面，他們勢必起疑心。丹尼必須儘量表現得無異狀。

但是，這次見面會不會是一個圈套？

假象被拆穿了，他們知道嗎？

假如iPhone被他們複製，他們能監聽每一通來電和去電，他們早已聽見丹尼和律師的對話。

果真如此，這一次見面，丹尼勢必會遭處決。

或者，也許是丹尼太多心了。複製iPhone的前提是，iPhone本身必須先落入敵手，不是嗎？往這方面想，對方也許以為一切如常，以為丹尼仍相信對方是緝毒署調查員。

然而，這次赴約和玩俄羅斯輪盤有何差別？手槍裡到底有沒有子彈？

他看錶。再過大約半小時，他該去學校接艾比回家。但如果「斯洛肯」和「耶格爾」知道騙局被揭穿了，艾比也會被波及，無論去哪裡都不安全，特別是回家。

最好電找湯姆．蓋爾文，而且是用一支他能信賴的手機。

他花十元，買一支三星TracFone，再以二十元買一張六十分鐘預付卡。

這是一支不折不扣的俗爆手機，電池自行裝，要記得蓋上外形像金屬的後殼，然後連接充電線充電。使用說明書一半是英文，另一半是西班牙文。他用筆電上TracFone官網，才能啟動這支手機。他用假名傑．古爾德。為什麼不可以？電郵也填假的。他輸入包裝盒裡說明書上的序號。他刮除預付卡背面的銀色薄膜，得知密碼，也輸入官網。最後，手機終於能用了，只不過官網不斷亮紅字，警告本手機未經驗證。但手機似乎能用，沒差別。他心想，拋棄式手機登錄過程如此繁瑣，嗑藥嗑昏頭的用戶怎麼有能力走完全程？也許他們懶得登錄。也許用戶根本不必登錄。

不管了。重要的是，如今他擁有一支拋棄式手機，既沒被複製，也不怕被監聽追蹤。

丹尼不能打給蓋爾文的黑莓機，怕被監聽。他也不確定蓋爾文公司電話是否保險。也許很安全，也許不安全。他有瑟琳娜的手機號碼。緝毒署那兩個冒牌貨大概沒有。

瑟琳娜接聽了。起初，不認得來電號碼的她語氣警覺，聽見丹尼嗓音才稍稍釋懷。

「我在想，今天艾比可以跟珍娜一起回你們家嗎？我下午有事。」

「我相信珍娜一定贊成。」

「你們家司機會去接珍娜放學嗎？」

瑟琳娜沉默幾秒。然後：「湯姆換司機了。」

「喔。」意思究竟是什麼？又折損一名司機／隨扈？比紅襪隊經理飯碗更難保的工作僅此一個。

「他換掉迪亞戈，自己另外請一個。」

很好。他聽從了丹尼的建議。

「再麻煩妳一件事。我打給妳的這通電話，妳的來電顯示是什麼？」

「我——讓我——有，可是我不認得這號碼。這和你平常的號碼不一樣。」

「湯姆在家嗎？」

「他去公司了。」

「好。幫我一個忙。打給他們，把我這個號碼給他，不過，妳不要直接打去他的黑莓機，也不能打進他辦公室。把這號碼交給別人，請那人轉交給湯姆。」

「為什——？」她才開口，隨即頓悟天下大亂了，壞事即將來臨。她說：「好。」

丹尼用iPhone傳簡訊給艾比，告訴她，司機會去接她，放學後應該直接去蓋爾文家。他不多加解釋。艾比秒回覆：「OK！」

無須爭論。

數分鐘後，預付卡三星手機響起。

「丹尼？」是湯姆．蓋爾文。來電顯示是丹尼不認得的號碼。「一切沒事吧？」

「從現在起都打這號碼。」

「瞭解。你也打我現在這支。」

「我叫艾比今天跟珍娜回你們家。」

「對，瑟琳娜告訴過我。是不是發生了什麼事？」

「再談。你家安不安全？」

蓋爾文大嘆一口氣。「我照我們討論的結果，花錢找來一組保全。」

「只守在你們家外面？」

「周邊也有。包括整個院子。怎麼了？」

「有空再解釋。」丹尼說，然後結束通話。

66

丹尼提前二十分鐘赴約，來到南灣中心商場，浩瀚的停車場車輛進進出出，川流不息，兜圈子搶車位。目前正值下班尖峰時間，這商場多的是生意興隆的連鎖大店：Bed Bath & Beyond居家用品店、T.J.Maxx平價服飾店、OfficeMax辦公用品店、Old Navy服飾店、Marshalls平價服飾店、Target百貨、Best Buy電子店、Stop & Shop超市。也有Home Depot居家修繕店。就是這一家Home Depot。餐廳方面，Applebee's和Olive Garden也各有一家。丹尼想像中的地獄差不多是這幅景象。場面紊亂的情形一如週日傍晚逛Whole Foods超商。

在Old Navy服飾店旁邊，他找到停車位，和約見地點相隔十五排車子。他坐在車子裡，等候來電或簡訊，等對方再下一道指令。對方只約在Home Depot停車場，但停車場如此之大，而且丹尼不清楚對方是否開車或走路。

他把蓋爾文給他的貝瑞塔手槍藏在前座底下。iPhone在他口袋裡。

他深呼吸幾口氣，盡可能穩定情緒。他要求見對方一面是在發現真相之前。如今，他查出對方假冒緝毒署調查員。

他們究竟是誰？有何意圖？

最合理的推論是，那兩人是緝毒署離職員工，正在放長線釣魚耍詐。在墨西哥，兩人因瀆職被開除。在緝毒署工作期間，兩人可能掌握到販毒集團總務長的姓名：湯姆．蓋爾文，被撤職後想海撈一筆，也許決定向蓋爾文詐財。

或者，兩人可能是另一毒梟的走狗。

無論兩人在動什麼歪腦筋，阻止他們的方式只有一種：叫FBI抓他們。

波斯坎澤律師在FBI認識幾名主管，層級夠高，能促成這件好事。但是，波斯坎澤曾向他索取具體證據，說：「幫我弄來一點證據給FBI。」波斯坎澤接著說：「查明地點，讓FBI攻進這兩個騙徒的巢穴，當場質問逮捕他們。我們一掌握到什麼東西，馬上交給FBI去採取行動。」

丹尼即將耍的伎倆是險招，他自己明白。風險度也許破表。他盡可能放輕鬆，穩定心情。

他的下一步需要更高層次的構思和行動。

他查看手機有無新簡訊，唯恐加密簡訊進來卻沒聽見。沒有新簡訊。他讓手機轉成靜音，收回口袋。

等著。

保密交談軟體的獨特電音訊號來了，簡訊寫著：「後場第五排白廂型車。」

丹尼來到後停車場一排和Home Depot垂直的車位，來到這一排盡頭，看見一輛白色廂型車，車身印有「州際飲食公司」。斯洛肯坐駕駛座。他身材精瘦，鼠頭鼠臉，頭髮黑亮如塗鞋油。他短暫瞥丹尼一眼，擺臭臉，轉移視線。丹尼聽見車門打開，矮胖禿頭的耶格爾下車，繞過車頭走來。

他招手要丹尼跟進，走向車尾，打開上下開合式的後門。丹尼從車尾跳上車。車上有幾座灰色貨物架，粉末塗層的組裝鋼架，上面只見幾個工具盒和一條延長線，多數架子空蕩蕩，有一股機油味和陳年菸臭。

「好，」耶格爾說。「你站著別動，一下子就好。」

耶格爾從架上取來一支黑色長圓形物體，尺寸近似舊款行動電話。他打開電源，抽出一支伸縮天線，上上下下掃著丹尼身體兩側。這物體發出類似金屬探測器的高頻吱聲，音量由低轉高，由弱轉強。

丹尼沒逆料到這一招。想必是對方起了疑心。幾乎像對方冥冥之中判定他的圖謀。不可能這麼神吧？

「做這幹什麼？」丹尼說。

耶格爾不理他，拍一拍丹尼的長褲左前袋。

「手機嗎？」

丹尼腸胃緊縮一陣。他聳聳肩，故作不在意。「猜對了。」

耶格爾向他攤開一手，意思是：交出來。

丹尼的 iPhone 正在錄音，螢幕呈現大大一顆紅點，顯示「錄音中」，如果被耶格爾看見，丹尼會當場破功。

丹尼無計可施，只得交出 iPhone 給耶格爾，正面朝下，放進他的肥掌心，同時嘆一口氣表示不耐煩。耶格爾拿起手機，翻面，丹尼心跳暫停。

螢幕一片黑。

耶格爾不經思索，將iPhone放上一座架子，旁邊有一黑色塑膠盒，裡面是DeWalt鑽頭組合。耶格爾再手持探測器，向下掃描丹尼的後腰、臀部、鞋子，再往上掃描手錶，偵測有無竊聽設備。最後他點點頭，查無異物。

「你忘了帶一樣東西。」耶格爾說。

丹尼傻眼了。

「在亞斯本拍的相片。媽的，哪裡去了？」

丹尼搖搖頭。「沒相片給你。」

耶格爾先是訝異，神情旋即變成冷笑。「太可惜了。」他說著，開始按摩右拳頭。

「所以我才約你們見面。相機被他們拿走了。」

「他們？誰？」

「我哪知道？跟蓋爾文合作的那個吧。他的保全人員。」

「你沒備份嗎？」

「你沒聽見嗎？相機被他們拿走了。沒有相片能備份。我連偷拍的機會都沒有。在亞斯本山上，我偷拍不成，被他們逮到了。」

「被『逮到』，什麼意思？」

「我被人打暈了。是真的，像這樣」——丹尼表演手持棍棒敲自己頭一下——「轟。」

「你怎麼不發電郵向我們報告？」

「我被逮到了——你沒聽懂嗎？這表示，蓋爾文對我起疑心了。他們對我起疑心了。」

耶格爾不再揉指關節。「你對他們怎麼裝糊塗？」

「醒來以後嗎？我推說我忙著滑雪。」

「怎麼解釋相機？」

「沒人提起相機。我醒來就不見了。我猜是被他們拿走。」

耶格爾搖頭。「沒問你一句嗎？沒問你滑雪幹嘛帶相機？」

丹尼搖搖頭。「對。沒問，一個字也沒提。」

「相機裡面一張相片也沒有，你確定？」

「我剛講過了。」

「他們大概以為你只是個野生動植物攝影迷，喜歡對著雪地和樹木拍藝術照。這樣的話，我們只好另外想個辦法，再派你去拍我們要的——」

「呃，」丹尼打斷他，「我不要。」

耶格爾大笑說：「不要？」他對駕駛座上的斯洛肯使眼色。「這傢伙講什麼鬼話，你聽見沒？『不要』？」

「這任務太危險了，而遊戲規則也一直在變。現在，我要求危險加給。」

耶格爾張嘴，也許想訕笑，嘴張到一半卻笑不出來。「你愛說笑。」

丹尼後退，背靠著廂型車壁。「我不是在開玩笑。你們叫我做的，我全照做了，明智的下一步是拍拍手，走人。不過，我願意再試試看，條件是，我的辛苦不能沒代價。」

「緝毒署是不給線民酬勞的。」葛倫．耶格爾說。

丹尼微笑。「講這樣？葛倫，你以為我不會查資料嗎？你太低估我了。緝毒署不但給酬勞，有時候賞金還一大筆。我讀過，有個瓜地馬拉毒販被吸收成線民，政府後來付給他美金九百萬。

不過，今天算你福星高照。我願意跟你談個條件。給你一個探底的特惠價。」

「做夢。」

「問題是，我能拿到你們夢寐以求的東西。我願意去幫你們取得。照我開的條件。」

「你的……條件？」耶格爾看著他，表情變了。多了一份敬意嗎？

「上級授權的一筆款項。書面核准。一百萬美元現鈔。」

耶格爾爆笑起來，轟隆隆笑得詭異空洞，發自胸腔深處。

「我願意接受分四期付款，」丹尼說。「頭期二十五萬美元，限明早十點前支付。」他停頓片刻，讓對方思考。耶格爾不回應。或許是震驚之餘講不出話。「現在，我們可以談談你要我做什麼事。」

耶格爾慢慢搖一下頭。他淡淡笑一笑。「你大概是沒聽懂吧，」他說。「你沒有討價還價的餘地。你是個單兵，被逼上樹了，退到一根樹枝上，而且已經退到樹枝盡頭，還自己拿鋸子想鋸斷樹枝。照子不夠亮吧，丹尼。一點也不亮。」

「你這麼認為？」

「的確。」

「好吧，」丹尼說。「你和你的搭檔去討論看看。你們知道該怎麼聯絡我。」語畢，丹尼轉身，向上摜開廂型車後門，跳車離去。

留下他的 iPhone。

並非不慎遺留。

67

來到紐貝利街，丹尼進一家名叫「塗鴉」的新潮咖啡店。店內牆上掛著求售的繪畫作品，作者是美術館學員。天花板鋪著壓花錫板，地面鋪著白色六角形小瓷磚，咖啡號稱「單品」，價格高昂，一杯卡布奇諾索價六美元。咖啡調理師各個髮型整潔，鬍子修剪得一絲不苟，穿扣領白襯衫。

餐桌上坐著幾人，沒有一個像能一請就走，丹尼只好點一杯六元的卡布奇諾，在長椅坐下。店裡有幾個塗著亮光漆的樹樁，給無桌可用的客人當小桌子擺杯盤，丹尼將筆電放上其中一個。他登入本店無線網路，不需要輸入密碼。根據丹尼推斷，冒牌緝毒署調查員有辦法切入他家的網路。

丹尼上iCloud.com，使用蘋果雲端硬碟，輸入自己的蘋果帳戶，接著找到一個雷達幕形狀的綠色圖像。這是應用程式「尋找我的iPhone」，能顯示他的iPhone位置。一幅大地圖蹦出來，顯示波士頓，正中央是他所在地後灣，接著地圖轉移到西郊，一個綠色小圓點出現在標示九十號州際公路的橙線上。

綠色小圓點在麻州高速公路上緩緩西移。

丹尼正在追蹤自己的iPhone，連帶得知假調查員的目前位置。他站進廂型車，才想到這點子。iPhone可以錄音，但對他而言更理想的用途是追蹤。

也許，耶格爾會發現丹尼沒帶走iPhone。耶格爾八成會發現。但就算他發現，他會以為丹尼一氣之下忘記帶走。

iPhone會被耶格爾和斯洛肯甩掉嗎？機率不高。iPhone裡有丹尼的通聯紀錄、簡訊、電話號碼，蘊藏豐沛的情資，供他們採集。但他們大概會白忙一場，因為能刪的全被丹尼刪得差不多。

或者，他們也可能根本沒注意到丹尼沒帶走iPhone。丹尼已經轉成靜音，也解除震動模式。

現在，綠色小亮點下交流道，進入一二八公路，往北前進。

丹尼淺嚐兩口苦澀的卡布奇諾後，看見小圓點離開公路，進入沃爾瑟姆市的第三街，往南移動。

那兩個騙子的去向和原因，丹尼完全沒概念。

幾分鐘後，綠點不再動。

他按地圖上的＋號，放大地圖，進入街景模式，見綠點位於停車場上，前面有一棟註明「大使套房旅館」的樓房。

他用Google搜尋「大使套房旅館」和「沃爾瑟姆」，找到旅館官網。一間專供工商界人士長住的旅館。

富有居家溫馨的套房。住宿以一星期為底限。小廚房設備應有盡有，提供簡便房務整理。

為兩個冒牌調查員提供一個臨時家園。

突襲他們的時刻到了。

68

半小時後，丹尼來到沃爾瑟姆，駛進大使套房長住旅館停車場。一棟無特色的三層建築，構造像汽車旅館。

丹尼看不到白色廂型車。

他停車熄火。旅館門前有一座T字形的水泥拱門，上方有一道城堡柵門的裝飾，門面宏偉，卻有一分陰鬱，顯得死氣沉沉，隱然律動著寂寞、絕望、居無定所的氛圍。丹尼猜想，這裡住客主力是中階層主管，來自甲骨文、雷神、百健⓫等公司，剛被轉調來大波士頓區，正在找房子。或者，客人當中不乏外派的「團隊」，來自Google或微軟或健贊等公司，前來執行短期任務，寂寞出差兩三星期。也有可能是訓練有素的建築工程師，前來出差一兩個月。

但是，兩個圖謀不軌的緝毒署離職員工，也會住這裡嗎？

一輛灰色Mini Cooper從旅館側面繞過去，駛出停車場上路，丹尼這才發現，旅館後面另有停車場。他發動車子，繞到後方，見兩排車子停著，中間有一道通向後門的空地，另有一條和空地垂直的巷子通往停車處，最後連接馬路。馬路正對面有一座鋼筋水泥大型停車場，幾乎長達一整個街廓。

左邊最後一排車多半是經濟型轎車，看似租車，其中停著一輛白色廂式貨車，車身寫著「州際飲食公司」。

兩個騙子住這間旅館，極可能正在房間裡。這一區未設人行道，距離也太遠，不適合步行，外出不可能不開車。

他們必定待在旅館裡。

丹尼停好車子，筆電袋扛上肩，走進柱廊，進入正門。大廳狹小，採光昏暗，瀰漫速食香和咖啡焦香味，櫃檯也小，表面鋪著一層大理石。日光燈閃爍著。櫃檯裡好像沒人。

櫃檯上有鈴，按一下能發出「叮」聲，但即使是實驗用犬也不喜歡被鈴聲召喚。丹尼喊：「哈囉？」

一名二十五、六歲的年輕胖子踽踽而來，名牌寫著「麥特」。

「我可以只訂一晚嗎，麥特？」丹尼問。也許一星期底限是彈性政策。筆電袋換肩膀揹。袋子裡藏著蓋爾文的手槍，因此鼓起一邊，幸好形狀不太明顯。儘管如此，他忍不住擔心別人目光。

「可以。」櫃員說。就這麼簡單。空房一多，政策管他的。

「旅館靠後面有空房嗎？」丹尼心裡想著：*靠近廂型車停的那一區？*

鍵盤稍嫌太低，櫃員駝背敲著鍵盤。叩叩-叩叩叩-叩-叩-叩叩。

丹尼覺得胸口悶。箭在弦上，他即將做一件危機重重的事。最好還是別惦記著成功率。這如同《威利狼與嗶嗶鳥》卡通裡的物理定律，一低頭看，保證跌下去。

⓫ Biogen Idec，已於二〇一五年改名，簡稱百健。

那就別往下看。

「一百零四元九毛九。」

丹尼遞信用卡給他，屏息以待，片刻之後，他看見交易完成了。這一張的卡債繳清了，額度充足。他鬆一口氣。

櫃員從印表機拿來一張紙，放在櫃檯上給丹尼簽名。

「要不要幫忙提行李，先生？」

「我待會兒自己來就可以。」

丹尼的房間在二樓。他絕對有可能撞見斯洛肯和耶格爾。他沒準備好藉口。若被他們看見，丹尼就玩不下去了。

房間小，堪用，有一張雙人床、一張書桌、一張椅子。廚房區備有一台洗碗機、冰箱、咖啡機、兩座電爐。主管被調派外地，以小房間為家，孤獨生活幾星期，有這些設備就夠用了。

窗戶外面是旅館後院，停著兩排車子。

白色廂型車仍在。

斯洛肯和耶格爾仍在旅館中。問題是，他們住哪一間？幾號？用一種方法查得到：遁詞法。可以冒充他人，也可以瞎掰一件沒發生過的事。

話說回來，也許他沒必要瞎掰。

他解開筆電袋的拉鍊，取出MacBook插電，登入免費無線上網。

他取出三星TracFone預付手機，然後掏出蓋爾文的貝瑞塔手槍和一盒子彈，和筆電一起擺上書桌。

貝瑞塔散發一股槍機油味，嗅不到火藥，至少最近沒開過火，外觀嶄新無刮損。丹尼剝開彈匣，裡面仍有十五顆子彈。他握起手槍，照父親教他的雙手握法，瞄準床右邊的床頭壁燈。接著，他轉身，瞄準窗外一輛藍色Prius。準星是傳統式環形柱狀準星，半月形的覘孔有顆紅點，槍口柱也有顆紅點。

這支槍的手感紮實，沉重但四平八穩，是一把正經的槍——天下豈有不正經的槍？丹尼的槍法一向牢靠，稱不上神準，絕非狙擊手的料子，但以一個每隔一兩年才射擊一次的人而言，他還算不錯。而他開槍只在諾賽特槍械社陪父親打靶，環境控制妥當而理想化，不盡真實。

在現實生活中，他是個土包子槍手。

假如遇到一個經常動槍械的敵手呢？丹尼沒戲唱，必死無疑。假如對方手持衝鋒槍呢？門都沒有。

既然如此，這把貝瑞塔有什麼用？情急之下，他真能動槍嗎？

他暫時推開這念頭。有槍總比沒槍好。

他可以現在告訴波斯坎澤這旅館地址，請他通報FBI前來追捕假冒調查員的緝毒署離職員工。

但他繼而一想，既然已攻進敵窩，不如自己動手查，成果可能更豐碩。

他想到，先記下白色廂型車的車牌吧。他往窗外看。

正好瞧見斯洛肯和耶格爾上車。

69

電梯拖太久，他不等了，直接走樓梯，砰砰腳步聲在樓梯間迴盪。衝到大廳，他放慢腳步，不疾不徐走。

丹尼瞥見胖櫃員麥特在櫃檯裡。大廳後方有玻璃門，丹尼走過去，站在門旁邊向外望。白色廂型車走了。

他折回櫃檯，嗅到薯條香。「剛開廂型車走的那兩人，你看見沒？」

「什麼？」麥特仍在嚼食，歪頭表示禮貌。

「哇，我闖禍了，」丹尼說。「剛才停車時，我撞到他們的廂型車。我想留字條給他們。你知道我講的是誰吧？開那輛白色廂型車？」

麥特吞嚥一下。「呃，先生，誰開白色廂型車，我不清楚。我不太留意客人開什麼車。」一小片萵苣沾在山羊鬍上。

「剛走的那兩個男人，一個瘦瘦的，頭髮很黑，另一個禿頭，身材矮壯。剛剛走出去。」

麥特點點頭。他明白丹尼指的是誰。「要不要我留言給他們呢？」

丹尼搖頭，佯裝一臉驚恐狀。「這險我冒不得。唉，要是他們看見車子被撞壞，想索賠，直接找上——那我就慘了，因為，我沒申請就開走公司車，萬一他們直接找公司索賠，我可能會被炒魷魚。你今天晚上還上班嗎？」

「晚上？不會，我五點下班，不過萊斯莉會來接晚班。」

如丹尼料想，麥特上的是朝九晚五的八小時班，當然不會待到晚上。「好吧，那我抄一下他們的房間號碼。」而不是問：他們住哪一間？丹尼接著說：「我馬上去申請一張理賠單，開一張個人支票，然後——晚上回來，直接從房門下面塞進他們房間。」

麥特猶豫著。他吸一口氣。看他的表情，他似乎想說聲抱歉，以一套過分殷勤、公式化的說詞打發客人。抱歉，先生，礙於本旅館政策，員工不許提供住客的房號。

但話尚未出口，麥特注意到，丹尼按著一張二十元鈔票，順著檯面推向他。

「這——這沒必要吧，先生。」麥特說著靦腆一笑。

「這是個小數字，我知道。我的飯碗比它更值錢。不過……」

麥特一收下現鈔，交易就算成功了。當然，成交的要素並非二十元，而是丹尼急如熱鍋螞蟻的神態。見死不救未免太失禮了。

麥特敲著鍵盤，叩-叩-叩叩，沉聲快口說：「他們住三〇三和三〇四房。不過，我真的不能報客人的名字。」

「喔，用不著名字了。我只想知道他們房號。萬分感激你。你幫了我一個天大的忙。」

70

丹尼上三樓，漫步走廊上，尋找客房清潔員。有了，清潔員在三〇七號房，以推車撐開房門。

「不好意思，」丹尼說。「我是個大白痴，進不了自己房間了。三〇三——可以拜託妳幫我開門嗎？」

清潔員轉身，瞪大眼睛。「喔！先生，出什麼事了？」

丹尼舉起一個壓克力桶。「我想出來找冰塊用。」他搖搖頭，擺臭臉，而非面帶歉意，顯示他對這旅館嘖有煩言，不喜歡房門關得太急。這是旅館的錯。錯不在客人。

「你說房間幾號？」清潔員以不甚標準的美語說。

「三〇三。」丹尼搖搖頭，擺出一副房客不悅的嘴臉。

她上前來，從推車凹處拉出一條繩子，繩子連接著一面夾紙板。「呃，姓什麼？」

「耶格爾。」

她從上而下查閱房客名單，搖搖頭。「抱歉？」

假調查員八成用假名入住。「我住三〇三。妳快一點好嗎？再過兩分鐘，我有個重要的電話會議。」

「好的，」她匆匆點頭說。「三〇三號房間。」她說著，彷彿向自己確認一下。

丹尼跟隨清潔婦回走廊。她散發一股衣物柔軟精的氣味，像一張丟進機器伴隨衣物一同烘乾的去靜電紙。也有室內清香噴劑的氣息。另外也混合辛勞工作的汗臭。跟在她背後走的丹尼並不排斥，只明白這團氣息在她上班期間如影隨形。

她帶著丹尼，快步走上走廊，一腳微瘸。

來到三〇三號房，她取出一張萬能鑰匙卡，戳進門鎖裡的電子讀卡孔。這張卡極可能可以開整層樓的所有房間。

她推開房門之際，丹尼說：「太感激妳了。」他塞給她一張二十元鈔票。

「喔，謝謝，謝謝，先生，」她先用西班牙文說，然後改英語。「呃——你要不要我去拿冰塊？」

這一間的配置幾乎和丹尼房間雷同，看起來像剛打掃過。

行李架上有一只金屬殼的Rimowa行李箱，丹尼想打開，卻發現上鎖了。衣櫥位於浴室旁邊，空間大，裡面掛著一件西裝外套和一件休閒西裝。小廚房裡的餐具一切擺定位。除了上鎖的行李箱外，有人住過的跡象只從書桌看得出來。

桌上開著一台黑色東芝筆電，旁邊有整齊一疊紙張。他從腰間拔槍，放在筆電旁邊。

迷幻圖形的螢幕保護程式螺旋著，起伏著，星光璀璨的夜空有一道道的虹彩流轉著。

他敲一下鍵盤，螢幕保護程式解除，蹦現一個密碼框。他注視幾秒。按「輸入」鍵，希望這電腦根本沒設密碼。

「密碼錯誤。」

他打「password」，按輸入。

「密碼錯誤。」不試白不試。他打12345678，按輸入。

「密碼錯誤。」

打abc123。

「密碼錯誤。」

他遲疑一陣。連續猜錯幾次，筆電該不會自動鎖死吧？他打999999，停一下，再多加兩個九，總共八個。

「密碼錯誤。」

他暗忖：咦，犯不著進他們筆電嘛。交給FBI的電腦專家處理，不就行了？筆電裡有各式各樣的資訊，對冒牌調查員不利，即將成為不容小覷的籌碼，能在丹尼和司法部談判時，為丹尼打一場漂亮的仗。

可惡，乾脆整台帶走。

他合上筆電。他拿起旁邊整齊的一疊紙，最上面是一張列印好的電子機票。仔細一看，是登機證：

401/2470班機　　2470班機

墨西哥國際連接航空

起飛：上午12:45

紐約市（甘迺迪機場）

抵達：上午8:20

墨西哥新拉雷多市

轉機：墨西哥城

乘客姓名是亞瑟·鄧肯，啟程日期是三天後。也許亞瑟·鄧肯是其中一人的真名，也許又是假名一個。目的地是墨西哥的新拉雷多市。波斯坎澤曾說，斯洛肯和耶格爾在被緝毒署開除前，在墨西哥出過任務。然而，亞瑟·鄧肯現在為何想回墨西哥？原因不明。

他把機票對摺再對摺，收進口袋。

房門開了。

丹尼拿起手槍，旋身面對門口。

來人是菲利普·斯洛肯。

71

斯洛肯緩緩推開門入內，睜大眼睛，眼觀四面，然後微笑。門在他身後自動關閉。

「好了，」丹尼說。「不要再前進。」

丹尼右手持貝瑞塔，瞄準斯洛肯胸部。對準軀幹。丹尼讀過，瞄準軀幹能提高命中攻擊者的機率，尤其是在準頭缺乏自信時。他用拇指解除保險。這支槍製作厚實，相當重，重約一兩磅。

斯洛肯站在不超過十五英尺外。不命中也難。

關鍵在於，丹尼能否橫下心扣扳機。

丹尼舉起左手穩定握力。「雙手舉高。」

斯洛肯似乎在盤算什麼，遲疑不決，身子祟動，似乎在考慮該不該衝向丹尼。

但他聳聳肩，雙手舉到與胸部同高，不甘不願，掌心向前，面帶寬容的淺笑，彷彿視丹尼為一個吵著想玩拍拍手遊戲的小孩，煩不勝煩。彷彿這狀況令他哭笑不得，他不願當壞人，只得陪玩。

「舉到最高。」

斯洛肯吐一口氣。雙手高高舉起。他的微笑轉為近似冷笑，缺乏槍口下應有的緊張。

「站到那一邊去。」丹尼以手槍指一下窗邊的扶手椅。閱讀椅。旁邊有一座立地式檯燈，包著白色圓筒形大燈罩。「走過去坐下。」

隔壁房間裡電視被打開，隔著薄牆隱約聽得進聲音。另一個冒牌貨耶格爾也回來了。

「你也許不知道，殺害聯邦執法人員最重可判死刑。」斯洛肯說，繼續站著，表達叛逆之意。

「是嗎？聯邦執法人員離職後為非作歹被殺害，兇手會被判什麼罪？坐下。」

斯洛肯點頭奸笑，維持站姿。秘密被揭穿了，他明白。

「距離十二英尺，你大概以為射中我的機率滿高的，」斯洛肯說。「哼，想得太美了。你比較可能射中乾牆，打穿一個點四〇口徑的圓孔，讓隔壁無辜百姓送命或變成殘廢，不幸射中一個你看不見的房客，也可能射中員工。所以警校生都學過，除非百分百確定射程，否則絕不在這種情況下開槍。你呢，丹尼，確定嗎？」斯洛肯搖一下頭。「你沒設想過這一點吧？」

腎上腺素激增，令他難以釐清思緒。下一步怎麼走？他不想開槍，不認識FBI，也沒FBI的電話。打電話報警嗎？等警方趕到，丹尼早已一命嗚呼。

冷不防，斯洛肯朝他飛撲而來，雙手如鷹爪。丹尼往旁邊閃躲，握緊貝瑞塔使勁一揮，打中斯洛肯的頭側面。斯洛肯呻吟喊痛，向後跌在地板上，一眼滲血。「死雜種，你走錯一大步了，」他咆哮。

丹尼聽見，斯洛肯背後傳來金屬輕碰聲。兩房之間的門開了。

丹尼轉頭，看見耶格爾走進這一間。「哎呀，丹尼爾，不好吧。」他邊說邊走進來。舉著槍。在丹尼左邊，斯洛肯手忙腳亂站起來，臉的一邊淌著幾條血河。想必是他剛才被槍打破皮了，傷口在一眼的正下方。丹尼轉身，手槍對準斯洛肯，然後轉向右邊，瞄準耶格爾。

「槍放下，丹尼爾，」耶格爾沉住氣說。「別做傻事。」

「後退。」丹尼警告菲利普．斯洛肯，槍口猛然轉向他。

「丹尼爾，你打傷菲爾了，」耶格爾說。「看樣子，你夠屌了，我佩服你。」說著，耶格爾一手舉向眉毛，對他行禮。「行啊，你試試看，對我的朋友開槍，但我建議你不要。我一下子就能制伏你，讓你措手不及。不過，我真的不要你死，因為講句老實話，留你活口，對我而言用途更大幾倍。所以，拜託你，我們兩個同時放下槍，和和氣氣對話。我們有幾件事要討論一下。」

斯洛肯伸一手，拭去臉上的血，狠狠瞪丹尼一眼，好像假如耶格爾不在場，他一定衝向丹尼報復。

耶格爾全然平心靜氣，宛如在討論美式足球比數。

「丹尼爾，如果我們想殺你，你老早就死了，我能跟你保證。」

耶格爾說得對：他仍有利用價值。丹尼一死，對他們沒好處，殺他也是白殺。

他放下槍。

「謝謝你，」耶格爾說。「你選對路了。」

「你們的底細被我摸清了，」丹尼說。「你們是冒牌調查員，根本已經不是緝毒署員工了。」

「被揭穿了，」耶格爾說。「你說得對。我們不是緝毒署的人。算你運氣好。」

「你們口口聲聲威脅，要送我去坐牢，全是謊言。」

「也答對了。我們不想送你去坐牢。丹尼爾，如果你不肯合作，到時候你會但願自己有牢可坐。不合作，下場會比慘更慘。你懂我意思嗎？」

丹尼呆望著。他已開始覺得好冷。

「不會吧？我們的主子是誰，你還沒理解出來嗎？我對你好失望。來，給你一個提示。」耶格爾從外套口袋取出東西，拋向丹尼，丹尼以另一手接住。這東西是一串項鍊，珠子有綠有黑，墜子身穿長袍的女子，手持長長一把鐮刀。「眼熟嗎？」耶格爾說。

「這——這——」丹尼最後一次見到這項鍊，是在亞斯本，戴在蓋爾文的司機脖子上。丹尼原以為是聖母像。近看之下，他發現，多了一支大鐮刀，反而比較近似死神。

黑黑的東西凝結在幾粒珠子上，可能是血跡。丹尼一反胃，項鍊掉到地上。

「沒錯。當作是我們送你的禮物。不介意二手貨吧？墜子是Santa Muerte，死亡聖神，一個未受冊封的聖人。在我國的國境以南，有些人戴這種項鍊保平安，據說能帶來好運。」

「我敢說，這一條帶來的運勢是好壞互見。」斯洛肯說。

耶格爾聽了嘿嘿笑。「對亞勒漢卓來講，效果沒有那麼好——沒錯，」耶格爾說。「可是，命運的事，誰說得準呢？搞不好，丹尼爾戴了能走運。」

丹尼當下明瞭，在亞斯本殺害司機的兇手若非這兩人，他們也和兇手脫不了關係。房間似乎傾斜了。

他們的主子究竟是誰？販毒集團，有可能嗎？

剛找到的機票顯示，其中一人即將飛向墨西哥，返回新拉雷多市。他們在當地曾被緝毒署開除。當地是某毒梟的大本營嗎？

「菲爾，」耶格爾說。「你可以播一播居家影片嗎？」

斯洛肯走向書桌，在筆電鍵盤敲幾下，然後把筆電轉向丹尼，再按幾個鍵，螢幕出現一個視窗。丹尼看了一分鐘，才認出場景。

血色霎然從他臉孔流失。他頭暈目眩。

露西穿著粉藍色T恤和海軍藍運動短褲，正在一個像她家廚房的地方，不知道在做什麼事。正在煮咖啡。畫質粗顆粒，看起來像監視錄影帶。

「想知道她為什麼老是渾身菸味嗎？」耶格爾說。「很遺憾，不是因為她常和流浪漢相處。我知道，她對你說她戒菸了，可是，恐怕你的前女友是個小氣鬼，專抽伸手牌香菸，自己不買，只跟朋友借菸抽。菲爾，麻煩你轉台。」

螢幕出現另一視窗，播放影片，丹尼赫然認出場景是童年老家的家庭室，父親舒服坐在他最愛的Barcalounger活動躺椅上，母親坐她習慣坐的花格子沙發，一同看電視。

「多甜蜜啊，」耶格爾說。「媽媽和爸爸常一起去奧爾良的Stop & Shop超市買菜，每禮拜兩次，你爸堅持買你媽討厭的隔日麵包，但你媽懂得忍讓。結婚久了，夫妻總要處處妥協嘛，對不對？」耶格爾清一清嗓子。「對了，你有個十幾歲的女兒，可是除非不得已，我們不碰小孩。我希望事情不要惡化到那一步。我自己也有一個女兒。」

「狗娘養的，」丹尼罵，嗓子氣岔了。「你這個該死的狗雜種。」

「言歸正傳好了，丹尼爾。你要求明天早上十點前收到現金二十五萬，我們辦不到，不過，你有話直說，我很欣賞，現在我也想對你有話直說。湯瑪斯．蓋爾文的帳號和密碼全存在加密的雲端網站上，全被一組密碼鎖住。那組密碼能產生隨機金鑰和隨機初始向量，以及什麼跟什麼的。總之，朋友，勞駕你去幫我們弄到密碼，照你開的期限，明天早上十點鐘。如果弄不到密碼，你等著當老孤兒。之後，更多的麻煩還在後頭等著你。」耶格爾的神情爽朗起來。「另一方面來說，如果你交出密碼，所有的麻煩都不會找上你，人生從黑白再變回彩色。」

丹尼瞪著他。

「清不清楚？」耶格爾說。

丹尼點頭。他脈搏加速，房間變得好亮。「是的，」他說。「清楚。」

「好。另外還有一件事。」耶格爾說。

丹尼轉身。

「那把槍，拜託你小心一點，不然會傷到人。」

72

丹尼飆車，轉彎衝進萊曼學院熟鐵大門，輪胎摩擦出唧聲，路過教師停車場，裡面停著現代、日產、福特Fiesta。他衝進半圓形的接送車道。離放學還有兩小時，大門口只有他這一輛。他焦慮得心神不寧。到處都嫌光線太亮，萬物走走停停，全像卡卡的定格動畫。腎上腺素在血管裡亂竄。

冒牌調查員曾保證不碰小孩，但丹尼不信。從他們那夥人在亞斯本對司機下的毒手研判，他們的兇殘是百無禁忌。倘使綁架獨生女能逼丹尼就範，他們絕不猶豫。

丹尼急著帶走女兒，帶她遠離常去的地點，包括學校和住家在內。也不能送她去住威弗理鎮的祖父母家，因為那裡也成為毒梟監視的範圍。

目前只有一個地方安全，就是蓋爾文家，在威思頓鎮。蓋爾文家也是毒梟的標靶，沒錯，但他們家有重兵和城牆保護。蓋爾文家院子有圍牆，也聘請專業保全巡邏，而且不是錫納羅亞毒梟提供的人手，而是真正的保全人員。把女兒送到那裡最保險。

他跳下本田車，衝進學校正門。

校警里昂坐在椅子上讀《波士頓地球報》，見他進來，抬頭對他說：「喂，丹尼——」但丹尼頭也不轉，穿越大廳，衝上樓梯，沒空閒聊。櫃檯秘書吉弗德夫人對他微笑，先是面露疑惑，表情迅速轉為警覺。「古德曼先生，一切都還好吧？」

「艾比在哪裡？」

「她還沒放學——」

「她在哪一間教室？」

秘書戴上掛在脖子下的老花眼鏡，看著電腦螢幕。「她正在上預科微積分，老師是克魯耶斯先生。要不要我傳字條給艾比？出了什麼事嗎？」

「教室在哪裡？」

「馬瑟二十九，可是——」

「怎麼走？」

「我可以傳個訊息過去，因為家長不行——」

「謝謝。」丹尼說，一口氣進走廊，尋找馬瑟大樓。

他眼角看見秘書從辦公椅起身，聽見她對著他背影喊：「古德曼先生？」

丹尼的鞋底拍打著水磨石地板，響徹走廊。可惡的學校走廊龐雜，小隔間、置物櫃、短樓梯、死巷眾多，簡直像迷宮。

足足找了五分鐘，丹尼才找到馬瑟大樓二十九號教室。至少以本校的標準而言，這間教室具現代感，牆上不見黑板或綠板，而用白板，貼著荷蘭版畫家艾許[12]的海報，也有匪夷所思的圖表。丹尼從門上的窗戶望進教室，見裡面有十五名學生坐在酒紅色折合課桌椅，各個鬱悶看著老

[12] M.C. Escher，1898-1972。

師講課，神情茫然。克魯耶斯老師紅頭髮，留著大鬍子，體態癡肥，戴著髒兮兮的鐵絲框眼鏡，授課風格具催眠力。他拿著綠色麥克筆，正在白板上寫一大堆數字。在例行教師家長大會上，丹尼曾和他打過一次照面，瞬間能體會艾比為何鄙視這老師。

艾比坐後排，顯然正和瞌睡蟲奮戰中。他沒看見珍娜，也許珍娜和艾比數學課不同班。

丹尼摜開教室門，老師慢吞吞轉身，瞇眼。「呃，嗨……？」

「艾比，跟我走。」丹尼說，對女兒招手，態度急迫。

艾比轉頭看教室門口，嚇一跳。「爹地？」

「跟我走，快，別再拖了！」十五個女生盯著他看，少數幾個竊笑中。他聽見其中一人說：「艾比的爸。」

「抱歉，先生。」老師說。

「艾比，我們走——有件很重要的事。」丹尼說。

被嚇壞的艾比畏畏縮縮離開教室，進走廊。「怎麼一回事？」她說。

「我們走。待會再談。」

「我東西擺在置物櫃裡，想去拿。」

「沒時間了。」

「置物櫃很近，就在帛克——」

「我們有空再去置物櫃拿東西。」

「什麼？怎麼一回事嘛？發生什麼事了？」

「上車再談。」

「為、為什麼這麼急？是不是發生什麼壞事了？」

「上車再談。」他重複說。

艾比上車，甩上車門。「天啊，糗斃了！什麼鬼事情這麼重要，竟然提早來學校接我走？我做錯了什麼事？」

「妳沒做錯什麼。」他無法對女兒透露實情，無法解釋目前狀況，不能明白說出危機何在。

「現在我想帶妳去珍娜家。」

「珍娜家——做什麼？為什麼現在去她家？」

「只……唉，拜託妳，聽我的話不行嗎？」他動肝火了。他把車子駛出校門，進入聖艾尼斯路。「我要妳去蓋爾文家住幾天。」

「蓋爾文家——？」

「去他們家。住幾天就好。」

「為什麼？」

「妳該不會抱怨吧？我還以為妳會好高興。」

「我不能——不行啦，我的東西全擺在家裡！」

「我待會兒去幫妳拿。」

「你又不知道該拿什麼！我東西擺哪裡，你又不知道。」

「我們住的公寓那麼小，妳要什麼，我幫妳找就是了。」

反正丹尼再怎麼解釋，她聽了只會一個頭兩個大。我恐怕妳出事。我怕妳被綁去當人質。我們住市區二樓公寓，只有兩道不堪一擊的鎖，無法保護妳，而蓋爾文家在郊區，住獨棟房子，院子大，有圍牆，有武裝警衛，妳住他們家比較安全，風險低多了。

沒必要嚇小孩。

「急什麼急嘛？到底講不講嘛？」

「不講，」他說。「現在不行。以後再講。」

73

蓋爾文家有八英尺高的熟鐵圍牆，有電動雙扇門，來人表明身分才准入內。原有的防護措施就顯得戒備森嚴了。

但在丹尼的督促下，蓋爾文聘請一家保全公司。這家保全專為公司行號和富人服務，旗下人員包括訓練有素的退伍軍警。現在，蓋爾文家儼然如軍營。在門口，丹尼遇到兩名身穿制服的警衛盤查。這兩人身形精壯，外表專業，配戴對講機和槍械，不像一般按時計薪的小警衛。另有一名警衛正在徒步巡邏周邊環境。

警衛之一走過來，板著臉，命令丹尼搖下車窗。丹尼交出駕駛執照。

「我是他們家的朋友。丹尼爾・古德曼。」

「是的，先生，我們知道你會來。」警衛看一下夾紙板說。警衛檢查丹尼駕照片刻，交還給他，然後向搭檔點頭。鐵門徐徐開啟。

「怎麼會這樣？」艾比說。「這些人為什麼在這裡？」

丹尼不回答。他無法告訴女兒事實，也不願不顧一切撒謊。他把車開進樹木夾道的一條路，在樹林間蜿蜒前行，前往蓋爾文家。

「到底是怎麼一回事，你還不快講？」

他靠邊停車，不熄火，換停車檔。「哺哺，聽好。蓋爾文先生有個客戶最近常威脅對他和家人不利。」

艾比眼睛瞇成一條線，皺眉。「那……跟我有什麼關係？」

「問題是，對方可能也會找親近的朋友下手。這是保全公司告訴蓋爾文先生的，我們當心一點準沒錯。」

艾比聽得下巴往下掉。「可是，那——珍娜怎麼辦？」

「另外有車子去接她回家。」

「屁啦！」她說。「真不敢相信。你意思是，我們不能出門？」

「幾天而已。等風平浪靜。」

車子來到家門前。

瑟琳娜前來應門，模樣風姿綽約如常，穿著牛仔褲和米黃色絲質上衣，但燦爛的笑容不復見，脂粉未施，神色也稍顯憔悴。她面帶敷衍性質的微笑，與其說是面帶敵意，倒不如說是表現得疏遠，戒心深重。亞斯本血案發生後，居家生活也被波及，震撼她的世界，人生一切為之改觀，今後有更劇烈的變化等著她。她也為家人惶惶不可終日。

「艾比，妳想不想進珍娜房間去？她馬上就到家了。」兩隻無毛小型犬跑過來，圍繞著他們，氣喘吁吁，聲音沙啞，腳趾甲敲擊地板，宛如在跳踢踏舞。

「瘋瘋！小牛！鬧夠了！」瑟琳娜說。

她雙手放在艾比肩膀上。「艾比，親愛的，這週末，妳跟珍娜可以盡情玩。今天晚餐，妳和珍娜要不要幫忙做飯？」

艾比愣一愣，點頭。「好啊，可以。」她說，語氣是興趣缺缺，微笑稍縱即逝。

「沒什麼好怕的。」瑟琳娜說。

但艾比一臉不相信。

數分鐘後，湯姆．蓋爾文和珍娜從正門走進來，後面跟著一名黑人壯漢，身穿海軍運動衫，手槍插在腰帶左側的槍套裡，一條螺旋電線從一耳延伸而出，耳裡塞著警衛專用的耳機。壯漢守在門口。

蓋爾文臉上有病容，肩膀似乎有氣無力，氣色蒼白，汗珠佈滿額頭。「送到這裡就可以了，丹尼斯。」蓋爾文對壯漢說。他點頭離去，帶上門。

「媽媽！」珍娜瞪大眼睛驚呼。「到底是怎麼了，告訴我嘛。我們都成了囚犯嗎？怎麼沒人解釋一下？」

「瑟琳娜，」蓋爾文淡淡說。「妳跟兩個女孩子溝通一下。丹尼，你跟我也有該溝通的事。」

「『大學之夜』怎麼辦？」珍娜說。

「什麼？」父親說。

「學校今天晚上舉辦大學之夜啊，」艾比說。「規定所有人參加。」

「抱歉，」蓋爾文說。「變更計畫了。大學之夜被取消了。妳們兩個可以待在家好好玩一下。」

「又不是我們不想參加就可以不去，」珍娜告訴父親。「又不像選修。是硬性規定的。」

丹尼搖搖頭。瑟琳娜說：「現在不方便。」

「爸，我們這屆所有女生都要參加耶，」艾比說。「名校的入學代表都出席，耶魯、普林斯頓、布朗都有，大學的輔導老師也會教大家怎麼申請，回答大家的問題。這不是不想去就可以不去的。我非參加不可。我們兩個都要。」

「今天晚上不行，」丹尼說。「對不起。」

「你們以為我想參加大學之夜嗎？」珍娜對父母說。「艾比是真的想去，行嗎？我嘛，我八成連一間都申請不到。除非你捐一座體育館給他們。」

蓋爾文像被針刺一下。「講什麼傻話，蜜糖。好大學能收到妳這個學生，算他們運氣好。」

「大學能收到你的錢，運氣才好吧？反正你們也沒辦法強迫我們待在家。我們又不是囚犯。」

「錯。我報個壞消息給妳聽：我可以強迫妳待在家。我是妳名正言順的父親。」

「去你的，但願你不是！」珍娜叫囂著。「你是一個混帳納粹——你知道嗎？」唯有淚水能稍減怒燄的鋒芒。

蓋爾文沉默幾秒。然後，他搖搖頭，彷彿一身鬥志全流失了。「別講那種話。」他輕聲說。

「我恨你！」珍娜說。「我的人生快被你毀了。」

「妳父親愛妳啊，女兒！」瑟琳娜說。「不許亂講話！」

「不要！」珍娜大吼，氣呼呼衝上樓。頃刻之後，艾比也跟著上樓。

蓋爾文喃喃對瑟琳娜講一句西班牙文，之後說：「現在，丹尼和我該談一件我們之間的事。」

他帶丹尼走進自己的工作室。

「我有東西給你看。」蓋爾文說。

「東西等一下再看。」丹尼說。

蓋爾文看著他。

「我認為，你對我不夠老實。」丹尼說。

「哦，是嗎？」

「是。」來到工作室門口，丹尼雙臂交叉胸前。

蓋爾文逼視他。「哪──在哪一方面？」

當下篤定自己推論無誤的丹尼說：「你和緝毒署有掛鉤。」

74

在識破兩個冒牌貨之前，丹尼深信自己是洩密者，是揭穿蓋爾文底細的線民，行為驚動了錫納羅亞販毒集團。

但丹尼誤判情勢了。既然斯洛肯和耶格爾是騙子，洩密者必定另有他人。

正是蓋爾文本人。

蓋爾文身為錫納羅亞集團總務長多年，竟能躲過緝毒署追查誘捕，邏輯上說不太通。

蓋爾文自己也提過。

我踏上這條路好久了，緝毒署一查就能深探我的犯行，對我設陷阱，逼我叛逃。這樣的後續發展，也不算太驚人吧？

現在，蓋爾文看著丹尼，久久未移動視線，乾眨眼幾分鐘。「你啊，聰明的混帳，」他終於說。「我把手上的牌全部攤在檯面上好了。簡單而醜陋的事實是，差不多十二年前，我被緝毒署盯上了。我早該料到有那麼一天——我幹這一行的運氣未免太好了，不可能永續。有天，緝毒署調查員找上我辦公室，開始問東問西。我猜他們有一組會計，專門查從滙豐銀行流出的墨西哥販毒集團匯款，抽絲剝繭後，理解出門道，然後把箭頭對準我。」

「你矢口否認。」

「我當然否認，」蓋爾文聳聳肩說。「直到後來我想通了，集團高層一定有人被吸收了。緝毒署查到我身上。我有兩條路可走，一條是配合，另一條是辯解。不過，找上我的那個調查員，姓名叫華勒斯．杜伊，他太精明了。不然就是他的線民太厲害。他一口咬定我。」

「你沒有……沒有辯解看看？」

蓋爾文搖搖頭。「有什麼用呢？沒做過的事，怎麼去辯解？我不能跟集團證明我沒和緝毒署合作。集團會假定，我跟緝毒署合作了。不然集團會以為，我最後會屈服，想犧牲掉集團。最後集團沒辦法，只好宰了我。集團會說，又出了一個想窩裡反的白人懦夫，乾脆除掉他算了。」

「結果，你成了緝毒署線民。」

「緝毒署讓我自己選，不想吃二、三十年牢飯，就摸摸鼻子協助辦案，通風報信，偶爾交出一個錫納羅亞人，只要不被集團懷疑到我身上就好。麻煩就在這裡，緝毒署內部有誰幫集團臥底，我怎麼知道？所以，杜伊同意不把我列入線民名單。獨立運作。只有用這方法，我才不會被集團揪出來。他把我的檔案鎖進一個檔案櫃，地點不明——不列入名單，照樣還是有檔案。不可能沒有。在文書方面，他用代碼稱呼我。合作幾年下來，我少說也供出五、六個錫納羅亞高層。」

「你認為集團是怎麼發現的？」

蓋爾文聳聳肩。「二次大戰不是常有一種保防宣導海報嗎？中間畫一個快被淹死的水兵，上下寫著大字：『有人洩密』。」

丹尼點頭。

「我猜，是我運氣好，合作那麼久才被集團發現。」

「現在，這個緝毒署調查員不能救你嗎？」

蓋爾文訕笑說：「調查員？他們能怎麼辦？安排我們全家進入證人保護專案嗎？拜託好不好，要是集團想對付我，除非政府對我整容，把我藏到最偏僻的北達科他州，否則政府也沒轍。」

蓋爾文繼續說：「最近接連幾天，我打給杜伊好幾遍，他不接就是不接。本來這支電話，他全年無休接聽。一打就通。這一次不一樣。我一直打，一直找不到他。」

一股前所未有的恐慌在心中滋生。丹尼說：「後來呢？」

「後來我查到原因了。我認識一個州警。他說杜伊死了。被虐殺了，手段殘暴，像是被活活整死。如果我再不採取行動，下一個就輪到我。」

「你講得很篤定。」

「是很篤定。而且我知道他們派誰來。」

75

「我想給你看一張相片。」蓋爾文說，下巴指向打開的筆記型電腦。

螢幕上有一幅放大相片，裡面有一名身穿深色風衣的男子。丹尼湊近看。相片略微模糊，像監視錄影帶的截圖。男子整顆頭光禿禿，戴著無框眼鏡，似乎坐在車上，頭轉向鏡頭。而且是正眼看著鏡頭。

「什麼人？」丹尼問。

蓋爾文視線離開筆電，眼眶紅，眼球佈滿血絲，臉上汗水晶瑩。丹尼想到，他一副最近剛嘔吐過的神態。他一手擦擦臉。

「他們稱呼他El ángel de la muerte。意思是死亡天使。他們派來的就是這一個。」

「『他們』是誰？派他來做什麼？」

「他們是集團。錫納羅亞。這一個號稱孟度沙醫師。我只知道他姓孟度沙，名不詳。」他停頓一會兒，深吸一口氣。「他專精……逼供。」

「你意思是軍方用的『強化偵訊方式』？用酷刑嗎？」

蓋爾文聳聳肩。「隨便你怎麼稱呼。他的下一個對象是我。」

「可是，你怎麼知道他快來了？」

「這張相片是大概一個半小時前拍的，監視攝影機架在我們家圍牆上。他只坐在車上，停在馬路對面，觀察著，等著。好像等著伺機而動。」

「照你這麼說，你認為那個——杜伊——受不了酷刑，所以交出你的姓名，是這樣嗎？」

蓋爾文點點頭。「只要我們不離開這房子一步，可能不會遇到危險。不過，我總不能永無止境窩在家裡吧。我非消失不可。在不久的將來，我非走不行。」

「然後呢？他會……」

「你上網不是看過那種影片嗎？用鏈鋸斬頭之類的。在惡夢裡夢見的那種。」

丹尼哀嘆一聲，點點頭，連開口的勇氣也沒有。「嗯，對。」

「哼，集團派來的這傢伙，連鏈鋸殺手都怕到做惡夢。」

「我的天啊，」丹尼說，然後久久不語。「他找你做什麼？」

「帳號、密碼，全都要。」

「在亞斯本發生的事，是他一手策劃的嗎？」

「我不認為是。那次用的是塞塔幫的招牌手法。所以我到現在還一直搞不懂。」

「搞不懂什麼？」

「海裡有血，鯊魚會傾巢而出。我懂這道理。我的同夥人，以及孟度沙，他們全是錫納羅亞幫。我不懂塞塔幫怎麼會跳進來攪局。也不清楚他們為什麼想對付我。」

他轉頭，以狐疑的神色注視丹尼，幾乎面帶指責意味，彷彿他明白丹尼隱瞞著某件事。

丹尼再也無法隱瞞冒牌調查員一事。紙包不住火了。再瞞蓋爾文下去，丹尼已無法忍受。

「換我坦白一件事了。」丹尼說。

76

濃濃的雪茄煙充斥蓋爾文的工作室，如雲朵，懸浮在空氣中，也像飛機在高空留下的凝結雲。桌上有一只玻璃製的大菸灰缸，邊緣掛著一支冒煙的雪茄，灰燼堆裡另有一支耗盡生命的菸屁股。

蓋爾文聆聽丹尼娓娓道來，不吭聲，幾乎無反應。

等丹尼講完，蓋爾文才說：「我就知道你被捲進什麼風波了。」他繼續說：「找你打完壁球那天起，我就覺得不對勁。」

丹尼縮縮頭。「能對你說什麼，怎麼向你道歉，我完全不知道。」

「你以為我會批判你嗎？我不也害到你了嗎？少來了，兄弟。」

丹尼沉默片刻。「你……你認為，那兩個冒牌貨是塞塔幫的走狗嗎？」

蓋爾文聳聳肩。「可能是吧。我敢說，可能性很高。他們顯然是緝毒署的前僱員，而且我們也知道，至少其中一個去過亞斯本。我告訴過你，那天在亞斯本發生的血案，怎麼看都像塞塔幫販毒集團的手法。」

「那張機票的目的地新拉雷多呢？是塞塔幫的大本營嗎？」

「對。我再告訴你另一件事。塞塔幫那夥人的運作方式，簡直和寄居蟹沒兩樣。」

「意思是……？」

「塞塔幫是怎麼起家的，知道嗎？原本，他們是墨西哥特種部隊的成員，拿錢為墨西哥灣販毒集團執法，做保全工作。做了一陣子，他們想通了，與其領薪水當打手，不如自己出來創業，賺的錢跟老闆一樣多。所以，他們跟集團切割，建立自己的集團，有點像寄居蟹，找到合適的空貝殼就住進去。」

「照你這麼說，他們的目的是想……怎樣？拿下整個錫納羅亞集團？」

「他們要的是我為集團搭建的整個財務架構。也就是，帳號和密碼，掌握進出集團王國的金鑰。插隊到隊伍最前頭。他們會拓殖地盤。他們會全盤接管。不要拿寄居蟹比喻算了，他們更像癌細胞。」

「他們要你明早十點前交出主密碼，否則……」丹尼搖搖頭，不願讓念頭走下去。「不會吧？你真的有『主密碼』這種東西？」

「他們怎麼知道我有？」蓋爾文似笑非笑說，表情詭異。

「有嗎？」

他點點頭。「我嘛，不是電腦高手，不過我懂得聘請電腦高手，請他們幫我設定一套最精密的密碼管理系統。最敏感的資訊，例如帳號、密碼、通訊錄，全部加密，存進雲端之類的東東。想進入，必須輸入一句通關語，不只是一組密碼而已。通關語其實是林納．史金納的一句歌詞。」

「我知道是哪一首，我敢打賭。」八九不離十是〈阿拉巴馬好故鄉〉。

「我敢打賭，你一定知道。」

「不過，」丹尼說。「知道也對我沒啥好處。就算我報通關語給他們，他們也不會跟我握手道謝，不會再來煩我。」

蓋爾文苦笑一陣。「對不起，害你蹚這灘渾水。」

丹尼看著他，許久不移開視線。蓋爾文有什麼好道歉的？害我陷入這場風波的人不是他，而是我自己。「我給他們的東西再多，也沒辦法確保自身和家人的安全，」丹尼輕聲說。一縷絕望的陰霾籠罩下來。「頂多只能爭取一點點時間。」

「但願我能解鈴就好了，」蓋爾文說。「可惜我無能為力。」

「那你呢？你帶著他們的幾十億消失，他們找不到你，永遠不會善罷甘休。」

「那當然。所以我才只帶走淨利。」

「淨利？」

「集團擁有房地產、購物中心、速食連鎖店，和好多好多公司。全列在一間控股公司名下。另外還有很多現金。」

「你想帶走他們的現金？」

「不會。我向來很明白，做這一行也有賞味期限。我知道，不得不消失的這一天遲早會來，所以這些年來一直學松鼠，到處撿堅果藏著。」

「意思是什麼？你一直在暗槓集團的錢？」

「完全不是。藏的是我自己賺的錢，是管理費。我存了兩三億美元，擺在幾個境外戶頭裡。」

「所以說，你想搭船，消失進加勒比海，拿的是你買的那本百分百美國真護照？」

蓋爾文點一下頭。

「那兩三億呢？開戶也用護照上的姓名？」

「不。我所有境外帳戶都用另一個姓名。護照姓名和帳戶姓名要完全不相干才行。我研究過。」

「如果美國執法單位開始調查呢？美國政府愈來愈精了，不是嗎？很多加勒比海國家都開始配合美國辦案了。」

「有些國家比較認真，不過這不是重點。我的錢存在一種會計師所謂的『走路信託』，意思是，只要帳戶被執法機關查核，信託自動失效，資金在第一時間匯進另一國的另一個戶頭。相信我，政府查不到我啦。」

「未必。即使你搞假死之類的花招，政府也未必相信。」

「你說得對。不過，他們不信，我也沒辦法。」

「也許吧。除非另外想得出辦法。」

「這事用不著你操心了。你只要好好照顧家人就可以。」

「你不是正在保護我女兒嗎？這就夠窩心了。」

蓋爾文咬咬下唇。「你跟露西她——散了，對吧？」聽他語氣，他忍了好一陣子不敢問。

丹尼點頭。

「是為了保護她？」

丹尼不語，眨眼幾次。眼眶濕潤。「她走了。」

「你沒挽留她？」

丹尼再次點頭。

「你的抉擇是正確的。」

「由不得我。」

「你卻讓她走掉。因為你愛她，所以才讓她走。我瞭解。」

丹尼皺皺臉，點頭。「你呢？」

「我什麼？」

「走人。你打算怎樣？開船出海，脫網？」

「差不多。」

「家人怎麼辦？」

「我走，他們才能得到最大的保障。你以為我不會心如刀割嗎？」

「當然會。不過，一走了之還不夠。這種退場機制只算半套。」

「我準備了護照，也辦好了走路信託，另外還要準備什麼？」

「我是傳記作者。這方面你要相信我。你應該擬一套說法。一個故事。」

蓋爾文凝視他，搖搖頭不解。

「妙計始終擺在我眼前，只怪我沒看見。」丹尼說。

77

蓋爾文看著丹尼，聳聳肩。「什麼？」

「換成古爾德，他會怎麼辦？」

「講什麼？」

「傑．古爾德。我正在寫他的傳記。他是實業家或搶錢大亨，稱呼不一定。」

「瞭解。」

「我們以毒攻毒。只能走這條路，我們才有辦法活過這次難關。」

「什麼辦法？」

「黑吃黑。」

「解釋一下。」

「我現在開始懂得欣賞古爾德了。他身材瘦小像蝦米，體質不好，經常生病，也樹敵無數，幾乎和整個華爾街作對。不過，他的生意頭腦根本是超前大家好幾世紀。他致富的方法是佈局比大家更深入，也更綿密。」

「嗯……？」

「他對付西聯匯款公司的方法值得一提。在他那年代，電報相當於我們的網際網路，而當時電報業界的霸主是西聯，所以古爾德當然想入主西聯。可是，西聯的董事會連他前腳都不准踏進一步。」

「嗯。」蓋爾文這時仔細聆聽著。

「所以，古爾德為西聯設下一場騙局，讓西聯誤以為他有意踏進電報業，跟西聯打對台。當時，西聯有兩大競爭對手：大西洋公司和太平洋公司，古爾德開始收購這兩家的股份。他知道西聯習慣監看對手的電報，所以他發假電報，讓西聯以為他計畫另創一家公司跟他們競爭。果然，西聯讀到假電報，而西聯當然不希望又有新公司來搶生意，所以西聯併購古爾德的公司。不過，西聯掉進一場騙局，因為古爾德刻意哄抬股價，害西聯花大錢買到虛有其表的爛股票，害西聯吞下毒水餃。西聯的股價因此暴跌。古爾德見機使出閃電攻勢買進，兩三下入主西聯。」

「跟我有什麼關聯？」

「也許是有一點點複雜，」丹尼說。「不過，我覺得這辦法可行性相當高。你的投資組合裡有很多家公司——嚴格說來，是販毒集團的投資組合。對不對？」

蓋爾文點頭。

「其中有沒有幾間……我想想看……建築公司？」

「有。」

「有沒有一家在這附近？」

「波士頓市區沒有，不過在郊區美德福市，倒是有一家美德福區域建築工程公司。」

「可以。」

蓋爾文滿臉疑惑。

「我來解釋一下。」丹尼說。

接下來三十分鐘，丹尼闡述大計。蓋爾文邊聽邊做筆記，偶爾爭論幾句。他也打幾通電話。

不久後，兩人策劃出一套似乎可行的方案。

這方案的成功機率並非百分之百，作法也不容易。

但可能行得通。

78

丹尼駛出蓋爾文院子之際，向鐵門外的警衛匆匆揮一揮手，其中一人對他揮手回應，另一人直盯丹尼車上，像在檢視車子內部，也許是想證實車上除了駕駛別無他人。

車子上路後，行駛大約半英里，丹尼眼角掃瞄到一輛黑色大車子從後方路肩起跑。黑色休旅車。路上沒有其他車輛。他瞄後照鏡一眼。車上有兩人，駕駛是個金剛筋肉男，身旁另外坐一人，丹尼全不認識。

開上麻州收費公路後，黑車仍跟在丹尼後面，丹尼相當確定自己被跟蹤了。黑車和他保持一兩個車距，速度持平，從不超車。來到柯普里廣場交流道時，丹尼下公路，黑車跟進。

黑車上的兩男理平頭，無特色，神情木訥、呆頭呆腦，是丹尼心目中的標準聯邦執法人員，屬於特勤局或FBI之流。

然而，這兩人也同樣可能是老百姓，受聘於斯洛肯和耶格爾，有可能跟他們是同夥。如果他們真和冒牌調查員合作，跟蹤丹尼有何好處，不得而知。丹尼必定進出的兩地一是蓋爾文家，二是丹尼位於後灣的公寓，有啥好跟蹤的？也許，他們只想持續對他施壓，讓他明白，無論他去哪裡，一舉一動全逃不過他們眼光。

想跟蹤就跟蹤吧。丹尼繼續表現出平常心，照日常行程動作。

因為，再過不到一小時，丹尼即將偏離例行軌道，駛向一個萬萬不能被尾隨而至的地點。

來到馬爾波洛街，丹尼在公寓對面找到停車位，黑車也跟進，連遮掩的動作都省了，直接開過丹尼停車的位置，再往前半條街才並排停車，打開閃光燈。他們打算坐在車上等他。

愛等就讓他們等。

丹尼進公寓大樓，取出家門鑰匙，聽得見家犬暴龍輕聲哼著，搔刮著門，急著想外出，尾巴敲擊著硬木地板。

門鎖有上下兩個，下鎖開著。

丹尼明明記得，臨走前兩個鎖都鎖好才走。

暴龍輕聲唉唉叫。「老小子，我馬上牽你出去。」他說。

玄關天花板的燈亮著沒關。他記得自己出門時關了。

可能是假調查員斯洛肯和耶格爾來過，擺明要他知道。

暴龍再哼唉幾聲，奮力站起來。「你好可憐，你好有耐性。」丹尼彎腰，將狗繩扣上項圈。這條紅色羅緞狗繩是萊曼學院的募款商品，是丹尼拗不過女兒推銷而買的。學校不缺錢卻照樣募款。暴龍舔他手，感激他。

在跟蹤者看來，丹尼進市區的目的是餵狗。

只是例行動作。

暴龍跛著腳，過一條街，來到國協街林蔭大道的草地，原地兜圈，找牠中意的地點解內急，丹尼這時取出一張小抄，上面有幾個他寫下的重要電話號碼。他掏出預付卡手機，按萊曼學院校警里昂的電話。

里昂正等他來電。

「算你運氣好，」嗓音低沉而有磁性的里昂說。「我還有朋友在工作崗位上。」

「太好了。是波士頓警察局或……？」

「對，波警。」

「要我提前多久通知你？」

「愈早愈好。不過，半個鐘頭、四十五分鐘應該足夠。」

「我很快會打給你。你最棒。」

「可別忘了哦。」里昂說。

五分鐘後，丹尼回到本田車上。並排停車的黑車比剛才停得更近，現在只離大約二十英尺。正在等他。

黑車尾隨丹尼上路，彷彿是同一車隊的一分子，也像隨扈。他們以為他想回蓋爾文家，走同一條收費公路到第十五號交流道。丹尼照著老路行駛。來到紐貝利街尾，他穿越麻州街，上收費公路，黑車緊跟而來，大搖大擺。

現在是三點三十分，離下班尖峰時間還有半小時，但車流已經繁忙，慢如龜速。丹尼這輛雅哥老爺車加速相當敏捷，因此能超前幾輛車，把黑車甩在四輛車後面，黑車在相鄰的線道上。他並不想在這裡擺脫追兵，只想展現煩躁的態度，讓對方誤信他惱火了，或許也有點害怕。這才是正常的反應。

塞車近四十分鐘，總算抵達威思頓鎮交流道。十六英里的車程平常只需二十分。接近十五號交流道時，他打開右轉的方向燈，瞄一下後照鏡。黑車仍緊追不捨，保持一定的距離，總相隔幾輛車。

平常而言，去蓋爾文家必須在威思頓下交流道，但丹尼一反常態，急轉彎改上一二八號公路，往北前進。

不去威思頓鎮。

他想去波士頓近郊的美德福市，不能讓追兵知道。這是關鍵點。假如意圖被他們識破，丹尼的圈套計畫勢必泡湯。

唯有前進美德福，從事檯面下的交易，丹尼才有生存的契機。向北疾行的當兒，他再看後照鏡，見黑車再度尾隨而來，金十字雪佛蘭商標亮晃晃，車頭格柵模樣猙獰，宛如野獸露白牙。他瞥一眼副駕駛座上的平頭男。

兩人都還在車上。

非甩掉他們不可，否則只好取消美德福市的密會。前方是轉進二號公路的交流道。他打方向燈，駛上二號公路，黑車也跟過來。現在，丹尼朝東駛向波士頓，和美德福同一方向。這裡的公路很寬，雙向各有四線道，中間以鋼鐵護欄隔開。公路一側是陡峭的岩壁，路是靠炸山開鑿出來的。路的另一邊是高聳的水泥牆。儘管正值交通尖峰時間，此處車流順暢，時速可達六十到六十五英里。

黑車跟過來，相隔兩輛車。丹尼一減速，黑車跟著減速。丹尼改走右線道，黑車移到中央線道，總逗留在後方，但也總在視線範圍內。

黑車的行動絲毫不鬼祟。車上的兩男要他知道他被跟蹤，效果等同於亦步亦趨、緊迫盯人。無論丹尼驅車前往何方，都能明白兩人窮追不捨。

正前方有一面六十號交流道的路標，標示：「雷克街、東阿靈頓、貝爾芒」。他打右轉方向燈，黑車也照做。他下交流道，黑車跟進。交流道迴轉一百八十度，路過一道鐵絲網圍牆和幾棵樹，最後是紅綠燈。

路口一分為二，右轉能重回二號公路，左轉能進入阿靈頓市，駛進住宅稠密的老街。丹尼來過，對這一帶還算熟悉。路口號誌燈亮著左轉紅燈，左轉車道上有一輛U-Haul拖車和一輛福斯金龜車等著，丹尼放慢速度接近路口，黑車緊跟而來，像藤壺死黏不放。

抉擇時刻到了：左轉或右轉。

丹尼打右轉方向燈，黑車也一樣。緊接著，丹尼突然猛踩煞車，另一腳繼續踩油門，車子震幾下，不再前進，引擎呼呼狂吼著。就在黑車緊急煞車的當兒，丹尼向左急打方向盤，油門踩到極限，衝向路口闖紅燈，險些擦撞拖車。

拖車按喇叭煞車側滑，金龜車因靠得太近，撞上拖車擋泥板，兩車一同甩尾進入路口中間，丹尼從後照鏡看得到。他加速駛進樹木夾道的路上。

他緊急右轉，速度快到他覺得左輪胎差點騰空，險些撞上一輛正要駛出車庫的速霸陸旅行車。再過兩條街，他左轉，然後右轉。

警笛聲不絕於耳，兩輛警車迎面而來，他猜是朝車禍現場飛奔。他引發的一場車禍。他向左瞄一眼，見到一場追撞車禍，獨不見黑車。擺脫成功了。那輛黑車體型龐大笨重，頭重腳輕，急轉彎很可能翻車。

一旦確定脫離黑車監視後，丹尼把握這黃金時刻，向左轉，進入一條短路，兩旁各有兩棟房子，盡頭岔成兩條街，他走右邊。這裡的房屋小，磚造樓房，外觀雅緻，草坪修剪整齊。車子開到這條街盡頭，他在第一個路口向左轉，立刻發現誤入一條死巷。不妙。他不想被卡進這裡。於是，他駛進他見到的第一個車庫進出道。車庫外有一輛粉紅色兒童三輪車，把手兩端垂掛著銀色流蘇。小不點的草坪上有個色彩鮮豔的遊戲裝置。正面的窗戶有人掀開窗簾看。

他調頭離開這條街，駛進下一條。

這條是大馬路，車流比剛才暴增，有一家珠寶店、一家旅行社、一家RadioShack電子連鎖、一家中式餐館。再往前過兩個路口，他來到六十號公路，能直通美德福市。他瞄後照鏡——心一沉。同一輛黑車正轉彎進這條街。丹尼咬牙踩油門，轉彎鑽進中式餐館旁的一條窄巷，左邊是垃圾子母車，裡面堆著黑色大塑膠袋。他猛轉方向盤，車子一過垃圾箱，立刻停靠在磚牆旁。

轉進這裡時，被追兵看見了嗎？追兵從路上能一眼認出他這輛車嗎？這條是只進不出的死巷。如今，他只有等的份。只能等，只能抱著希望。他相當確定，車子躲進這裡，從街上看不見。丹尼看著後照鏡，一直看，一直等。

一分鐘後，他依然屏息以待，這時候黑車出現了，車速遲緩，黑亮的引擎蓋反射著陽光，速度慢到丹尼能看見駕駛戴著鏡面墨鏡。

毫無疑問。是他們。

他徐徐呼出一口氣。再呼吸一次。等待。

黑車繼續走。路過巷口不停。

丹尼再等幾分鐘，以防萬一。巷內有一道磨損嚴重的鋼鐵門冷不防打開，一個華人大叔帶著倦容走出來，嚇到丹尼。丹尼轉身，舉起雙拳，隨即看見大叔提起一袋垃圾，扔進垃圾箱。丹尼哈哈大笑起來，難以自扼，如釋重負。大叔朝丹尼這邊望一眼，甩甩頭，走回門內，甩上鐵門。

五分鐘後，丹尼駛回馬路上。

再過半小時，他抵達美德福。

車子開進塵土飛揚的一片空地，旁邊有一道鐵絲網圍牆，上面纏繞著利刃型鐵絲網，掛著警語：閒人勿進和禁止擅入。院子門有一面招牌：美德福區域建築工程公司／限員工通行／擅闖者依法究辦。

門開著。

79

錫納羅亞販毒集團在麻州擁有幾家公司，美德福建築公司是其中之一，湯姆・蓋爾文在此掛名執行長。蓋爾文為集團買下這些公司，是覺得適合投資，或另有算計，丹尼不得而知。根據蓋爾文，這家公司的主管不知道真正的大老闆是誰。

但他們認識書面上掛名的老闆姓名，很樂意聽命行事。

丹尼開車進大門，停在一輛工地貨櫃屋前，下車，踏上貨櫃屋的階梯。貨櫃屋正門掛著美國海軍陸戰隊標識，也貼著「波士頓堅強」的緞帶貼紙。他開門說：「我找保羅。」辦公桌前的男人起身。他是個肌肉發達的矮男，雙臂佈滿刺青，戴著粗鋼框眼鏡。

「我是保羅。」男子說，態度兇巴巴。

「我是丹尼。」

男子態度瞬間變得和善。他伸出一手。

「我接到的命令——沒搞錯吧？」

丹尼料到對方有此反應。「對。」他說。

「你有管制用品使用者證書嗎？」

丹尼出示蓋爾文請人用電郵傳來的文件，交給保羅。保羅瀏覽幾眼，然後抬頭，聳聳肩。

「只要我有保障，我什麼事都幹。這麼多東西往哪裡送？」

丹尼指向他的本田雅哥。

「你最好把車開去最後一個貨櫃屋。不過，有一疊表格等著你先簽名。」

80

孟度沙醫師得知緝毒署線民的身分，迄今已數小時，但他依然暗暗稱奇。湯瑪斯．蓋爾文，集團駐美高幹之一，居然被吸收了。

孟度沙醫師做夢也沒想到，高層竟出了一個抓耙仔。蓋爾文為錫納羅亞集團操盤多年，進身鉅富階級，除非身陷危機，否則不可能和集團事業一刀兩斷。想必是緝毒署取得情資，威脅對他採取法律行動。除此之外，孟度沙醫師想不出其他說得通的解釋。

然而，解釋遠不如解決方案來得重要。

集團想封他的口。當然，這種小任務無須勞駕孟度沙醫師，派一組人去刺殺，就能輕鬆達成。集團可在當地找幾個能手，收拾掉他聘請的少少幾名警衛，以蠻力制伏他本人。畢竟，蓋爾文只聘用四名警衛站崗：三人徒步巡邏，一人駕車巡視周邊。易如反掌。

但是，集團也需要蓋爾文全面合作，需要他供出他代為營運的帳號和密碼，需要他全面轉移所有權狀。奪走蓋爾文的命，只會為集團的營運製造更多困擾。在蓋爾文死前，應該先對他刑求。

孟度沙醫師租一輛日產Maxima，坐在車上，監看蓋爾文前院大門，思索一陣子。

蓋爾文將全家人集中在屋內，抵禦外侮，但這麼做僅僅是山窮水盡之舉。孟度沙醫師曾針對蓋爾文一家蒐集信用報告和財務報表，也調出幾份集團檔案，匆忙分析出這家人的心理概況。蓋爾文的妻子平常愛逛街購物，社交圈子小但有日常社交活動，極可能堅持儘早舉家遷移。然而，她是集團元老的千金，因此碰不得。蓋爾文有個學齡女兒，無駕駛執照，無法獨自出門。

但是，孟度沙醫師相信，蓋爾文本人不久後即將出門。

等蓋爾文一出門，他就能出任務了。

有孟度沙醫師操刀，任何人都挺不過壓力而就範，無一能倖免，蓋爾文也一樣。他會乖乖交出密碼、代號之類的東西。毫無疑問。

令孟度沙醫師擔憂的並非湯瑪斯·蓋爾文，而是急著搶先抓到蓋爾文的那批人。

緝毒署的離職調查員。

孟度沙醫師簡單幾通電話，查出那兩人受塞塔幫指使行事。多年來，塞塔幫販毒集團處心積慮，企圖突破錫納羅亞集團的保防，始終不得其門而入，後來發現一個弱點：湯瑪斯·蓋爾文。如果抓到蓋爾文，塞塔幫能一舉奪走錫納羅亞數十億美元的資本，對錫納羅亞將造成天翻地覆的浩劫。孟度沙醫師非制止不可。

半個多小時以來，一輛黑色休旅車在蓋爾文院子周圍徘徊不去，看樣子塞塔幫和孟度沙醫師的想法一致，都想擒拿湯瑪斯·蓋爾文。

孟度沙醫師不能讓對手得逞，必須搶先一步拿下蓋爾文。這一點是關鍵所在。

忽然間，一陣嗷嗷聲響快速逼近，是警笛聲，錯不了。半分鐘後，一輛巡邏車呼嘯而來，警燈全開。

有可能嗎……？

沒錯。警車駛向蓋爾文家院子門口。孟度沙醫師手持雙筒望遠鏡，看見警衛檢查警徽，揮手放行。

警車為何進蓋爾文家？地方警察想來逮捕蓋爾文嗎？如果只是例行查訪，警察不至於鳴警笛才對。

這其中必定有玄機。

警車進蓋爾文家近五分鐘之後，孟度沙醫師又聽見警笛聲，見警車調頭，火速駛出大門。後座乘客明顯戴著手銬。是湯瑪斯．蓋爾文。他剛被逮捕了。

81

過了六十五分鐘，丹尼開著本田雅哥在大西洋街奔馳，沿著波士頓水濱區，通過北端區。丹尼轉進一條窄巷子，巷口立著「禁止車輛進入」的標誌。他減速輾過跳動路面，駛向「波士頓遊艇碼頭」的鐵柵門。

鐵柵門沒上鎖。這座碼頭二十四小時無休，但目前是淡季，多數船台閒置。第一座停車場內有兩輛車，可能是港務人員的車子。一名男子身穿藍短袖馬球衫，手握夾紙板走出來，繞向會所一邊，若有所思。

在幾百英尺外，尖峰交通在大西洋街上打結、低吼，港口這裡卻異常祥和。有一對海鷗乘風翱翔滑行，其中一隻瞧見水面有動靜，倏然俯衝入水。

湯姆．蓋爾文的愛艇異想號停泊於會所右側，這裡水最深。遊艇沐浴斜陽中。這艘船確實美。丹尼能體會蓋爾文深愛她的原因。目前全港沒有一艘比她大，但夏季一到，比她更龐大更炫富的遊艇不在少數。

丹尼事先下載蓋爾文愛艇的藍圖，因此知道，這艘船是法拉帝飛梭26型，長八十六英尺，將近二十三英尺寬，配備MAN V8-900雙引擎，油箱可胃納三千多加侖。

丹尼也知道，這船加滿油，最遠可航至小安地列斯群島，中途無須添油。

丹尼看手錶。在蓋爾文抵達之前，他時間不多。頂多半小時。

他手持蓋爾文的鑰匙卡，開門走上步橋，踏上異想號。

在美德福建築公司時，工頭保羅已為丹尼接好了多數線路。保羅是老練的電工，線路也不特別複雜。現在丹尼只需把東西擺至定位。

除此之外，一切都不在他們掌握之中。事情可能水到渠成，也可能泡湯。

丹尼只花了不到二十分鐘。夕陽低垂海天相連之處，火紅碩大，將天邊染成瘀青色。戶外燈火漸亮。

他聽見警笛接近中，在附近嗷嗷叫著。他歪頭聽，愈來愈響亮。他從步橋下船，走出門，繞去會所那一邊。

警車已停進停車場，已熄警燈，警笛也休止。里昂緩步走來，偏倚著一條腿，看看會所，看看海水，然後打開警車後門。

湯姆．蓋爾文踏出警車。他穿牛仔褲、運動鞋、灰色運動衫，雙眼疲憊不堪，血絲密布，看似剛哭過。

82

「是的，巡佐，沒錯，」孟度沙醫師說。「姓名是湯瑪斯．蓋爾文。我可以等。」

警車進蓋爾文家時，孟度沙醫師曾記下警車編號C-11。後來他才想到，那輛是波士頓警局的車，而蓋爾文家位於威思頓鎮。在租車前座上，孟度沙醫師打開筆電，使用無線上網，查詢那輛警車的編號，赫然發現C-11代表多徹斯特，屬於波士頓市的轄區。

嫌犯住威思頓，波士頓警方為何派警車前來逮捕？怎麼想也不合邏輯。

C-11區值班巡佐回線上。「這裡查不到湯瑪斯．蓋爾文的資料。你剛說你叫什麼名字？」

「約翰．萊恩，」孟度沙醫師說。「納特．麥科倫儂律師事務所。」

波士頓確有這麼一間事務所，但值班警察可能連聽都沒聽過。值班警察也沒要求對方證實自身是蓋爾文的辯護律師。

「我這裡嘛，呃，萊恩先生，一整天沒有湯瑪斯．蓋爾文進警局的紀錄。他沒來接受偵訊，也沒被逮捕歸案，什麼都沒有。」

「啊，」孟度沙醫師說。「這就怪了。對不起。」假如蓋爾文基於某種因素，被波士頓警局的警車押送，最後姓名應該在波士頓入冊。值班警察怎可能查不到？

除非……

「喔，對了，我再請教一件事，巡佐。蓋爾文先生記下警車號碼給我，是五三六號。那輛是

C-11區的車，對不對？」

值班警察大聲嘆一口氣。「等我一下。」

兩分鐘後，警察回線上。「你又錯了。那輛車送修中，已經有將近一個禮拜沒出勤務了。」

83

蓋爾文把兩個行李袋放在地上。

「感謝你，里昂。」丹尼說。

「以前的制服現在還穿得下，光是這一點就值得了，」里昂說。「你們兩位如果這樣就可以的話，我得趕快把車送回修車廠，以免被報失。然後，我要趕回學校去。今天晚上我要加班——『大學之夜』嘛。」

「遺憾我們今晚不能去參加。」蓋爾文說。

丹尼納悶著，在今天之前，蓋爾文是否曾和里昂交談過。可能從沒有。但丹尼知道，這不是因為蓋爾文瞧不起人。只因兩人的生活圈缺乏重疊處而已。

「你家人不要緊吧？」里昂問蓋爾文。「俄國壞人只對付你嗎？」

「只對付我。」蓋爾文說。他掏出皮夾。

里昂搖搖頭。「心領了。丹尼的朋友就是我的朋友。」

蓋爾文取出一大疊鈔票，塞進里昂手裡，里昂尷尬一陣，最後還是收下。「我另外還幫得上什麼忙，你儘管講一聲。」他和蓋爾文握手，然後和丹尼握手。

里昂離去後，蓋爾文把行李袋之一交給丹尼。丹尼拉開拉鍊，快速檢查內容物一遍。「鞋子有嗎？」他問。

「船鞋。Sperry Top-Siders 牌。」

「也好。內褲呢？」

「帶了。」

「我也要一支手錶。」丹尼說。

「我只有手上這一支，其他手錶全……留在家裡。」

「給我這支。」

「天啊，」蓋爾文說。他解開 Patek Philippe 錶的棕色皮帶，把錶遞給丹尼。「這支不是便宜貨。錶給你了，我怎麼看時間？」他的怨言近乎機械性，講得心不在焉，一副心事重重的模樣，態度躊躇，彷彿整個人被掏空。

「看你的黑莓機不就行了，」丹尼說。「抱歉。接下來，我們要檢查手機收訊。」

「我在這裡有五格。」

「出海以後才重要，」丹尼說。「我想知道你最遠能到哪裡仍有至少兩格。等你出海，你要能用黑莓機收發電話。」

蓋爾文點點頭。「我可以開船進波士頓港。反正我現在只有空等的份。」

丹尼再看自己的錶。「時間不多了，」他說。「你該趕快上船，不能在這附近閒晃。你的行李呢？」

蓋爾文頭甩一下，指向地上僅剩的一個行李袋。

「只有這一個？」丹尼說。「你的家當呢？」

「為下半輩子收拾行李，怎麼收拾嘛？真正需要的東西有多少？非帶走不可的東西有哪些？才收拾一下子就發現，不能所有東西都帶走，只好幾乎所有東西都留下。不可能準備幾年的行李，只好只準備幾天。」

「上半生的東西少帶一點，可能也比較好。愈少東西牽扯到以前的你，對你愈好。」

「我從不認為丟下家人是一件容易的事，」蓋爾文慢慢說。「我只是沒想到，打擊這麼深。」

「日後對你的衝擊可能更大。」

蓋爾文點頭。他的眼眶紅潤。

「甚至更大，因為家人不知道。」丹尼說。

「只有瑟琳娜知道。珍娜問我，不過是出差而已，為什麼依依不捨。」

〈阿拉巴馬好故鄉〉叮叮響起，蓋爾文掏出黑莓機接聽。

「琳娜，親愛的，」他柔聲說，隨即嗓門變大：「什麼？」他瞪圓兩眼。「開什麼玩笑？等一下。」他對丹尼說。「你女兒和我女兒去哪了，你曉得嗎？」

「什麼？」

「瑟琳娜剛上樓叫她們下來吃飯，結果發現她們走了。兩個都溜掉了。」

「她們——她們一定還在家裡。你家那麼大，很容易躲。」

蓋爾文搖搖頭。「不對。瑟琳娜的 Range Rover 也失蹤了。」

「天啊。瑟琳娜打珍娜的手機了吧？」

蓋爾文粗魯點一下頭。「沒接。」

「再試一次。我試試看艾比手機。」

兩人同時在手機上按快速撥號鍵。

「我叫她出門時不准關機。」丹尼自言自語，不是對蓋爾文說。

「沒接，」蓋爾文說。「不知道她們去哪裡，我絕不上船。等我確定女兒平安再走。」

響一聲，電話直接進艾比語音信箱。「我也一樣。」丹尼說。

「珍娜，是爸爸啦，」蓋爾文對著手機說。「妳母親和我正在擔心妳。我不是叮嚀過了嗎？大家都要待在家裡，等風平浪靜……好了，妳一接到留言，趕快回電給我。求求妳。」

丹尼懶得留言。他掛電話。上次艾比失聯斷訊，其實是去鑽鼻洞。和現在相形之下，那次多麼不痛不癢。

「我去找她們。」丹尼說。

84

這一廳裝潢華麗，孟度沙醫師四下看看，欣賞色澤深沉而濃豔的橡木牆和護牆板，全廳掛滿巨幅鍍金框油畫，紀念歷屆女校長，最遠可溯及十九世紀初葉創校人愛麗絲．萊曼小姐。

孟度沙醫師身穿剪裁合身的嗶嘰布西裝，結著紅領帶，心知自己的扮相顯得卓越，事業有成，看起來像本校學生的家長。沒錯，竟有幾名家長和學校高層對他點頭微笑，不確定他是誰，但也無人質疑他是否來錯場合。

他和顏悅色四下張望，彷彿想找自己的妻女。

麻煩在於，他對獵物的長相一無所悉。

他當然知道她父親的長相，但她父親不在場。

稍早，他運氣好，監視到兩個女孩駛出蓋爾文院子。天賜之禮。她們正要前往某個地方。問題是，想去哪裡？

孟度沙醫師留意到，家長和家長交際，女學生們聚集在一起，雙方涇渭分明。全廳瀰漫一股蓄勢待發的張力，他察覺得到。他尤其看得出，家長神情激動，慌張中帶有樂觀。

他攔下一名女學生，以再客氣不過的口吻說：「哪裡可以找到艾比．古德曼？」

女孩指向一小群學生。

「啊，對，她就在那邊！」孟度沙醫師說。「非常感謝妳。」

85

從遊艇俱樂部到萊曼學院的路程曲折，丹尼開著本田雅哥，行駛在迷宮似的市街上，從商業碼頭進入垂蒙街，隨著下班車陣走走停停，道路到處打結，氣得他七竅生煙。

他兀自咒罵出聲。「走啊，可惡！」每隔幾分鐘，他再撥號碼，狂叩艾比和珍娜的手機。每一通直接進語音信箱。他只在最初幾次留言。

離學校仍有幾英里時，珍娜總算接聽，嚇丹尼一跳，差點側撞到一輛計程車。

「呃，嗨，古德曼先生。」珍娜的聲音死板。

「珍娜！艾比在妳旁邊嗎？」

沉默許久後，她才開口：「她啊……」隨即再度久久不語。

「喂，妳爸和我知道妳們溜出門了。妳們到底去哪裡鬼混了？去學校嗎？」

珍娜不應。丹尼悟出原因了：艾比不願錯過大學之夜，而珍娜自願開車載她去參加。

「珍娜，拜託，快叫艾比聽電話！」

珍娜大嘆一口氣。「我，嗯，十分鐘前，剛讓她下車。我一直找不到停車位。現在還在兜圈子找。」

萊曼幅員遼闊，但不知何故，晚間辦活動，校園裡總是一位難求。有幾座小停車場縮在群樹之間，造景美觀而不礙眼，就嫌停車位永遠不夠用。

「她去參加大學之夜了？」

無言。

「珍娜，這很重要。妳們趕快回家去。外面不安全。現在快叫艾比即刻回我電話。」

「你，呃，你大概試過她手機了，對吧？」

「我正要趕去學校。妳在什麼地方？」

「我正在兜圈子，大概在——」

「幫我打給艾比，可以嗎？求求妳！」

然後丹尼結束通話。

86

「抱歉——妳是艾比嗎？」孟度沙醫師說。「是艾比．古德曼，沒錯吧？」

「對……」女孩望著他，神態警覺。

「喔，謝天謝地。妳父親急著找妳。」

「呃，等等。你是誰？」

「他現在還好，不過他剛出大車禍。」他握住艾比手肘，輕輕帶她走向走廊。「請妳走這邊，快一點！」

「什麼？」艾比驚呼。「我的天啊！」

「他被送進『麻綜』，一直叫人通知妳。我是孟度沙醫師，女兒也讀萊曼。我剛接到醫院同事發的簡訊。」

「我的天我的天他怎麼了？」

「拜託——快一點！」孟度沙醫師說。他開始邁大步，急著走向門口，丹尼爾．古德曼的女兒也快步跟著走。「威思頓附近收費道路上有幾輛車相撞。」

孟度沙醫師措辭謹慎，用語合乎本地人的習慣：「收費道路」而非「高速公路」；以「麻綜」簡稱「麻州綜合醫院」。

女孩哭著說：「可是他——我的天啊，你剛說他還好——他還活著，對吧？他沒受傷吧？有嗎？」

走廊幽暗冷清。創校師長廳的門在他們背後一關上，四周只剩他們兩人。別無旁人。腳步聲迴盪著。

「他有沒有受傷？」女孩再次問，嗓門加大。「我的天啊，拜託，趕快告訴我！」

「妳父親急著找妳。」孟度沙醫師簡單說。

87

丹尼把車開到校門口停下，不顧地上寫著：「禁止停車／行人不許逗留」。車子隨校方去拖吊吧，丹尼心想。

他甩上車門，小跑步進學校門口。

校警里昂坐在前廳的椅子上。「丹尼小子，我還以為你不來——」

丹尼聳聳肩。沒空解釋了。「有沒有看見我女兒，里昂？」

「抱歉，沒看見，不過所有女生和家長都在創校師長廳。她有來的話，一定在裡面。」

「謝謝。」丹尼邊說邊快步離開。

「我看見她會轉告她——」里昂對著他背影高呼。

但丹尼已聽不見。

創校師長廳是集會用的大廳，配置華麗，適用於學校辦大型集會，例如「開學之夜」，家長先集合在本廳，接著才去和女兒的老師認識。在「大學之夜」，下一屆畢業生和家長群聚一堂，求取升學秘笈。校方精選幾位各校招生委員，有的來自常春藤大學，有的來自上流的小校，讓家長一探各校錄取標準。

丹尼趕到創校師長廳門外，駐足望一望。透過雙扉門上有兩扇圓形玻璃窗，丹尼看得見裡面大家排排坐，聆聽一位年輕的紅髮雀斑女子滔滔不絕。

「……平均成績四點〇，學力測驗兩千四百分的學生都能錄取，」女子說著。「名額夠多，錄取幾倍也沒問題，不過，本校最想收的是有那麼一點點『特色』的新生，從申請書上一看就覺得特別亮眼。」

從門外，丹尼只看得見一堆後腦勺，無法分辨艾比和珍娜，只好繼續在走廊前進，來到另一道雙扉門，從這裡看得見臉孔。從這角度，他能看見大約半數的觀眾。他逐行過濾，尋找艾比和珍娜，但找不到兩人。

接著，他在走廊上狂奔，繞到創校師長廳另一側，想看清另一半觀眾。跑著跑著，他的iPhone接到簡訊。

他停下腳步，瞥螢幕一眼，驚喜發現是珍娜。

「找到她沒？」

丹尼回應：「沒，她不在妳旁邊嗎？」

「我在創校廳，到處沒看見她。以為她被你帶走了。」

「請妳出來談。」丹尼回應。

空幾秒，珍娜的簡訊才來：「OK。」

丹尼繼續跑向大廳的另一側，聽見如雷的掌聲，隨即是逐漸沸騰的雜音。簡介結束了。丹尼趕到門口時，觀眾已紛紛起立，大聲交談著。耶魯大學招生代表站在最前方，被一大群人簇擁著，儼然是被工蜂包圍的女王蜂。一群家長擠在門邊，擋住丹尼視線。

他推開門入內，現在只搜尋珍娜。桌上擺著幾盤狼狽的紅葡萄和切塊的亞爾斯堡洞洞起司，一群人圍擠著，丹尼不得不推開他們前進。

四周的交談聲支離破碎，宛如隨風飄散的五彩碎紙，他聽不出關聯性。一個女人說著：「可是，假設說，提前入學過關了，她非去註冊不可，後來卻收到威廉斯學院的正常入學通知，那怎麼辦？哇，簡直是惡夢一場，對吧？」

一個男人說著：「那學校甚至不在校園辦面試了，只有校友面談，而大家都知道，校友面談根本是個笑話。」

丹尼看見一名黑髮小胖妹，穿著長曲棍球校隊運動衫，和珍娜有幾分神似，但不是珍娜。「請問妳一下，妳有沒有見到珍娜．蓋爾文？」丹尼問她。

女孩甩一甩頭回答：「我剛在那邊見過她。」

丹尼被一女士推擠。女士說著：「對呀，可惜這大學連《美國新聞雜誌》十大名校榜的邊都沾不上。」

一個男人喃喃對另一男人說：「他們女兒不是據說在盧安達為戰火孤兒創辦一間學校嗎？其實有她父親在背後撐腰，對不對？」

忽然間，丹尼瞥見珍娜了。他鬆一口氣。他推開人群走向珍娜。她看見丹尼接近，對他說：「我不曉得她去哪裡了。我爸有來嗎？」

「沒有。今晚有沒有人看見過艾比？」

「嗯，有啊，有幾個人看見她進來。然後，蕎丹和艾蜜莉看見她被一個男的帶走。」

「什麼男的？」

珍娜聳聳肩。「不知道。好像是誰的爸爸吧？」

「走出這一廳？」

她聳聳肩。「我猜是吧。我以為她大概是闖禍了或怎樣。」

「妳有沒有接到她消息，簡訊或電話？」

「沒──」

「她絕對不在這裡？」

「絕對不在。我有發簡訊給她──」

「妳們兩個都應該離開這地方。趕快回家去。如果妳接到她消息──」

「我知道，我會通知你的。」

女兒被一個像某人爸爸的人帶走。

一陣惶恐從內心萌生。艾比被人帶出集會廳了，對方是珍娜不認識的人。

然而，艾比不會跟著陌生人走。她不會做那種事。即使在這裡，即使在校園這種安全地帶，她也有不輕信陌生人的警覺心。這是近年來大人再三叮嚀小孩的常識。

他從兩人中間強鑽過去。

「她姊姊呀，當年被哈佛列入『保證上榜』名單唷。他們一定是打出艾略特牌。」

「他們不是姓艾略特嗎？艾略特世家？哈佛校長艾略特的親戚嗎？」

「嗨，丹尼，」他聽見有人喊，肩膀被人拍一下。丹尼曾在學校辦活動時認識他，和他相談甚歡。他也是家長。「哇塞，你看起來跟我一樣緊張兮兮！這裡簡直是緊張大師大會串，對吧？」

丹尼轉頭看他，覺得兩人相隔一百萬哩。「對。」他含糊說，給對方一個明顯的虛偽笑容。

他溜開來，取出iPhone，按快速撥號鍵，再一次打給艾比。

對方鈴響第一聲、第二聲……這次不一樣，並沒有直接進入語音信箱。

鈴響第三聲，有人接聽了：「哈囉，丹尼爾。」

男音。

「你是什麼人？」丹尼說，心跳倏然飆快。

「對不起。艾比目前無法接聽電話。」

「你到底是什麼人？」

「我是你的救生筏，」男人說。「而你即將溺水。」

88

「可惡，你到底是誰？」

丹尼漸漸察覺到，對方的背景雜音和廳內雜音一致。他頓時脊背發涼。

電話中的神秘男子在這裡某處，在同一大廳中。

「你有我要的東西，而我有你要的東西。」神秘男子說。

「狗雜種，你怎麼弄到我女兒的手機的？」丹尼飆罵。詞窮的他想不出該如何回應。

心急如焚的目光在廳內掃射，尋尋覓覓，找一個正在講手機的人，找一個不像本校家長、外形突兀的男人。

「古德曼先生，你我都不容浪擲光陰。你女兒正由我一位同僚妥善照料中。」

「一位同僚……你是什麼人？」

擠成一堆的家長分開一陣子，丹尼從中瞧見一個咖啡膚色的禿頭男。男人戴著無框眼鏡，手持艾比的紅色LG手機，貼近側臉。

男人的視線和丹尼相接。

被監視器捕捉到的正是這男子，蓋爾文曾給他看過。當時男子坐在車上，守在院子外。販毒集團派遣他前來……

「如果你合作，」男子說著。「她便不會出事，無須你操心。過程將快速而無痛。但是，如果你拒絕合作，如果你動作遲緩，我只需一通電話給朋友，然後，你女兒的遭遇……嗯，恐怕她將從此變了一個人。」

蓋爾文的話逆流進丹尼腦海。

你上網不是看過那種影片嗎？用鏈鋸斬頭之類的。在惡夢裡夢見的那種。哼，集團派來的這傢伙，連鏈鋸殺手都怕到做惡夢。

蓋爾文也曾說：他號稱孟度沙醫師。我只知道姓孟度沙，名不詳。他專精……逼供。

「我們到外面去吧，古德曼先生。」神秘男子說。

89

丹尼心臟噗噗跳，神智被腎上腺素沖刷得近乎迷茫。他站在學校大樓側後方。等待孟度沙醫師。

他的皮膚發麻。一盞停車場燈大聲嗡嗡響著。遠處有一輛車啟動。萬物變得異常明亮，現實生活變得分外清晰。

然後，他聽見鞋底磋磨砂石的聲響，號稱孟度沙醫師的男人從暗處走來。

「終於──」孟度沙醫師才說半句，丹尼就對他猛衝而去。

「你這個狗雜種！」丹尼怒吼。「天殺的狗雜種！」

他揪住孟度沙醫師的襯衫領子，握緊領帶結，使盡全力拳擊他胸口，打得他冒出窒息的悶哼聲，但他遇襲之後立即挺直腰桿，展現驚人的耐力。

孟度沙醫師的眼鏡被撞歪了。

他看著丹尼，啼笑皆非，傲氣凌人，伸手將眼鏡扶正。「很遺憾你出此下策，」他說，然後連續眨眼幾下。「你鑄下大錯了。」

「可惡，我女兒在哪裡？」

「請後退。」孟度沙醫師沉住氣說，噘嘴。

脈搏在耳中噗噗巨響，丹尼向後退，重心欠穩，雙臂自然下垂，拳頭時緊時鬆。

「古德曼先生，你情緒過度激動。我能姑且縱容你發洩這一次，因為你顯然無法控制情緒。但是，我有話直說好了。如果你膽敢再動我一根汗毛，我只好傷害你女兒。她將體驗到酷刑和痛苦，慘到她會乞求我發慈悲宰了她。」

「媽的，你到底要什麼？」

「我想知道湯瑪斯・蓋爾文去哪裡。」

「你憑什麼以為我知道——」

「唉，太可惜了。你拿女兒生命作賭注，跟我玩這種無聊把戲。我的提議是一件很單純的交換行為。交出蓋爾文，還你女兒自由。」

「我不知道他在哪裡。」

孟度沙醫師聳聳肩。「這把戲對你我都沒有好處，也救不了你女兒。小名艾比，是吧？」

丹尼卯足了自制力，才不至於再對他揮拳頭。丹尼握緊拳頭，咬咬下唇，氣得直發抖。

「我怎麼知道她平不平安？」

「我向你保證。」

「你——保證？」

「恐怕你只能暫且聽信我的說法了。不過你以後會知道，我這人言出必行。」

丹尼乾嚥一口。他聽見遠處有女孩尖笑聲。「好，聽著。如果你放我女兒走，同時保證我女兒平安無事，那麼，我會盡全力找到蓋爾文。」

孟度沙微笑。「盡全力找他？這能代表誠意嗎？你讓我好失望。再見。」孟度沙醫師將領帶拉直，作勢走開。

「等一下——」

孟度沙醫師停腳，轉身一半。

「別走，」丹尼說。他再乾嚥一下。他的臉皮緊繃，火辣辣。內心煎熬中，他忍痛說：「他在他遊艇上。」

「謝謝你，」孟度沙醫師說。「他的遊艇在哪裡？」

「艾比在哪裡？交出我女兒，我就說出他遊艇在哪裡。」

孟度沙醫師嘆氣，搖搖頭。

「你真的想玩這種把戲嗎？賭你女兒的性命？恕我不奉陪。我想玩的是，你帶我去找蓋爾文，然後我交代她藏身的地點。」

丹尼倉皇失措，游目張望，極力自扼。他乾嚥一口，閉上眼睛。

「好吧。」他最後說。

90

丹尼坐上本田雅哥的駕駛座，身旁坐著一名西裝男。這人身材雖高瘦卻強有力。

「打電話。」孟度沙醫師說。

「他在他的遊艇上。電話能不能接通還是個疑問。」

「為了你著想，也為你女兒著想，希望電話打得通。」

蓋爾文在遊艇上，正等候丹尼捎來「啟航」的訊息。

然而，這通電話勢必導致破局。

再一次，丹尼又覺得周遭萬物異常明亮。這一步能決定女兒的生死。記得生下她後，丹尼和莎拉抱著她出院的那天早晨，暴風雪吹襲，為了衝向停車的地方，夫妻倆用粉紅和藍條紋相間的嬰兒毛毯覆蓋小臉蛋，以隔絕風雪保護她。上車後，小娃娃固定在嬰兒座椅上，他開車帶她回家，全程把她視為玻璃精品，彷彿捧在雙手上，小心翼翼。

和現在沒兩樣。

這世上對丹尼最寶貴的一件事物。

肚子裡的胃腸翻雲覆雨中。他心裡惶恐，感覺孤伶伶，寶貝的生命正由他左右。一邊是艾比，另一邊是蓋爾文——用得著抉擇嗎？

他打給蓋爾文的黑莓機。鈴響一次、兩次、三次，丹尼暗忖：*要是蓋爾文不接呢？鄰座這惡*

魔的下一步是什麼？

響第三聲後，蓋爾文接聽了。「丹尼？」

「湯姆——先別走。我有——一個東西想交給你。」

「丹尼？什麼？你說什麼？給我什麼東西？」

「哪裡都別去。」丹尼說完結束通話。

「蓋爾文在哪裡？」

「波士頓港。」丹尼小聲說。

「你愈快載我去，」孟度沙醫師說，「我和你的交涉就能愈快結束。」

「你想對他怎樣？」

漫長無言。「視他的言行而定。」

丹尼開著車，活像機械手臂，兩人不再多說一句。他覺得胸口悶，呼吸困難。孟度沙醫師坐在他身旁，他能痛切意識到，臉頰和耳朵因此發燙，宛如鄰座是一盆熊熊烈火似的。

一路上車流不多，十二分鐘後抵達目的地。

丹尼把車子駛進波士頓遊艇碼頭停車場，下車，雙腿如鉛重，頸背刺癢。

繞過會所旁邊，朝碼頭前進之際，孟度沙醫師挨近他。「我有沒有必要告訴你，假如我出事，假如我沒在一小時內打電話給同僚，災難會降臨艾比身上？」他說完看手腕上的大手錶，白錶面，金數字，褐色錶帶。「你將會發現，我可不是一個虛張聲勢的人。」

丹尼點頭。他覺得頭重腳輕，動作遲鈍，宛如身陷泥沼。

「他的遊艇在哪裡？」孟度沙質問。

碼頭上的船位不見異想號。

丹尼指著。蓋爾文的遊艇出航了，離岸幾百碼，航海燈將全船沐浴在橙光中，彷彿光源在船心。

「他走了？」孟度沙說。「對你而言太不幸了。」

「他出海了。我明明叫他哪裡都不准去。」

丹尼能嚐到空氣裡的鹽味。他聽見附近地面傳來腳步聲，轉身卻什麼也沒看見。

「你最好勸他立刻返航。」

丹尼看著孟度沙，然後看著海面不語。

「我對你講明白話，」孟度沙說。「如果他不回岸上，你女兒是死路一條。事情就這麼單純。如果你勸不動他，你女兒必死無疑。全由你取決。」

「天啊！」丹尼說，覺得神經快被扯斷了。他掏出手機，正要按「重撥」。

他停手，搖搖頭。

「快打電話。」孟度沙說。

「不要。」

孟度沙瞳孔閃現怒火。丹尼首度偵測到他臉上的怒氣。生氣也好。憤怒能暴露弱點。

「你先下命令釋放艾比，」丹尼說。「我才把蓋爾文叫回來。不過你最好趕快行動，不然拖到蓋爾文一脫離手機收訊範圍，你就永遠追不回蓋爾文了。」

「遊戲規則由不得你制定。」

「放我女兒走，我才打電話。你想要人質，可以抓我當人質。馬上放她走。我想聽她聲音。然後，無論你要什麼鬼東西，我全給你。」

孟度沙瞪著丹尼，眼冒蛇妖似的兇光。他從西裝口袋取出一支小手機，用西班牙文劈哩啪啦講幾句，丹尼一個字也聽不懂。

孟度沙將手機遞給丹尼。

「爹地？」艾比對著手機沙啞說。

「艾比！」丹尼含淚說著。「寶貝。妳在哪裡？」

「剛被他們綁起來了！這裡好像有個鍋爐？好像是鍋爐間——在學校的地下室。」

「有沒有傷害到妳？」

「他剛走了，爹地。他走了。他切斷那種東西，那種塑膠伸縮手銬的東西。」

「妳能動嗎？」

「能。我只想趕快離開這裡。我——」

「打給露西。快。叫她去學校接妳。可以嗎？」

「可以。我——」艾比哭了起來。「爹地，我對不起你。我愛你。對不起——」

「哺哺。甜心。快打給露西——能幫我這個忙嗎？」

他掛掉電話。

孟度沙點頭，丹尼也點頭。

「我說過，我言出必行。」孟度沙說。「現在換你了。」

丹尼撥蓋爾文的黑莓機，鈴響一聲，蓋爾文接聽了。

「丹尼，你在搞什麼鬼？」

「拜託，湯姆，聽我說。你趕快回岸上，快回來。很重要。」

「怎麼了？」

「很——很重要就是了。我在岸上等。快回來。」他結束通話。

他意識到，孟度沙突然縮脖子。丹尼轉身一看，覺得左上臂被一隻手硬生生掐住，另有一個冰冷的硬物抵住他頭一邊，他知道是槍口。他呆住了。

他聽見另一陣腳步聲，見某人也握槍抵住孟度沙醫師的頭部。兩名壯漢一左一右，制住他和孟度沙，渾身是菸味和狐臭，粗手臂上佈滿刺青到手腕為止。

壯漢前面站著葛倫·耶格爾，手握一支不鏽鋼大手槍，垂在腰間，懶得舉起來對準丹尼和孟度沙。他有打手代勞。

「丹尼爾啊，」耶格爾說。「看樣子，你幫我們引來一個錫納羅亞傳奇人物了。孟度沙醫師，久仰大名了。」

孟度沙直盯前方。

丹尼回頭看耶格爾，傻眼。

「對了，」耶格爾微笑說。「感謝你通風報信。我們和往常一樣，又超前你三步棋了。你忘了蓋爾文的黑莓機被監聽嗎？你和蓋爾文的對話，我們全聽得一清二楚。好了，你跟這兩位新保母好好相處啊。菲爾和我想跟你朋友湯姆．蓋爾文談生意。最後呢，丹尼爾……」

丹尼看著耶格爾。耶格爾微笑說：「我就知道，你會走上正確的一條路。」

丹尼看見耶格爾前進的方向：順著斜坡下去，走向碼頭下面，那裡停泊著幾艘較小的船隻，也有幾人在等他。菲利普．斯洛肯和幾名荷槍男人正要上船。他們坐進一大艘黑色充氣筏，以外掛式馬達推進。斯洛肯一肩掛著一支大型突擊步槍。

上船後，充氣筏的馬達隆隆響起。直覺上，丹尼轉頭看響聲的來源，這時意識到孟度沙的左臂抖一下。

剎那間，孟度沙扭身向右，空著的左手一揮，手上多了一支能反光的物體，做出致命的揮砍動作。幾乎在同一瞬間，孟度沙右邊的男子轉頭看孟度沙，面帶疑問，咽喉處出現一條紅色細線。男子一動，紅線綳開成血盆大口，頓時鮮血噴濺而出，男子腿軟倒臥人行道上。

孟度沙隨即轉向另一邊，丹尼及時跳開來。前一秒舉槍抵住丹尼太陽穴的男子此時抽身而退，已被藏在孟度沙左袖裡的手術刀斷喉。

手術刀向丹尼揮舞，撲了個空。丹尼緊急臥倒，以一座高大的水泥花盆做掩護。

緊接下來的過程至多不過十秒，感覺卻宛如數分鐘之久，彷彿時光莫名其妙變慢了。

孟度沙醫師躲進一根大木柱後面，一手握著一支大手槍，身手優雅如芭蕾舞者。另一男子開火，槍口閃現橙紅火舌，子彈射中木柱，離孟度沙的頭部幾英寸。

槍口再度發火，一粒子彈咻然射進丹尼身旁的磚塊人行道，激起尖銳的碎片，打中丹尼的側臉。丹尼用狗爬式斜行，朝孟度沙躲藏的木柱前進，奮力往前一衝，使勁撲向孟度沙。

孟度沙被推得失去重心，從木柱後面跌出來，腹部吃一顆子彈。他倒抽一口氣，槍口冷不防再閃一次火光，子彈呼嘯而來，正中他胸腔。他平舉手槍，穩穩握好，再開一槍，槍手應聲驚叫，手槍掉到地上。

霎時之間，四周只聽得見外掛式馬達的嗚咽聲。

孟度沙的白襯衫血跡向外蔓延。他身受重傷。他一手向下觸摸腹部，手槍跟著落地，鏗鏘掉在人行道上。

頃刻之後，孟度沙的身體似乎向左傾斜，被鐵絲網圍欄絆倒了，整個人倒栽蔥，墜入黑壓壓的海水裡，激起一大陣浪花。

墜海的孟度沙張皇失措掙扎一會兒，極力想停留在水面上……

然後歸於平靜。只剩馬達運轉聲。

一陣呼喊聲從水面遠遠傳來。

丹尼平趴在人行道上，靜候槍聲再起，但槍火已經停息。他再等。確定沒事後，他轉向港口，看見充氣筏正朝異想號奔馳而去。

丹尼爬起身來，先跪著，然後站立。他有耳鳴現象。他全神貫注，望著充氣筏靠近蓋爾文的遊艇，馬達再噗噗幾聲後止息。

充氣筏上的假調查員和毒梟同僚開始登上遊艇，執意想殺害湯姆．蓋爾文。

丹尼不知不覺祈禱起來。事到如今，一切已跳脫他掌握。他已經盡全力了。能做的，他全做了。

他拿出預付卡手機。這支手機事先只設定一組號碼，他按下，聆聽鈴響三聲，不再聽下去。

他等著。三秒、四秒……六秒……

一團巨大的火光照亮夜空，彷彿落日突然回歸海平面上方，讓天空大放光明。大爆炸後一兩秒，震耳欲聾的巨響才傳來，光與聲不同調，宛如語音不對嘴的電影。異想號陷入火海。天空被渲染成橙紅色，黑煙滾滾，海空融合為火聲隆隆的人間煉獄。

丹尼再臥倒之際，目光始終不離烈焰肆虐的遊艇，心湖泛起一絲情緒。因為太久沒感受到這種心情了，他一時認不出是什麼滋味。

不是絕望，也不是欣喜。

而是純粹的輕鬆。

爾後

丹尼漸漸察覺到亮光，眼球隱隱作痛，聽見嗶嗶不休的聲音，到處是不協調的嘈雜嗶聲。人聲囁嚅。有人正嗚咹喊痛。幢幢黑影在閉合的眼瞼裡飄忽不定。他覺得眼睛被黏住了。連睜開眼皮都痛。他看見天花板，看見布幕橫桿，察覺周遭的騷動以及鼎沸的喧囂聲。

他正躺在醫院裡。

他嚥口水，喉嚨痛得要命。他呻吟著。

「寶貝？」女人喊著。「丹尼？」

是露西。他微笑了。「小露？」

「他醒來了，」她說。對象是我嗎？丹尼不確定。露西為什麼在這裡？他不想問。

「他啊，」丹尼說。「頭好痛。」講話很吃力。他覺得被藥迷昏頭了，反應遲鈍，意識朦朧，覺得靈魂離身一千哩。「而且喉嚨痛到不行。」他儘量微笑一下。「妳終於把我弄進醫院了。妳明知道我多討厭醫院。」

「創傷外科最好找專家嘛，我認為。要是我自己能把子彈摳出來，就不必送醫了。」

丹尼瞇眼看著她，以為聽錯了。「我又沒中槍。」

「有啦。你脫險了，不過你肩膀會多一道難看的傷疤。」

他掙扎著想坐起來，卻激起一陣痛，嗶嗶響的警鈴伴隨而來，急促而高亢，不同於剛才的嗶聲。

「艾比在哪裡？」

護士掀開布幕進來。「他又怎麼了？」

「艾比在哪裡？」他再問一次。

「艾比在蓋爾文家。」露西說。

護士掀開被單，撕掉他胸膛上的東西，連胸毛一起扯掉。痛啊。她調整一下那東西——丹尼這才看見是黏貼式的導線。護士把導線黏回他胸膛。「拜託，不要再想坐起來了，古德曼先生。」

「我可以喝杯水嗎？我真的好渴。」

「等你血壓穩定再說，也要等到你排尿以後。你好好躺著，拜託，不要再亂動。」

他聳聳肩，一股劇痛頓時竄向他右腰。

「艾比還好，」露西說。「被嚇壞了，那還用說嗎？她心靈創傷滿嚴重的，不過狀況似乎還可以。」

「我想見她。」

「她在你睡著的時候來過。現在，你該準備跟FBI談一談。」

「FBI？咦……」

「來了兩個，不過護士一次只准一個進來。他們說，他們只想問些事。他們正在等候室裡坐著。我可以叫他們改天再來。」

「可是，為什麼……」

「記得嗎，丹尼？大爆炸。中槍。碼頭上發生那麼多事。」

丹尼閉上眼睛，往事湧回心頭了。槍戰、外掛式馬達的吵雜聲、轟然巨響。

過了一兩分鐘，他聽見附近有椅腳磨地聲。「古德曼先生，我是FBI調查員史蒂夫．諾西托，不知道能不能請教你幾件事？」

躺在病床上的丹尼轉頭看來人。他記取自己被假調查員唬得團團轉的教訓。「我可以看你證件嗎？」

「當然。」調查員遞給他一只黑皮夾，感覺沉甸甸，斤兩夠。丹尼打開看一下證件和徽章，交還給他。

「古德曼先生，你昨晚……人在爆炸案現場。」

「嗯。」

「你為什麼去那裡？」

為什麼去那裡？啊，有了。能透露多少呢？腦筋太遲鈍的他思考著，沉默不作答。

「你認不認識死者湯瑪斯．蓋爾文？」FBI調查員提問。

「死者」兩字令他陡然心驚。「認識。」

「你們是朋友嗎？」

丹尼沉思許久。「是的。」

「他生前是否計畫潛逃出國？」

丹尼再思考一陣子。什麼能透露，什麼不能講？

「是的，我相信他有意。」丹尼說。

「你知不知道他打算去哪裡？」

「會不會是安圭拉島？他以前經常帶家人去那裡度假。」

丹尼搖搖頭。

「有可能吧。是的，我想也是。」

「他生前有沒有仇家？」

丹尼聽得見一組嗶聲加速中。是他的心律。「當然有。」

諾西托調查員再等他說下去，但他沉默不語。一會兒後，調查員再問：「初步調查顯示，爆炸案中另有三人喪生，其中兩人是緝毒署離職員工。你和他們熟嗎？」

怎樣回答才對？丹尼猜：「不。」

「你知道他們和蓋爾文先生有合作關係嗎？」

「就我所知是沒有。」

「好。接下來，你……你女兒昨晚被挾持一小段時間。」

「沒錯。」

「原因是什麼，你知道嗎？」

「歹徒想知道蓋爾文在哪裡。」

「歹徒是……」調查員取出一疊相片，翻找著，抽出一張給丹尼看。「是不是這人？」

丹尼點頭。禿頭、無框眼鏡、咖啡膚色。一見孟度沙醫師的臉，他立刻心寒。

「你對他透露蓋爾文的去處。」

「我真的走投無路了。我女兒——」

「我瞭解。她被綁架了。挾持她的男子——這位孟度沙先生——他有沒有說他和蓋爾文的關係是什麼？」

丹尼遲疑一陣。「我相信他是錫納羅亞販毒集團的員工。」

「你舉不出證據吧，有嗎？」

「沒有。」

「既然如此，你真的不宜妄自臆測。事涉多方，很敏感。」

丹尼側著頭，不太能看清調查員的表情。「那是湯姆．蓋爾文的想法。」

調查員問：「他有證據嗎？」

丹尼看著FBI，兩人四目相對片刻。諾西托的頭在動，動作若有似無，意在——警告？隨即，調查員彎腰，湊近他耳邊。「回答這一題一定要非常、非常審慎，懂我意思嗎？」

丹尼發現自己正在憋氣。諾西托坐回椅子上，神態恢復中立的表情。他再提同一個問題。

「你舉得出證據嗎？不能單靠臆測……」

丹尼霎然領悟了。感覺像拼圖，一塊塊拼湊出全貌。他悟出的是他潛意識裡早知道的道理。蓋爾文被緝毒署吸收，變成線民。期間，官方有幾項失策，有些地方欲蓋彌彰。有些權貴深怕損及顏面。

「古德曼先生，你需不需要我再重複——」

「沒有，沒有證據。剛剛一時糊塗，講錯了。我的頭……」

「是的，我瞭解。你神智模糊，想法不夠通透。基於種種因素，個人的推論最好還是守著不說，對蓋爾文先生的遺族比較好。」

「我的記性，變得不是很牢靠。」

丹尼望著諾西托，見他原本嚴峻的目光軟化，宛如演員說變就變。接著，調查員和善微笑著，站起來。「問到這裡就可以了，」他說。「謝謝你撥出幾分鐘回答，古德曼先生。你保重了。」

丹尼昏沉沉睡著了。醒來時，調查員走了，椅子上的人換成露西。他看見露西，對她微笑。

露西說：「你剛才沒講實話。」

丹尼無言以對。他覺得左手臂被血壓計勒緊，聽見血壓計的吐氣聲。

「哪方面……什麼？」

「少裝蒜了，丹尼。FBI問你，你沒講實話。我想知道為什麼。可以告訴我嗎？」

他對露西傾吐他借用古爾德發電報扳倒西聯的詭計，向敵手散布假消息，讓敵手信以為真。敵手果然中計了。

同樣地，假冒緝毒署的斯洛肯和耶格爾計畫向蓋爾文勒索數十億美元，拷貝蓋爾文手機，認定蓋爾文不知情，順理成章相信蓋爾文和丹尼的手機對話全數屬實，因而誤信遊艇上的蓋爾文正準備潛逃出境。

一旦得知孟度沙醫師有意搶先一步制伏蓋爾文，假調查員只好派人收拾孟度沙。以這種方式，丹尼和蓋爾文設下陷阱，讓蓋爾文的兩派敵人相互火拼。結果不出所料。

事後，美德福建築公司向菸酒槍械局報案指出庫房失竊，損失包括一磅重的C-4可塑性炸藥八塊、一條每呎五十格令的引爆索、一支電雷管。美德福建築公司存放火藥，以作炸毀建築物之用。

錫納羅亞毒梟為防集團總務長逃脫，所以派員除掉他嗎？波士頓港的爆炸槍擊案，其實是兩大墨西哥毒梟自相殘殺的結果嗎？

菸酒槍械管理局夥同波士頓警局爆破小組，事後判定，炸藥被安裝在遊艇三處：一是前艙房附近，二是近船尾的輪機室，三是駕駛橋樓。多數專家一致認為，案發當時，蓋爾文站在駕駛橋樓上，操縱著遊艇。由於橋樓全毀，蓋爾文屍骨蕩然無存，只尋獲些許衣物和鞋子，以及他的百達翡麗手錶。

露西看著丹尼解釋。結束後，兩人無言半晌。

事情牽涉到美國政府太多單位，大家都不願聲張。錯誤已經造成了。丹尼已經對露西全盤托出，如今她總算明白丹尼承受的壓力多大。

「我一聽你中彈了，急到差點發瘋了，」她說。「事到這種地步，我才醒悟，真的很遺憾。」

「醒悟？」

「醒悟到我仍多麼在乎你，你的承擔多重。你做的抉擇其中有幾個……怎麼說呢……」

「是錯誤的抉擇？」

她聳聳肩。「我沒權利批判。有時候，人生路變得好複雜，解答不是一想就通。」

兩人再度無言好一陣子。最後，露西問：「事情演變到這樣，你是不是安全了？我們是不是安全了？」

他點點頭。「應該是吧。」

一星期後，湯姆．蓋爾文喪禮假南波士頓聖布麗姬教堂舉行，同時為他行施洗禮與堅信禮，前來致哀的親友推崇他生前投資眼光獨到，生性慷慨，永遠不忘本。

蓋爾文的南區老友出席踴躍。集中在一旁的是一小群晚近才開始交往的友人，侷促不安坐著。瑟琳娜．蓋爾文身穿一襲黑衣長裙，薄紗罩臉，神情迷惘、瑟縮、失魂落魄。女兒珍娜從頭到尾輕輕啜泣著。艾比坐她身旁，安撫著她，但成效不大。長子和次子穿深色西裝，表情彆扭惆悵。

丹尼留意到，中後排坐著兩名西裝男，模樣特別突出，並不太哀傷，似乎一直在打量著到場民眾。丹尼認出其中一人是進病房偵訊他的FBI調查員。

八月，丹尼和露西共結連理，儀式在波士頓市立花園舉行，由治安法官證婚，只有艾比．古德曼和露西的兒子凱爾出席。儀式結束，大家一同去里戈海鮮補吃午餐。

養傷足足六星期，丹尼總算能舒服端坐電腦前打字，但他一坐好，文思一股腦兒井噴而出，生產力激增，三個月後寫完整本書，經紀人明蒂・勒維坦把書稿賣給另一家出版社，入帳甚至比老東家更優渥。

波士頓港爆炸案十八個月後，《天才巨擘：古爾德備受爭議的一生》發行了，廣獲好評。上市當天是星期二，《紐約時報》率先刊載評論，盛讚之餘，《天才巨擘》盤踞暢銷書榜長達六週。

出書慶祝會在南端區舉行，場地由露西一位開藝廊的朋友提供。會後，在丹尼向最後一位來賓道別之後，丹尼擁抱艾比。

「嗨，哺哺，露西跟我決定去土克凱可群島過耶誕，當作是慶祝出書成功。妳想不想一起去？也找珍娜去吧，如果她有空的話。」

艾比看著父親，一臉不敢置信的模樣。「真的假的？怎麼看都不像是……唉，很浪費錢吧？」

「我還以為，妳一直想去加勒比海玩一玩。」

她和珍娜已決定，在上大學之前，先空出一年，去瓜地馬拉一所孤兒院當志工。

「少來了，爸，」她說。促狹的笑意在眼中一閃而逝。「太落伍了吧。」

離開藝廊之際，丹尼手機接到一則簡訊。

螢幕寫著：「來自林納的 Snapchat。」

「誰呀，爸？」

「不確定，哺哺。」他站向一旁，輸入密碼。

螢幕顯示一張相片：碧綠的原野上有一棟古老的岩石屋，旁邊有一群綿羊，景色優美，跳脫時空，宛如風景明信片——但丹尼知道，這不是明信片。手機螢幕右上角出現數字，正從「十」倒數中。

丹尼從未去過紐西蘭，但這相片激似蓋爾文描述過的景象，景致宜人、安詳、偏遠，令他看了通體充滿寧靜感。

他端詳著相片，凝神注目，懷疑其中是否暗藏什麼密語。住在那地方，看來日子能過得平平靜靜，脫網而居。

「看什麼嘛，爸？給我看一下。」她挨近看，相片卻在一瞬間消失。

「怎麼搞的？為什麼——」

「哎唷，老爸，」艾比說。「你很老古董耶！那是Snapchat。拍照傳給朋友，相片會在幾秒後自動消失。」

他點點頭。「就這樣——消失掉了？永遠不見？」

「永永遠遠，爸。」艾比呵呵笑說。「對了，那相片滿美的——誰傳的？」

「不是誰，」丹尼說。「只是一個老朋友。」

銘謝辭

在蒐集資料與撰寫本書方面，不少人對我助益甚多。在緝毒署運作的細節上，我要感謝（曾任緝毒署行動主任的）Mike Braun、（緝毒署波士頓辦事處主任調查員）John Arvanitis，以及緝毒署離職調查員Paul Doyle。緝毒署離職調查員Heidi Raffanello也曾對我鼎力相助。在洗錢知識上，我要感謝Matt Fleming與Don Semesky，更要再三感謝Jack Blum。我的法律顧問包括Stern Shapiro Weissberg & Garin律師事務所的Jonathan Shapiro、Altman & Altman律師事務所的Isaac Peres、Casner & Edwards律師事務所的George Price，也特別感激White and Williams律師事務所的Jay Shapiro。

Jeff Fischbach再次針對電腦刑事鑑定學惠賜諸多高見。Kevin Murray在偵蒐手法方面大開我眼界。Jay Groob教我不少調查方式。在墨西哥國情文化方面，我要感謝Fred Feibel和Janet Lapp，特別感謝Patricia Leigh-Wood。在醫學知識方面：Tom Workman醫師、Frankly Cladis醫師、Carl Kramer醫師、辦公室外科安全研究所所長Fred E. Shapiro醫師、Mark Morocco醫師、Doug Lyle醫師、舍弟Jonathan Finder。亞斯本當地風情畫方面，Lisa Holthouse令我獲益匪淺。Bruce Irving協助我勾勒蓋爾文家的藍圖。Justin Sullivan為我描繪蓋爾文包機配置圖。波士頓遊艇碼頭的Alyssa Haak、Steve Doyle、Kevin Lussier協助我為蓋爾文造遊艇。J. Mark Loizeaux慨然分享控制爆破與火藥方面的高深專業。Tony Scotti和Jon Schaefer向我建議過數種規避高招。Frank

Ahearn教我如何讓蓋爾文人間蒸發。網路安全公司Crowdstrike的George Kurtz協助我構思保密方式和密碼。Sharon Bradey教我如何書寫丹尼和蓋爾文的壁球賽。Margaret Boles Fitzgerald和Eileen C. Reilly向我提及波士頓街友醫療所（Healthcare for the Homeless）這個了不起的組織。我感激Seth Klarman分享幾項獨到的洞見。一如往常，我也要謝謝官網管理員Karen Louie-Joyce，以及編輯／資料蒐集員／社交媒體管理員Clair Lamb。助理Claire Baldwin對我提供寶貴的幫助，地位無可取代。Writers House的經紀人Simon Lipskar和Dan Conaway在重要時刻大力支持我。我也感激Ben Sevier熱心相助，惠賜高見。舍弟Henry Finder對我提供莫大幫助，我如常最感激的是他。

萊曼學院純屬虛構，與現實生活中的波士頓私校毫無關聯。真的。最後，我感激愛妻Michele Souda，我生命中的支柱，也感激棒得沒話說的女兒Emma J.S. Finder。

——喬瑟夫．芬德

波士頓，二〇一三年

Storytella **145**

疑陣

Suspicion

疑陣 / 喬瑟夫.芬德作 ; 宋瑛堂譯. -- 初版. -- 臺北市 : 春天出版國際文化有限公司, 2022.11
面； 公分. -- (Storytella ; 145)
譯自 : Suspicion
ISBN 978-957-741-593-6(平裝)

874.57　　111014589

ISBN 978-957-741-593-6
Printed in Taiwan

作　者　喬瑟夫・芬德
譯　者　宋瑛堂
總編輯　莊宜勳
主　編　鍾靈

出版者　春天出版國際文化有限公司
地　址　台北市大安區忠孝東路四段303號4樓之1
電　話　02-7733-4070
傳　眞　02-7733-4069
E－mail　bookspring@bookspring.com.tw
網　址　http://www.bookspring.com.tw
部落格　http://blog.pixnet.net/bookspring
郵政帳號　19705538
戶　名　春天出版國際文化有限公司
法律顧問　蕭顯忠律師事務所
出版日期　二〇二二年十一月初版

定　價　499元

總經銷　楨德圖書事業有限公司
地　址　新北市新店區中興路二段196號8樓
電　話　02-8919-3186
傳　眞　02-8914-5524
香港總代理　一代匯集
地　址　九龍旺角塘尾道64號 龍駒企業大廈10 B&D室
電　話　852-2783-8102
傳　眞　852-2396-0050